上海文艺出版社
Shanghai Literature & Art Publishing House

目录

001 自序
　　我是我身体里住的一只鬼

017 还乡
061 夜游神
121 山海
213 日游神
269 人间

自序 我是我身体里住的一只鬼

1. 故事

这本书原来不叫这个名字,收录的小说也不是现在这些小说。这几年,我写了很多差异蛮大的小说,有些可以说是相反的小说。为了让这本书性格相近,至少经过了不同阶段的四轮筛选,原本的篇目早已面目全非,可以说这已是另外一本书了。

这些小说虽不尽相同,也没太大差异。起码于我来讲,是抛开其他野心和欲望,在认真写故事了。

但是,我想写出的是什么样的故事呢?

我不知道你们什么感觉。可能源于自卑,自小我便是一个没有存在感的人。然后,这种感觉渐渐就罪孽深重,使我深深恐惧,害怕自己是个不存在的人。

因此,每到一个新地方我便害怕,不敢挪动一步,怕每一步都是错了。我不知道的是,这个世界错一错是没什么关系的。何况，这样一个斑斓的世界就是种种错误造就的，一个井然有序的世界是多么的无聊和乏味。

所以，到了新的环境，我便拼命寻找自己存在的证据，又不敢越雷池一步，深陷这样的矛盾。这时候，但凡有人跟我说一句话，抑或拍了拍我，我便受宠若惊。我的内心在呼喊："有人与我说话了有人与我说话了。"我之所以这样兴奋，是因为我为我的存在找到了证据。因为别人看见了我，所以我是站在这里的。

即使在相熟的环境和地方，我也有深重的不安，常常撕裂我的存在，这也可能直接导致我成了一个患有强大强迫症的人。

我称之为鬼。

我的意思是，我没有灵魂。我只是我身体里住的一只鬼，这是一只风格委屈的鬼，常常违背我的意愿支配我的身体，虽然有时候也配合我，总之，他总是越过我的支配，推翻我的身体，我就像是这只鬼的傀儡。

比如最常见的，每次出门的时候。无论我走出多远，这只鬼便出来作祟。"你没有锁门，你没有锁门。"不住地逼我回去锁门，不得已，听不得他唠叨，我便回去了。每次回去，我便发现我是锁了门的。回回如是。我知道这不是他的恶作剧，他只是以此为食。

我曾经设想过这么一个故事，在这里我把它找出来，原封不动地放在下面：

　　一个等待被枪毙的人。
　　一个等待被枪毙的人，是的。
　　到了结尾。
　　他说："快点枪毙我吧。"
　　他手里一直紧紧攥着什么东西，他们说："你手里握的是什么？"
　　他说："什么也不是。"
　　他说："请枪毙我吧。"
　　他们说："你手里握的是什么？"
　　他说："你枪毙我我就告诉你们。"
　　他们说："好，我就枪毙你。"
　　于是，他们把他枪毙了。
　　他们说："你手里握的是什么？"
　　他，这个已经死了的人，身子还没倒下，缓缓摊开了手。
　　他们把这块东西吹了吹，扔进了河里。他知道他们在戏弄他。他们才不会枪毙他。他们哈哈笑了起来。这能做什么用呢？
　　他手里一块银圆。是他留了一辈子的，视为生命的一块银圆。

这是子弹费。他说。

记录在我的草稿本上,如果把第一句当做题目,这样看很像一首诗。其实,这是我攥在手里很久,还没有写的小说。现在拿来比喻我现在的状态,似乎有点大材小用。

是的,没错。我就是那个等待枪毙的人。我时时刻刻会想到,有人在我看不见的地方拿着一把枪顶住我的后脑。我不敢扭头,因为,我害怕看到鬼。也因为,他真有一颗可以枪毙我的子弹。

而这颗子弹的费用,正紧紧攥在我的手里。

我想起来了,一直以来,我想要写出的故事,都是我的故事。这些故事里有试图证明自己存在的人,也有证明存在以后又撕裂自己的人。到最后,我和我们都是等待枪毙的人。

读书我几乎只读小说和戏剧,历史或者社科只在写作小说时查阅资料才会涉猎。对于哲学书,虽然也试着去读,每次都败下阵来。我一本也读不懂,那些深奥的问题太大了,哪个都追问不起来。我只能从身边着手,写一点深深困扰我自己的东西。

这也是这部小说集,稍稍能够涉及的问题。即便问题如此简单,我也给不出答案,只能透过故事去重新审视一些常常被我们忽视的东西。

写到这里，我想举个例子，我抬眼就能看到的一则故事。就在我的书桌前面，我看到的是：

> 一把破椅子快要散架了，比椅子刚刚高了半头的小小方桌看起来是摁着椅子站了起来，好像桌子有五条腿。

2. 缘起

本来，这一节才是这篇文字的开头，毕竟我想简单说说每篇小说的缘起。

这本书里有五篇小说，每篇小说我都非常偏爱。

为了避免剧透，我尽量写一点关于这些小说内容以外的东西。

这本书的同名小说叫《夜游神》，是一篇题目等待内容的小说。因为这个题目我早早就想好了，为此，我写了两次。第一次那篇小说，半年以后我觉着它有点对不起这个题目，便把它废掉。第二次的小说才是现在这篇小说。

这篇小说的缘起，来自我的一次困境，我写在了小说的开头，这是一个困在洁癖里的人。这个人物，最终成型，写完以后我才发现，她与契诃夫笔下的《套中人》相似，都是被紧紧围困的人。而这个小说开头的手法，我也确实借鉴了契诃夫另一部著名的小说《在峡谷里》，以写一个不停吃鱼子酱的老人去写村子。

小说里有一个人物叫武松。我需要特别点一下名。这个武松不是《水浒传》里的武松。武松是我五年前就已写好的长篇《必见辽阔之地》里的主角，我从那部小说里唤醒了他，临时拽过来救场用的。因为这篇小说我写到一半，发现作为叙述者的"我"，如果没有武松的帮助，根本没有力气把小说撑到结尾。

第四篇小说，名叫《日游神》。这个小说里"儿子"的故事，来自一则社会新闻，一个年轻警察为孤寡老太太"驱鬼"的新闻。这样细小的可能称不上案件的案件，往往比曲折离奇的杀人案件更能触动我。

而小说里关于"父亲"的故事，是著名先锋作家徐星的纪录片《罪行摘要》里的一个人物启发了我。我看过三次这个片子，里面的每个人物都令人难忘，而给我启发的这个人叫醒了我。同时，这些人物，都非常沉重，以至于过去了许多年，我才敢提笔，以一个小小手势为基础,虚构了这个故事。

虽然，我的故事是虚构的，但是这样的故事从未远去，也可以说正在发生。

第五篇小说，名字有点太大了，叫做《人间》。这篇小说更像是成长小说。对于这篇小说，我想说的话有很多，但是又不想暴露我的私心。就说一句吧，这是一篇以人间写人间和以不是人间写人间的小说。

不过,这句话似乎已经揭发了我写作这篇的秘密。

第一篇小说《还乡》的写作多少有些意外。一开始写的时候我并不知道我在写什么。只是一次无目的的游荡,写到什么是什么,写到哪里是哪里。所有的场景都油然而来,即使中断了半个月,也不妨碍我继续写下去。

而且,《还乡》这篇小说是在卫生间里写出来的。我记得很清楚。那时候白天要上班,晚上回家写作。正值冬天,暖气根本负担不起足够的热量,家里几乎没有一片暖和的地方。我又不能坐进被窝里去写,因为很快就会睡着,于我来说床上真不是能够写作的地方。我只能尝试,把桌子(就是宜家99元一张的那样简易长桌)搬进卫生间。在仅能容我钻进去以后,桌子便顶住了门。我便坐在马桶盖上写东西。卫生间狭小,打开浴霸以后,我就能独享这片暖和,不受干扰地写作了。每天晚上只能写一点点,就要睡去,因为第二天我还要早起去上班。马桶盖被我坐碎一次。再买新的,叫我很心疼。但是又有什么办法呢。

有些人是在书桌上写作。有些人则是在桌布上写作。

《还乡》虽然只有短短两万字,写作跨度,我记得大概有两三个月,写到过年回家。在老家期间,一个字也没写成。是过完年回来续写的。

时隔四年,第三篇小说《山海》才姗姗来到我的眼前。

这篇小说也是过年期间写完的。正月十六那天晚上，趁着圆月，我才勉强改好。本来初稿是年前花五天写出来的，修缮反而花了四十天，贯穿整个过年期间。这个年嘛，同样人来人往，事情也多，不定什么事就要离开书桌。这次的书桌是虚拟的。写《还乡》的时候，虽然是在卫生间写完的，起码还有个书桌。《山海》呢，是没有书桌的。为了把自己困住，不方便出去，也为了脚不被冻着，我是盘在沙发里（双脚埋在腿下）写完的。在沙发上横亘一条长长隔板，电脑就放在隔板上。这样我每次下沙发，都要花费巨大的力气，先挪开电脑，再掀开隔板，才能给自己放风出去。那也防不住老是有事，随时像战时状态。我以为这个也会写两万字，到成稿竟然有五万字，是我写过的最长的中篇小说了吧。小说取名《山海》，我是有私心的。因为爸爸的名字叫做海山。爸爸他们那辈是海字辈，轮到爸爸取名的时候，老爷爷给他摘了个山字搭配。不过这个小说跟父辈也没什么关系，不过是借了名字过来用用。而这两个字为什么要颠倒了用呢，因为写着写着不知道怎么搞的，突然翻了个跟斗，我也没办法。

接下来，我想说一说关于小说的一些不成熟的想法，不一定对，也不一定完全针对这部集子。

3. 真

于我来说,小说便是虚构,便是假的,无奈我爸喜欢代入。本来我与爸爸关系很好,好到无话不谈,称兄道弟了。就因为爸爸看了《还乡》这篇小说,我把父子关系写成了仇敌,爸爸竟然学起小说里的爸爸把我看做了仇敌。爸爸很生气,他说,虽然我看不懂你在写什么,但是里面的"爸爸"那个人也太坏了。你把我写得如此不堪,还有其他人,没一个好人。我与爸爸说,这都是假的,不是真的啊,何况那也不是你啊。但是爸爸不听,坚决要我把他,还有其他人一律改成好人。退一万步,把爸爸改成儿子,把儿子改成爸爸也行,这样他就是一个好人了。其实,我想说,儿子也不是什么好人。但是我没敢顶嘴,连说好好好。

其实,我已经有心无力,对于这篇小说(岂止这一篇),我一个字也动换不了了。于这些小说而言,虽然事情都是假的,但都是真诚的写作,写的都是真。

虽然小说是虚构的,但是在小说里说真话是难能可贵的品质。

这个真除了真诚,还有不回避。不回避他人的,特别是自己的缺陷,甚至内心深处讳莫如深的顽疾。因为,人本身从来就是一潭深渊,只有通过人与人、人与物、物与物的状态才能窥见一点真貌。

往往，写作小说的过程，是漫长的拉锯战，很难保持真，那些廉价的道理或者情感很容易乘虚而入，堕入虚假的泥沼。因此，小说写作中需要时刻警惕。

特别是近几年，我越来越注重真。在写作的过程中，除了附身贴着（只是字面意义上的贴着）小说写，有时候甚至是半个身子泡在某部小说里，以致不得不写一段歇一段，透透气。我看到过这样一则小画，是卡夫卡的半截身体埋在文字之中。我想如果形象一点说，可能我也是被我写下的文字淹到胸口，大口大口喘气的。同时，又战战兢兢、如履薄冰，生怕一不小心踩漏了薄薄的稿纸。

因此，我需要的是，真，且小心翼翼。

我始终坚信这样一句话：只要有真，生活里俯拾皆是洞见。

4. 景物

以前我写过一个比喻，是对巴别尔的小说做的比喻。

俄罗斯盛产写长篇的作家，不止是长篇，还是超大部头，可能跟广袤的国土有关。而巴别尔是个例外，他的小说给人的感觉甚至没有小说里人物的名字长，就像是一根竹签穿透了的烤肠。

这个比喻，叫我想到的一句话，便是：一天长过一辈子。

一天就像这根竹签，而一辈子就是这根烤肠。有时候我们总是觉着一天过得过于漫长，当我们临死回首往事的时候，一辈子又不过是短短一瞬。我甚至觉着这句话某种程度上揭穿了些许生命的真相。只是，我还未能明悟。

很长一段时间，我都有过这么一个奢望。无论我写一部小说花一天一个月还是一年，我都希望我的小说能够穿透我，比我更长，能够在我死后尽可能地多活几年。

这样说起来，好像有一个具象的长度问题。

小说也是一个可以度量的长度，它徐徐向前，总会行到结尾。

在写《山海》的时候，很多东西也蜂拥而来，特别是生活的东西四处蔓延，我能够隐约体会到一种宽度，但毕竟是故事。不过在写故事的过程中，我特意写了很多景物，大片大片的景物，甚至还有物体描写。并非是我有意要在非字面意义上拓展宽度，而是，我试图让这篇文字溢出小说的边界。

一旦写景写物，我便有些把持不住，想要多写一点，在这篇小说里我还是尽量克制住了。不过，写景的文字仍旧吸引着我，使我不再局限于人与人，或者人与物，或者人与景，甚至有把人摊平的嫌疑。

我老是对宽阔的景物着迷，特别是坐车的时候，景物的流动，一次一次令我惊叹。我想这与我们现今乘坐的交通工具有关。因为我们不再像以前一样，步行或者坐轿，而是坐汽车、火车以至动车。速度上的更快，使我对平原（宽阔）这个词有了最大限度的了解。我视野达不到的地方，速度会帮我追逐，加长了我的视野，哪怕帮我拓宽了一厘米的视野，也意义非凡。

契诃夫小说成熟的标志，我以为是《草原》这一篇七万多字的短篇小说（没错，我称之为短篇小说）。这篇小说以后，他才真正走向严肃且深沉。

《草原》是这样一部杰作，通篇以一个小孩子的视线穿越广袤的草原，从一个地方到另一个地方。一路走来，没有故事，只有可怜的几个场景，可以说根本无事发生，全程都是草原的风貌和景物。大片大片的景物描写委实叫人读得开心。

我想要写一部较之更独断专行的小说的念头已经很久了。什么样的小说呢？

我想写一部没有人的小说，只有景物，只有物体，或者只有静物的小说，无论长度，宽度，都没有边界。当然，这将是未来我的另一种尝试。

就像余华当年遇到《许三观卖血记》的时候，兴奋地想到，他终于逮到机会写一部纯粹是对话的小说了。

而这是一个纯粹静态的小说吗？不是这样的。不知道你们有没有看过阿巴斯的电影《24帧》。这个电影太奇怪了，同时也太好看了,每一帧都是一种静物的流动。

不知道我有没有说清楚,没有说清楚也没有关系。我想说的并不是景物描写或者景观小说,而是静物的叙事。

5. 叙事

关于叙事,有过一把契诃夫之枪。他说过这样的话:"第一幕挂在墙上的枪,第二幕中一定会发射。不然这把枪就没有必要挂在那里。"

那么,我们在小说的叙事中,遇到这样一把枪,到底要不要开枪呢?如果开枪,虽然遵循了这样的叙事规则,但有时候也会留下刻意的把柄。但是无论如何,这也是一种经过检验的叙事技巧,比巧合要高明许多。

我想讨论的并非可不可取,而是想说说这个方法的来源。我想契诃夫可能是从生活中得到过某种启示。

我曾不止一次有过这样的时刻,譬如,我今天下午下班回家,就在公交站看见了刘德华的电影海报在公交棚下的广告位。因为下雨,我便坐在刘德华的旁边避雨。等我坐上晃晃悠悠的公交车回到家里,爸爸妈妈正在看电视。播放的是香港老电影,吃饭的时候我也跟着看了一会儿,电影的名字叫做《龙在江湖》,主角叫做韦吉祥,刘德华扮演的。

冥冥自有天意，一定是神指引了什么事情。是的，这里便是神迹，是神存在的证据。

但是，到底是不是神在给我东西呢？

又为什么会这样？我苦思不解。

直到有一天我坐在一个饭馆吃饭，透过巨大的玻璃墙，能够清晰看到外面的世界。那天，我也是闲极无聊，边吃边看窗外。外面的世界有什么东西？我的视线不得不一个事物一个事物地追逐。我看到青石铺就的地面，我看到柏油路，我看到冬青丛，我看到天桥，我看到公交，我看到电瓶车，我看到太阳，我看到云层。我看到很多人骑车，还有很多人走路，等等。我数到手抽筋也数不过来。就在这时，我突然就看到美团外卖员，我看到他穿着黄色的工作服。与他迎面而来的是另外一个骑电瓶车的男人，这个男人戴着黄色的头盔。啊呀不好，一辆公交车挡住了他们。待公交车行驶过去，他们早已没了踪影，于是我不得不看到公交车尾巴的部分刷的是一圈黄色。很快，就在柏油路边，我看到另外一个人，这是个女人，她正走向天桥，她走路很轻，因为她穿的不是高跟鞋，而是运动鞋，这双运动鞋是黄色的。

我陷入了深深的忧虑，不过眨眼工夫，我为什么看到了这么多黄色？

就像灵光乍现，我突然想起来，在我看到这些黄色之前，刚刚有一个女人从我眼前走过。这个女人长什么样我没看清，大致轮廓很好看，关键是我看到了她很大的胸脯，简直是波涛汹涌。她穿着薄薄的黄色短袖。

事到如今，也趋于明了了。

本来大多事物都毫无联系。如果我上午看到了 A 事物，下午我又看到了 A 事物，不是巧合或神迹，而是上午的事情让我有了印象，下午我再看见只是在加深这个印象。其实，上午也可能有 B 事物，但是我没有看见，下午即使再看见 B 事物，我也不会有什么感触。这也许只是个概率事件，被发现或者不被发现。

因为这个穿着黄色衣服的女人给了我强烈的印象，使我注意到了黄色，所以，后面我的眼睛所到之处都是黄色的东西。如果没有第一次这个黄色的印象，后面的所有携带黄色的事物也会出现，只是我很大可能不会看见他们，也就认为他们没有存在了。

我的发现有着强烈的个人意愿，是我强加给黄色的意义。

好像是我们偶然发现了某种规律，并把这个规律总结成一个公式，当做真理发表出来。

其实，这些毫无意义。

但是，我们需不需要意义呢？这个不重要，重要的是我们去做了，跟意义无关。说到底，只是第一个刘德华帮我发现了第二个刘德华，与神无关。

这也许就是契诃夫发明了契诃夫之枪的由来吧。

在此基础上，我们能否想象另外一种可能，我不知道对不对，只是胡思乱想。那就是在我们关注两个刘德华的时候，也许有个张学友已经从我们身后默默走了过去。

6. 故事

本来说完叙事，我想说说故事的部分。很可惜，关于故事的部分被第一小节劫走了。读者朋友可以翻到开头再读一遍。

2021 年 3 月 16 日于北京

还乡

南浦凄凄别，西风袅袅秋。

一看肠一断，好去莫回头。

——白居易《南浦别》

冬至早过了，北京还没下过一回雪。我去买水，回来路上平白跌了一跤，水桶摔破了，水都洒掉了。我因此告假，与妻回到久违的故乡。

得到消息，姐姐早早把我们从菏泽火车站接住。姐姐窝窝囊囊，脊梁骨直向下出溜，身上也还是冒冒失失，多亏冷寒天，衣裳牵绊甚多，不致秃噜下来。见到我们她如此欢快，细细地笑。妻本一路打嗝儿，一下车居然好了。两个与我熟得不能再熟的人，第一次见面，不经介绍当先比我还要熟络起来。姐姐搓着手，不知道要不要帮我们，因为我们的行李实在少之又少。

出了城，河道干涸，净是枯草和垃圾。沥青路挂在河边，河道拐弯之处沥青路很慢地拐弯，汽车也很慢地拐弯，杨槐处处戒备。偶尔三五坟包咕咕冒泡，华北平原空旷而荒凉，远远向天际跑，我总隐隐担心推到尽头的平原马上弹回来，把人、汽车、房屋通通掀翻。两边是向后的掉光叶子的杨树林，每隔一阵便有二三鸟窝像洪水退后般冒了上来。树与树的间隙，透出另一些向前跑的树，跑得有些不安。同样不安的猪猡，从树林出现，从道路这一边的树林穿到了另一边的树林。零星的几幢房子，横过麦地。许多村落都荒芜了，净是荒草。我几乎忘了其中有个村子叫过大千的。姐姐叹一口气，低声道："建了新农村了，好些村子都搬了，空了。"

妻说："要是秋天就好了，就能看到金黄的麦子。"

姐姐说："秋天没有麦子。"

妻说："不都说秋收秋收吗，秋收起义，怎的没麦子？"

我说："秋收是玉米和高粱，麦子要到夏天。"

姐姐说："五一了再来，五一了黄金周。"

妻瞥我一眼没有说话，转头去看窗外。仿佛窗外的太阳重新出来一回，夏天降临已久，风吹麦浪，满地黄金。

过了定陶还有一半车程。我与妻讲起定陶的由来。"西施晓得吧，范蠡帮勾践灭吴以后和西施老死的地方就是这儿，定陶定陶，就是陶朱公定居的地方。"

"陶朱公是哪个？"

"陶朱公就是范蠡撒。"我说。

赵立人和妈妈早早站在门口相迎。他们老得无声无息，我也从无领会。他们站在那儿，背也不驼，头也不白，仿佛我也站在那儿等我归来。沿路枯草当风顶着簌簌发抖的塑料袋。妈妈站在伸手可及的地方唤我，两手空空如也。妻一直走，永远无法靠近地走。赵立人远远站着，盯着汽车的扬尘，像一株歪脖子槐树老也进不去屋。家门大开，院场铺的砖，老拐我膝盖。我觉着我用一把新钥匙打开了隔壁邻居的门。我上楼，慢慢伸出一只脚踏上整洁的新地板，这是一种用过的新，新床也是，我过去摁了一摁，摸摸软和不软和。铝合金窗户嘎吱嘎吱响。妻噔噔上了楼，刚刚站起来的人一样很快进来，我像个住在这里很久的人，张开怀抱迎接妻说："这就是我们的新房了。"

当夜，姐姐回厂上班去了。第二天下午，家里突然到来一窝打麻将的女人。素莲起头，胳膊肘着腰，张着好多只脚，像是饿急的螃蟹。苏芸次之，目光挑剔着，"哎呀呀"怪叫："把新媳妇藏哪儿了，把新媳妇藏哪儿了？"不由分说把妻拉到煤炉跟前团团围住。妻脸上多出许多明暗的光影。

"好一双水汪的眼睛。"

"城里娃撒就比咱透亮。"

她们拉拉扯扯扭作一团，问话的姿势、肆无忌惮的目光、颇有深意的大笑，无不透出她们嫌妻个头不高、屁股又平。妻有些难为情，乃至愕然，以为她们真就夸她，涨红了脸，低着头，身体像只浑圆的小苹果紧紧绷绷，稍稍抬我一眼。妈妈怕妻说出不该的话，紧张地拿出备好的糖茶和橘子招呼她们。螃蟹的女儿吧，从螃蟹的裤裆钻出来，一忽儿瞪我一忽儿瞪妻，抓了糖的两手洗不洁净似的支着。那螃蟹换了两只脚站,横着进了门子。

我去买烟,半路遇着赵立本。他骑了自行车过去,扭头看我两回,下车推了回来。我们就站在路边攀谈。机动三轮车突突开过。我喊五叔时,嗓子仿佛锈了的合页,吱呀响动。赵立本扶着车子问我:"啥前儿来的?"我说:"昨天刚到。"我拆一支刚买的白将军纸烟给他,他把烟夹在耳朵上,掏出哈德门让我一支,自己也叼上一支。我努力找出五叔以前的脸,一块一块贴在他现在的脸上。我只能想到赵立本更黑了。赵立本吐出两个烟圈,说:"这烟没劲,没劲透了。"我低头看脚,不知该怎么接话。赵立本临走,我说:"五叔你鞋带松了。"军绿鞋,鞋带的一头踩得又黑又脏。赵立本扎好自行车,低头去看松开的鞋带。瞧着他蹬车的背影,我突然想到他以前烟酒不沾的。他蹬车时,弓腰驼背,膝盖顶着下巴,仿佛用尽了力气。同时,后腰露了出来,有寒光闪烁,那是贴肉藏的一把匕首。赵立本这趟是在杀人路上也说不定。

晚饭时,我说:"刚遇着赵立本了。"赵立人哼了一声,说:"以后甭理他,一到夜里不好好睡觉,跟鬼似的满镇子乱窜。"妈妈诺诺:"快吃快吃,吃完饭还要去超市买些东西,给你爷爷送去。你们该见下你爷爷。"妈妈提及爷爷时,侧身向里抖了一下肩膀,我不够看到她的脸。

半夜给人吵醒,妻怕有事,催我下楼。妈妈披衣推门,见我下来，叫我去睡。我上楼躺下。妻问我怎么了。我说有人买东西。妻问："这么晚了谁还买什么东西？"我说："就是晚上才买。"妻再问我已睡过去了。我醒来几回，楼下还响着买卖的声音，我抱怨他们啰唆，买个东西要买好几个世纪。第二天一早，妻进了打墙外开门的两间房子，回来告我说："原来你家做这种生意的，来的那天怎就没瞧见呢。"我说："你怕吗？"妻突然说了一句，我没听清。妻说："你爸爸不像你爸爸。"我没说话。妻又说："起码不像我认为的你爸爸，更像我爸爸，或者其他所有人的爸爸。"

妈妈骑电动三轮载我和妻回村。妈妈没走穿堂街，绕远到村东口，让我们自己进去。妈妈倚在桥边等。爷爷早搬把椅子坐在院门外的街上等候了。我远远喊："爷爷。"妻闷不吭气，我看她一眼，她也喊："爷爷。"爷爷一步一步走得仔细。我帮爷爷搬椅子回屋。爷爷的手不热，也不凉，很温，简直十分的温。爷爷攥住我的手问我："怎么样？"我说："蛮好蛮好。"爷爷说："啥？"我大了些声。爷爷拢拢耳朵大喊："年龄大了，聋了，听不见了。"爷爷说"聋了"的时候声音大得出奇。我很大声说："很好。"妻放下一箱牛奶和一筐鸡蛋，没有坐下，环视爷爷的屋子，四处走动。爷爷说："我都快死了，还拿啥东西，你们好就好了。"临走爷爷掏出红包给妻，妻不要。爷爷着了气，我用力看妻一眼。妻接下红包的手很快摔落下来。

　　姐姐放假的下午，与妻一道去麦田。一切灰蒙蒙，没有阳光，也没有阴影。姐姐给妻指看两块黝黑、繁密的麦块，好像麦地的阴影。妻边走边看，兴奋地叫。到地头架着的一座拱桥，鞋子沾了土。河水既黑又脏，漂满绿藻和垃圾，能听到哗哗水声。妻朝树林跑。三只巨大的水泥管道置于岸边，妻钻进去，从另一头钻出。姐姐用手机拍了许多照。过桥再走一段，河对岸的杨树林里一群羊三心二意地啃啃树皮。三只两只的羊落在后头，还有一只更慢了，一拱一拱的，像一头猪。这头猪竟然笑嘻嘻地站起来了，并且走了过来。姐姐扭过脸，哼了一声。我再看他已经进化成个驼背的老人，不再像猪了。脸也没有笑，很是面熟，想不起哪个。姐姐说："老不死。"——过几天，我忽然想起他，他在与我家相隔不远的门脸，也开了一家花圈寿衣店，如今早关门大吉。拐进羊肠小道，姐姐又指给妻一块与之前两块同样黝黑、繁密的麦田，风吹不动。像大马跑过，呼呼啸声，蹄铁沾满点点绿泥。妻挥挥手让姐姐过去。她见到一口机井，丢石子进去，半天咕咕听见水声。妻冲着井口喊："喂！"石子到了井底大概变化一只青蛙，回答："呱！"

　　年夜饭吃过，猝不及防，把我和赵立人剩下。我们没谁有胃口，也毫无瓜葛似的。我说："爷爷给了一千块。"赵立人说："一千？"我说："我数过了，是一千。"赵立人说："有时候真摸不透老头子真糊涂还是装糊涂。"我说:"你昨儿个给了爷爷多少?"赵立人说:"六百。"我说:"你咋说的?"赵立人说:"我就说胜带媳妇回来了,他姥爷给了他们六百块红包,明儿个他们来看你,我这儿给你六百,你也给他们包个红包。"我说:"爷爷争一辈子,老了老了也要跟姥爷争一口。"

家里来些人,与赵立人打麻将。妈妈卧在被窝里等春节晚会,姐姐也是。我要跟着看,妻不愿意。我们上楼,在床上玩捉猪崽。妻玩捉猪崽有绝技,我总是要输的。妻屡屡大笑,嗤笑我笨,我做沮丧的样子且笑且笨。我下楼去厕所,踩着芝麻秆噗噗响。每次我都怕去蹲坑,怕屁股冷,好几次起身因为没有抽水马桶的按钮摁,伸出的两根手指都很怅然。敲钟之前,姐姐上楼要我与四婶发拜年信息。姐姐把四婶的手机号发我,下楼睡了。我与妻又玩了大概三尺时间,很快厌倦了。我手机里住的一只蝈蝈止不住地嘀嘀叫起来,快要死了。今年竟这样从我背后吱吱嘎嘎走过,向前去了。

爆竹声响又远又小地此起彼伏,噼噼啪啪,像窗台上两个小人国因为国境线激烈交战。天还没亮我们就到村里,给老人挨个儿拜年,几乎没人认得我。回家路上散烟给许多人,有一根掉地上,使我极窘迫。楼上来了小螃蟹,还有苏芸的孩子,吃糖吃橘子。手里握着香蕉摞麻将。妻也摞个雷峰塔,没到顶倒掉了。妻好奇麻将怎么玩,一缺三,赵立人妈妈姐姐姐陪她上桌，闲着也是闲着。妻总一惊一乍，无论和与不和，无论过牌忘牌都开心大叫。几回诈和，一脸发蒙。妻输了钱，妻又赢了许多钱，零钱在她面前扎成小山。妻笑靥如花。我问妻怎么样。妻愁苦地抓抓头发："啊呀，全是东西南北风，凑齐了可以炸吗？"两响炮一雷响过一雷，像谁给了空气巨大的一拳，又是巨大的一拳。冬日的天光像一大片一大片结冰的云，非常脆，路面安安静静。远处弯一点的路突然动了一下，掉下来一辆车。大伯载着大娘和堂哥来了，他们放下一箱五粮液和一个大娘就走了。大娘捉住妻的手问东问西，说："真好，真好。"妻想要抽出的手，活像洗不干净老打肥皂，弯曲几下，拐了关节到腰际。可能因为柏油路突然拐弯，二娘也载着二伯来了。二伯脸色刷白，倒水也不喝，抿着嘴怕堂姐堂弟从嘴里爬出来。我们一家又都到门口送他们。二伯打开车窗挥挥手，就走了，留下一箱橙子和一筐桂圆。一回身，大娘不知走了哪儿去。妻说赵立人和妈妈在楼下说悄悄话，隔一会儿声音大了起来，原来他们在吵架。妈妈说："不摆明了在我们家吗？"赵立人阴着脸："不就一顿饭，能吃穷你？"妈妈说："说得轻巧，这么多人。"妈妈说"轻巧"时，突然责备起来，为自己的吝啬委屈："你们家没个好东西。"赵立人恨恨道："饿死算。"赵立人说完去到院外，又给北风顶住。等一辆货车开过，眺望远处，平原像张折叠的纸打开，哪儿哪儿都是平原，赵立人不晓得去哪儿，只得膝盖一疼蹲了下去。妈妈以为赵立人胃病犯了,忙去扶他。

因为屋里阴冷潮湿,我们坐在院场吃饭。当是正午,阳光迟疑地落下。许多纤毛般的枯枝从屋后浮了上来。电视天线一棒接一棒高高擎着,也不嫌累。爷爷当坐首席有段时候了,大伯挨着,二伯次之,接着是赵立人。五叔还没到,堂哥对座空空如也,我的对座也是。

大娘和二娘,妈妈带着妻和姐姐,五婶及两个孩子坐在另一桌。五婶喊过五叔两回了,五叔都在路上。他的路还挺长。

爷爷穿了很多衣服,多到简直没有爷爷。爷爷坐在长长的凳子上,凳子的另一头空着。大伯换把椅子过去,爷爷不干。周围的一切都枯僵僵的,现在,我们都被爷爷降得像安静的孩子。同样安静的还有偌大的院场。"谁点的炮仗?"爷爷问。"没人点炮仗。"大伯说。"谁打的枪?"爷爷问。"没人打枪。"大伯说。"很多子弹过去了。"爷爷说。"那不是子弹是炮仗。"大伯说。"不是没人点炮仗吗?"爷爷说。"那不是炮仗,爷爷,"我喊,"是你的肚子叫了。"爷爷吃起来,大家也都吃起来。堂哥开了一瓶五粮液,个个都斟满。妈妈突然夺过赵立人的酒杯,说:"你还要命不要了。"赵立人的双手摁在膝头,肩膀耸起,以防自己突然起来。堂哥突然站起来,仿佛衣裳没来得及高上来,我们都愕然地看到他光着的上身。堂哥话多起来,每每说一段话,怀疑自己一样,哗哗,响亮地笑。大伯不一样，每每说话，以为不够好笑，总先哈哈笑上一阵。二伯说话就平，每个字一般大小，抿着嘴嚼一嚼才吐口。"看见爷爷，我爹像个小牛犊，浑身发颤，像个小马达。"堂哥说完，哗哗大笑起来。大伯也跟着笑。二伯马上望赵立人一眼，当作什么也没发生。没人晓得五叔摸了进来。每次举杯，我都去喝酒，酒令人生气地老也喝不完。大家吃饭吃很久，我动一动筷子，不知道该吃什么不该吃什么，盯着菜水蜿蜒流窜。后来，我终于学会了吃，吃着吃着失了兴致，仿佛一口能吃个胖子。不但我，他们也是。我不是第一次发现大伯没叫过谁弟弟，二伯和赵立人也没叫过谁哥哥或弟弟，五叔同样没叫过谁哥哥。

接，还是不接？李颂打来电话。李颂讲完电话，我同他说再说一遍，边说边出门。够远了吧——那是什么，滴答得到处都是谁的血迹？我把手机拿得离耳朵远些。我说："不行，今天忙，去不成。"奇怪，竟然是湿的，湿了水的炮仗打不响，竟然真是血，没干透呢。李颂已经挂了电话，我根本听不清他说啥。他话不成句。要么信号不好，手机吃字；要么他牙齿掉了几颗，说话漏字。

爷爷进了屋，出来时双手捧个盒子。爷爷的脑袋勾着，像只秃鹫，从领口冒上来。爷爷谨小慎微的样子像捧他自个的骨灰盒。爷爷的肚子小了，许是给大炮轰平的。爷爷干枯的手拆开盒子，差点拉垮了盒子。爷爷说："你们尝尝这酒咋样。"蜿蜒的菜水绕过杯盘，触了触桌沿，才放心地一滴一滴向下滴。越滴越快，越有一根细丝抢救似的把水滴一滴一滴拉了上来。

爷爷说："这酒好喝不？"

爷爷说："好喝那就多喝点。"

爷爷说："这酒哇不错，很有些年头了。"

爷爷说："咦，刚刚是不是炮仗声，我没听错吧？我就知道。我刚说哪儿了？有些年头了，嗯，我也很有些年头了，老了，不中用了。"

大伯说："大过年的不说这个。"

"你别插嘴，叫我把话说完。"爷爷说，"我记不得啥时候，就知道是黑介，我和你们爷爷遇着日本兵。日本兵以为我们是游击队，一梭子扫过来，我不知道一梭子是多少，就知道子弹嗖嗖打耳朵边上飞，跟蚊子似的。我跟你们爷爷躲玉米地不敢吭气。等日本兵过去，你爷爷问我：'儿啊没事吧？'我说：'爹啊我胳膊压麻了。'"爷爷瘦骨嶙峋的胳膊从衣服里抽出，再次向我们展示他的伤疤，他胳膊上有两个伤疤，是一颗子弹贯穿了胳膊。伤疤有碗口那么大，我曾拿两只碗要把伤疤堵住，怎么也堵不住，伤疤像血一样总是往外冒。两只碗哪个里头都没子弹。"你们爷爷搀起我就往家跑。到了家找来医生给我包口子，怎么都包不住，那个血啊止不住地冒，就这个坛子，装了满满一坛子。"我不止一次听爷爷讲它,每次都有出入,最有印象的一回是我老爷爷搀起爷爷就往家跑,到了家找来医生给爷爷包扎清爽,爷爷顺着自己的血迹一路看出去,才看到他们是踩着一路血印回来的,血印又分岔拐向我老爷爷,爬到我老爷爷的腿上。我老爷爷腿上中了同样大小的一枪,就像这颗子弹是一路顺着血迹,克服拐弯和攀升的障碍慢慢爬进我老爷爷腿上的子弹洞里去的。为此,我老爷爷瘸了后半辈子,走路一瘸一拐,人人叫他"三瘸子"。爷爷说:"你们喝掉的这坛呢,不是酒,是血,是我的血。我从来一碗水端平,趁今儿个人齐,喝也喝了,该说就说。我老了,不中用了,剩一把老骨头,要搞搞清爽。"

二伯一片一片吃药,吃得很慢。吃完就吐,脸色苍白,什么也吐不出。

大伯说:"你这是做甚?"

爷爷说:"喝也喝了,分也分了,就剩骨头了。该说就说,我这把老骨头你们要怎么分法,都说说都说说,别跟个锯嘴葫芦一样,搞搞清爽,搞搞清爽好。"

大伯说:"要不还是按老法?"

爷爷说:"你说啥?"

"我觉——"五叔说。

"你觉着吃饱不饿。你已经管好二叔了,这儿没你的活儿。"二伯说。

"我觉着吧——"五叔说。

"我觉着还是按老法,"大伯说,"三个人,每人四个月嘛。"

爷爷喊:"你说啥,我耳朵聋了,听不见你说啥。"

赵立人喊:"我是说回头我们到我家好好商量这事。"

爷爷又喊:"别回头,就这儿。"

爷爷说:"不是三个,是四个,四个人,每人三个月。"

五叔说:"咋能四人,仨呀。"

五叔去看赵立人。赵立人正在搛菜。我的筷子掉了,我低头捡筷子。原来赵立人的脚踩在五叔脚上。我换了一双新筷子。

爷爷说:"没说你,我没你的份儿。"

可能是人多,座位拥挤,温度也热上来。赵立人捂着嘴轻轻咳嗽了一声,接个电话,去了。五叔侧侧肩膀,也接个电话,去了。

大伯说:"到时候我们来接,每家四个月,你要还一个人住老四家,自己吃,你就吃,给你四个月的钱。"

爷爷说:"我要自个吃不动了呢?"

大伯说:"我们接你过去伺候你啊。你又不过去。"

爷爷说:"我不过去,我住的地儿挺好,我喜欢,我就要住那儿,狗日的不孝东西。"

二伯说:"你说怎么办吧?"

爷爷说:"这不是叫你们商量吗?"

赵立人和五叔回来了。五叔的鞋带松了,好像是刚刚爬上鞋的。我不知道鞋带一直松着,还是刚刚松脱的。我说:"五叔你鞋带松了。"五叔瞅我一眼,没有说话,脖颈青筋突突跳动。怎么说呢,似乎有水从脚底呼呼涌上来,漫过脚脖,高过膝盖,顶着圆圆的大桌子哧哧冒沫。

爷爷说:"我哪儿都不去,就住那儿。我从来一碗水端平,你不跑吗,你不撒手不管吗,我就耗你的屋子,我就耗,耗不死我,也把屋子耗死。"

不至于地震吧,杯杯盘盘颤了一下,桌子才不为人知地动了一下。事发突然,马上平息了,很快,"哇"的一声,桌子号啕哭了。我们都愕然,桌子有什么好哭的。堂哥从桌下掏出江儿。江儿摸着头,不停地哭,痛得好像就要死掉了。江儿哭着去抱五叔。五叔把江儿推开,五婶忙接了过去。

妻与我划界而睡。但到人前我们又和好如初。春节过去三天,一天比一天长,好像过了三十年。妻也从容许多,局促和兴奋都没了,像从这个家长出许久了。

妈妈开电动三轮去买孙家驴肉,路上意外蹿出一条狗。妈妈来不及刹车撞断了它的腿。它躺在柏油路上呜咽,肚子很慢地起伏。妈妈把电动三轮停在路边走了回来,到家提了铁锨就走。我几步跟过去。狗拧着狗头不肯死去。很多机动车从旁开过。妈妈在路边铲个土坑把狗埋下，出了一身汗。妈妈把铁锨的手把支着下巴，歇了一下，突然望了一眼灰灰的天，转身向集市走了。我把电动三轮一步一步推回家，铁锨也放到原处。晚饭时候，我与妈妈说："这驴肉吃起来好像狗肉哇。"妈妈说："就是狗肉。"妻放下碗筷出门去吐。与妻生活这么久，我第一次知道妻不吃狗肉。妈妈为妻煮了一碗小米粥。因为鼻炎，我悄悄与妈妈说："能不能换床新褥子、被子和床单？"妈妈说："都是刚换洗的呀。"我说："有新的吗？"妻已经熟睡，她不准我越界。呼吸稍通，有阳光的味道，我辗转反侧睡不着，窗外寒风呼号。我想，狗肉有什么了不起不吃的呢。好容易睡着我突然觉着，我是不是也需要戒个什么来不吃一吃。

我去不了菏泽，客车要到初六才上班。宝马开出申楼镇，行人突然多起来。一辆小轿车栽进麦田，后轮当空，呼呼打转。驶过定陶，他们下车去撒尿。我犹豫要不要再尿一回，眼望无际的麦田，插几根缝衣针似的电线杆。李颂打电话给我，我眼望的是同样无际的麦田，插几根同样缝衣针似的电线杆。我说："家里忙走不开。"朱允成开车到姑奶奶家把我劫走，留下一箱牛奶和两丛香蕉，算作赎金。这辆宝马，像个廉价的假货。车里简陋得让人想哭，座位上多灰而杂乱，处处想开裂。

我打开车门，李颂一脚把我踹翻在地，开口就骂："臭小子，不接你你还不来了。"

我爬起来，拍拍棉袄，照他的脸也是一蹬，说："我说没车就没车。"

李颂不再是麻秆一根，肚子上长了小肚子，小肚子向外翻，胖成一团面团。他没睡醒似的，眼睛总也睁不开。我捏来捏去找他的脸。后来，我掰开他的嘴说："你牙好好的呀。"

李颂说："滚。"

我问："这是谁的车？"

李颂说："要不要待会儿让你也过过瘾？"

我说："诓谁？"

李颂说："诓你。"

我说："就你俩，有病。"

朱说："接你这个臭小子还要我拉来一个军，夹道欢迎，高呼万岁吗？"

我说："涓和国峰？"

李颂说："涓在，国峰在路上。"

我说："都是老爷们儿，没意思。"

李颂说："我叫了孙静。"

我说："你还惦记人家？"

李颂说："她还怕我惦记？看我收拾她服服帖帖。"

我说："人要提前走，你送还是不送？"

李颂说:"狗屁,我会说人可以走钱留下。"

我说:"你想说衣服可以走人留下吧。"

朱说:"你俩有病。"

我和李颂说:"你闭嘴。"

过了定陶,朱把车停在路边去撒尿。李颂也下车去尿。我正犹豫要不要再尿一回,朱浑身一颤,家伙没来得及收起来,跳进车里踩了油门就走。下一个路口,朱停了车,宝马呜呜发颤,李颂追上来气喘吁吁:"我填不满你们的嘴了。"我和朱笑得就要散架了。朱把家伙塞进去,拉上拉链。

要上高架桥,车里一阵沉默。我们齐齐向右看去。一排一排的楼房,小得像玩具,儿子一推就倒了。李颂说:"现在菏泽一中老校区也都搬这儿了。"学校后面是铁轨,火车常哐当哐当震得脚底发麻。我说:"哦。"

我们上了三楼。电梯里遇见邓健拎一箱啤酒和茅台。嘈杂鼎沸的声音,许多脸挤来挤去,一小团一小团的烟云悬在每人头顶。饭店尽头的游泳池漂着奇怪的颜色,不会游泳的孩子扑扑腾腾。我去洗手间,发现游泳池不是游泳池,只是临时的小小游乐园,许多颜色的小圆球埋到腰际,孩子扎个猛子,又露出脑袋。国峰比我们快,涓在摆扑克算命。空调嗡嗡吹着,我们把外套脱掉,打一圈保皇。孙静来得晚,还带了儿子。以前没发现孙静是爱笑的孙静,说抱歉也挂笑。孙静儿子不吃也不闹,看看这个看看那个,眼珠滴溜溜转,手指伸进鼻子。"把手拿开。"孙静说。我们谁喂他吃,他都不吃。李颂喂他说:"乖,叫爸爸。"我们挨个喂他说:"乖,叫爸爸。"孙静把儿子的衣角掖进裤腰,眼睛一弯,笑骂道:"去你的。"她骂我们每个人,我觉着她只在骂我一个人。热闹的气氛冲得人昏昏沉沉,谈论的东西也都飘在火锅的氤氲里。朱要引入智能家居的观念。李颂抱怨涓给他介绍的对象杳无音信。涓成了家,不再跑海了,再跑媳妇要跑了。我实在摸不准国峰做什么,每回都被他严肃的脸骗到。孙静在职的银行每况愈下,老公还没转业。邓健始终寡言。我问他看守所忙不忙。他的回答总是懒散。

我突然说:"前儿天我见着梅超风了。"

邓健说:"在哪儿?"

我说:"就火车站那块儿,也不知道是不是,看起来忒像,没敢说话。"

邓健说:"可能是她,梅超风就在银座那块儿上班。"

我说:"后悔不后悔?"

邓健说:"后悔个屁。"

儿子吵着要走。"把手拿开,跟你说多少次了。"孙静说。儿子睡熟了,孙静找来衣裳盖严实,收回食指留下儿子的嘴唇。我们的声音小上许多,好像我们也都睡熟了,也都吃饱了,再吃也没意思。孙静说:"时候不早,我该走了。"李颂通红了脸,喊道:"他要知道我头砍下来给你当椅子坐。"他屁股给椅子粘住了。孙静不是抱着儿子走的,儿子背着她,他们给他加油、欢呼。不知哪儿来的气力,我想把火锅和蒸汽都扒开,挣扎一番醒来,说:"衣服可以走,人给我留下。"

他们到裕兴商务宾馆开了两间双人房。房间破烂而瘦小,不知道是灯光灰暗,还是房间本就灰旧。我们把两张床拼在一块儿,打够级。一进卫生间,喷头给我敬礼,蟑螂迅速逃窜。马桶盖上弯曲的毛毛,像刚刚掰来掰去掰弯曲的。邓健要走,朱也开车走了。国峰和涓去另一间房。我和李颂再把两张床归位。闭了灯,李颂给我背诵《雨霖铃》。"寒蝉凄切,对长亭晚,骤雨初歇。都门帐饮无绪,留恋处,兰舟催发。执手相看泪眼,竟无语凝噎。"谁的手?我靠,又来这套。我把他踹到床下,"滚。"门居然自己响了起来。咚,咚咚,咚。涓问李颂去不去洗脚。我问:"去哪儿?"涓不说话。我套上外套,提上鞋子:"真洗脚还是假洗脚?"李颂说:"当然真洗脚。"我们三个等电梯,李颂说:"国峰不来?"涓说:"国峰害怕。"我说:"怕什么?"电梯来了。李颂说:"怕老婆。"天十分的冷,脚冻得没了知觉。一路我十分沮丧,更沮丧的是李颂和涓。龙宇洗脚城的店员告诉我们,因为放假仅剩一位技师了,在上钟,要等半小时。我们冒寒绕了三回到更远的地方,都半途而废。大概因为我们都没带脚出门吧。天快亮了,也更冷了,黎明就要冻裂了。到十字路口,我不知道为什么没有一个人也没有一辆车我们还要等红绿灯。对面的小红人呆呆地站在那儿发呆，像个乖乖的囚犯。一闪一闪的小红人变绿以后就不会站了。因为小绿人的两条腿交替变绿，没变绿的那条腿是丢掉的腿，看起来是一条腿扔来扔去，跑得像个瘸子，快得像一条腿扛着另一条腿跑，马上就要逃出铁框框了。我一动未动。

哪个王八蛋告的密？妻很快知晓我去了洗脚城。好像冥冥自有天意。妻说："你花的钱？"我说："哪能。"妻说："我早想让你去，你早为什么不去呢？"妻坐在床沿泡脚，脚盆插了电，水底咕咕冒泡。两只拖鞋一前一后，像要急着逃。一整天我都心绪难安，手上脚上细细冒汗，给缠满细细的红线，拉拉扯扯，飘忽不定，就上楼了，又下楼了。妈妈小心翼翼给我手腕系一只小小的红布包包。我问妈妈："这是做甚？"妈妈说："这朱砂可别取下，辟邪来着。"我说："是不是婵给你说什么了？"妈妈一概否认。

下午天色阴沉，爷爷来到我家。妈妈出去了。妻在楼上睡觉（我不晓得她在睡什么）。爷爷没进屋，就坐在门口的条凳一头，凳子的另一头空空如也。我给爷爷倒水喝。爷爷喏嚅着："小啊，我不喝水。小啊，你不用忙。"把两个塑料水杯套在一块儿，不容易给手碰倒，我给爷爷接满一杯热水。爷爷的衣裳油腻油垢，穿了一层又一层，好像不是为了保暖，只为干瘦的身子长大一点，再长大一点。爷爷捧着胖胖的杯子。爷爷的脑袋惊讶地从领口探出来,像个受惊的怪物掉进陷阱,再也逃不掉。我说:"赵立人在打麻将。"我看到爷爷的脖颈猛缩一下,后背滑了下去,堕到地上。爷爷说:"小啊,我老了,耳朵也聋了,我听不见你说啥了。"我大喊:"我说我去叫赵立人。"爷爷摆摆手,说:"给他打吧。"声音小得我几乎听不见。

爷爷说:"小啊,我老了,眼睛糊了,耳朵也聋了,我听不见你说啥了。"

我喊:"爷爷,我没说话。"

爷爷捶着膝盖,说:"早不行了,就走这么一段路浑身骨头疼。"

我说:"爷爷,你喝水。"

爷爷说:"以前去哪儿哪儿好,怎么走都成。就这一年突然就不行了,骨头薄了,骨头缝里都是冰碴子,一动咔咔响。一步一步都陷土里了,走不动了……走不动了……"

我须躲到哪里去。妻正好唤我,我上了楼,妻在睡觉,我不知道她在睡什么。我如芒刺在背,觉着自己马上死了。空调老得掉了牙,吹不出热气,我走来走去,还是很冷。透过窗子,爷爷坐在条凳的一端一动未动,凳子空空的另一端上搁着水杯。大概是水杯自己移过去的,一顶一顶地冒着热气。爷爷的脸垂直,眼睛平视,望向院外。院门外一条马路窄得够不着平原。蒙蒙的广阔的平原,梳理一垄一垄的冬麦,都给上了霜。电线杆一根比一根细小,小过绣花针再也见不着了。爷爷从尽头走出,来到这儿。妈妈去哪儿了?去超市。买马吗?妈妈回来了。"超市真蠢,总是买不到东西。"妈妈说。我告诉妈妈刚刚爷爷来过了。妈妈满身警惕,衣裳也咯咯作响:"他来做什么?"我许多次偷偷看,爷爷全无变化,一人一杯,静静地待着,一丝波纹也无。真剩下一杯水凭空冒气,我就着了慌。忙下楼去追,拐到土路,才追上爷爷的背影。爷爷腰背弓得厉害,我看不到他的脑袋,好像爷爷被无情斩首,肩膀乱撞,脚底像刚刚拱出的嫩芽,步子细细地轻颤。

爷爷还能走,姥爷卧病有段时间了。

"超市真蠢,总是买不到东西。"妈妈说。

妈妈骑电动三轮,我与妻坐后座。柏油路两边的冬麦,处处萎靡不振。我们突突向前开,大片大片的麦田从我两肩滑下跌倒,抖抖索索往后掉。大多地方变了。许多房子很大地一块一块,倒也整齐,像是营地。妈妈说:"都这新农村,十三个村子合并一起,叫作十三村。"妈妈的话都给风吹乱了。乔庄路口本该长老榆树的地方,起了一座小庙,供奉着香炉。还没到乔庄,电动三轮爬不上前面的坡,愈爬愈退。有块石头趴在坡顶不动。好容易爬上去,石头却在坡道上一拱一拱地爬。

姥爷家从里面锁了门。我翻墙进去，门没锁，门闩也没插。我把杠门的木杠拿掉，把门一拉，妈妈和妻奇迹般站在我面前。姥爷庞大的身躯躺在床上，就像躺在货车上，轻轻地摇晃，何况车费一点也不便宜。姥爷太胖了，身上很多地方的呼吸都不够用，哪儿哪儿都气喘吁吁。妈妈坐姥爷边上，我与妻站在后头。我喊一声："姥爷。"妻几乎躲着姥爷，够不着飘在上头的声音似的喊："姥爷。"姥爷不像姥爷了，姥爷的脸好像搭错了地方，都没放好，很多不该塌的地方都塌掉了，骨骼残酷地抬了上来。姥爷艰难地望我一眼，说："胜啊，来了啊，来了好。快快，想吃什么拿什么。有香蕉，有椰奶。"姥爷说话时候含着糖，嘴也蜜一样淌下来。床的内侧堆满了牛奶、苹果、香蕉和罐头。二舅弯腰站着，笑得像没牙的老太太。我问二舅："撞伤姥爷的家伙赔了多少钱？"二舅很是惊讶，说："没赔钱。"我说："怎的没赔？"二舅说："没人撞了你姥爷。"我说："就那个黄毛啊，就他撞了姥爷啊。"二舅说："你姥爷自个摔的，自个跌了一跤摔断了腿，不赖人。"

　　大气晴好，黄土晒天。冬日的院场空空落落，狗房填满杂物和农具。院场没人，椅子板凳全在，三把椅子有十二条腿，三条凳子也有十一加一条腿。头一把太师椅。第二把是马扎的心，椅子的样儿。第三把是黄不溜秋一把正经小椅子。头一条凳子，排在第二把交椅的对面。第二条凳子四条腿，毫无动静地架在地上，横是横竖是竖。第三条凳子，跟

第二条凳子一个模样，好像随时都不会倒掉。它只三条腿支着，竟然稳当，这稳当又不长远，好像这稳当是从别的凳子那儿借来一点，又从椅子那儿也借来一点。远远的，第四条腿已被尿到太师椅下头了，像一条巴儿狗叽叽地叫。终于，太阳往西走，倦鸟去归林。世事不变，世上的影子都给拉长了。一条老狗眼泪汪汪地从门口缓步归来，这是姥爷家的那条老狗。我已七年没见它，它也死掉七年了，我看不见它。我只瞧见这条老狗的影子硬硬地挤进相片，不走了。院场没有人，椅子板凳也全无，不然坐满一家多热闹。妈妈、三姨、四姨，还有大舅、二舅。二舅排行是二，妈妈排行也是二。我永远闹不清妈妈、三姨、四姨，与大舅、二舅谁大谁小。好像三个女儿是一伙，两个儿子是一伙，不分大小，没有血缘。妈妈讲，她还有个姐姐，俩兄弟，我从不得见，很早夭折了。夭折多稀罕呀。

我与妻去二舅家，就在前院。压水井冻住了，妻压不动，遑论出水了。一堵墙截了我们的道，我与妻说："先前没有墙，通的。"妻说："为吗堵上？"我们去不成，却有人进来了，浑身发出很响的声音。甫一进门，大舅咿咿呀呀不停，挠痒似的，张牙舞爪，我以为看到大舅浑身挂满铃铛。不像二舅，大舅浑身都在说话。大舅是哑巴，又聋，总有许多话说。每次我都猜不住大舅说的甚，大舅盯住我打着巨大的手势，我苦涩地站那儿，像面对一片无望的大海。

我走进屋去,妈妈把姥爷的右手塞进姥爷的左手,摁一摁姥爷的左手。我将妻叫进来。姥爷冲妻挥手。妻绵绵行进。姥爷说:"这个给你,好好拿着。"妻惶恐地看我,为难地说:"我,我……"妻本要说,我不能要,我不能要,却怕得要命,说不出口。姥爷送出钱的手,够不着地方,失了气力掉下去。好像谁把姥爷的手突然砍断,胳膊也仓促去追,要抢回手似的。钱撒了一地,红得模糊,血液一样呼呼打转。我捡起钱,把皱褶尽力捋平,六张整齐折好,塞进妻手里说:"姥爷给你你就拿着。"姥爷不再理我们,很专心地数着头上的椽子。一根二根五根,三根四根六根。姥爷颤颤悠悠,等待着货车拐弯。

妈妈讲,去年有生人到姥爷家讨碗水喝。他喝罢水,竟也不走,四处溜达,叨叨什么"前通后院,家破财散"。大半的水淌进衣领,他手还捏着碗。二舅就给通道砌了墙。妈妈还讲,也许早早把前院和后院堵住,表嫂就不会喝农药,不喝农药就查不到肝病,表哥也不会离婚,家就圆满了。

在菏泽,我打电话与妻解释过算卦的事,她很是在意。

第二天一早,妻早早催我起床。自从学会自行车,我再也骑不住三轮车,车把老拐我。妈妈借了苏芸的电瓶车来。妻坐在后座,开出申楼街。多出的那家理发店,以前可是花圈寿衣店。孩子手里的皮球一磴一磴掉下台阶。每次雾里蹦出一辆车,幽灵一样,我都哆嗦一阵。到砖庙镇,他们的花圈寿衣店还在。老头刚刚起床,拉开卷帘门,喂笼子里的两只狗。我们买了三炷香,一只香炉,一张黄纸。嘱咐说黄纸不带窟窿。妻问:"什么窟窿?"老头说:"喏,那些掏了铜钱的黄纸就是窟窿。"我说:"有窟窿烧给鬼,没窟窿烧给神仙。"老头说:"现在没几个年轻人晓得这个了。"半途我们迷了路,绕进了李进士村,转了几次道都来到那株歪脖子老槐下。茫茫白雾,我分不出南北,直直地看到老槐树下吊个人。妻埋怨我跑得远,说:"你家也有这些东西啊。"我说:"都有讲究的,不能自个卖也自个用,付钱也不行。"赵立人和妈妈不在,也许故意躲开了。我把妻备好的火机放进口袋,买盒火柴回来。算出北京房子的方位,我摆好香炉和黄纸。手机几次都不到时间。谁在点炮仗,谁又隆隆轧过一辆货车。正午十二点,妻远远站后头,我费了两根火柴点燃三炷香,又划掉一根火柴烧纸。风突然就来了,火像着凉了咳嗽几下,要跑。我跪地拜了三拜,嘴里说:"走吧走吧,快走吧。"风是刚才一样大,灰烬散了。没烧透的地方又费两根火柴。我双手合十念说:"南无阿弥陀佛。"牛仔裤一直顶我,不准我下跪,直到我起身,又绊我,不绊倒誓不罢休。当晚,我睡得安稳,没再做梦,第二天轻松醒来,告诉妻昨晚睡眠中有谁从我身里抽走了。

我告诉妻有个和尚给我卜的卦。我没告诉妻,谁带我去,又多走了几公里,这都无关紧要。

没料想孙静带了蒋红鸽来。蒋红鸽比我大方,张开双臂抱我。现在,我突然想到躲避,帘子一动,墙壁又把我鼓了出来。我磨磨叽叽,像个娘儿们。蒋红鸽问我最近可好。我说蛮好蛮好。我问蒋红鸽近来怎样。她说蛮好。在他们跟前,蒋红鸽还是那个爱闹的蒋红鸽。蒋红鸽通体快乐,与谁都聊得欢,耸肩、摊手、大笑,都是她的拿手好戏。我听得到他们说的每个字,但我不知道他们说什么。他们总有一大堆话,每隔很大一段字,就有蒋红鸽说的"对对对",像飞出画的鸟,熠熠生辉。我们玩真心话大冒险,轮到蒋红鸽,她说她第一次给了一个流氓。这个流氓。肯定是的。蒋红鸽跟孙静一块儿走。李颂他们给儿子加油,孙静装下儿子,亦步亦趋。我走在蒋红鸽旁边,可能因为喝酒的缘故,我舌头一大,竟然说了出来。蒋红鸽低头去看刨土的一只狗,狗就这么好看。我的手蠢蠢欲动。她努力地缩了手,我还是看到她的手起的红疹,她说:"不知对什么过敏了。"转身坐进孙静车里就走了。冷风阵阵,我一哆嗦,酒醒了大半。

蒋红鸽带我去个地方。她把我从宾馆里叫来。国峰很早出发去潍坊,滑也回了梁山,李颂还在睡。为了省钱,我们没坐车。昨天的火锅店闭了门,我们路过走了许久。我没想到会到她家。我在楼下的树旁看鸟窝,走出一公里,突然想到那是挂在枝头上的黑色塑料袋,还猎猎作响。走了又走,总是一样腌臜的街道。有时吃力地拐个九十度,又是一幢高不起来的高楼。蒋红鸽不舒服似的,走得僵硬,偶尔说句话,又摇摇手。她又变成羞涩的蒋红鸽了,我几乎没认出来。穿过花都,就是夹斜街。人多起来。

"你知道吗,"蒋红鸽说,"这里的厕所比较奇特,然后就是男女通用。我去厕所,然后一个男的也进来。两个月厕所就隔一个板子。有点奇特。"

隔了一会儿,她说:"多说了个月字。"

我说:"我知道。"

走了很久,两边都是树林。"你看,"她说,"树林一直晃。"

地震了?

"听舅舅讲,以前在黑龙江,他跟人也是走在路上,两边的树林在晃,你猜是甚?野猪嘛。没承想没一会儿从林子里蹿出一只东北虎,跟他们对视了两分钟,又转身跳回树林了。"

"这里头不会也有老虎吧?"

"傻子,"蒋红鸽说,"是风好不啦。"

我知道。

"前段时间听姐姐说你新疆弟弟结婚,你怎么还有一个新疆的弟弟?"

"是我表弟。"我说。

"你表弟在新疆做什么?"她问。

"当初三姨和姨父躲计划生育跑到新疆,表弟就生在新疆,取名新疆。"

"你们家有没有文化啊,在新疆出生就叫新疆啊?"

"我还有个亲戚叫结婚。"我说。

"真的假的?"她说。

"假的。"我说。

"好气哦,哼。"她扑哧笑了。"嗨,"她突然说,"我儿子叫风林。"

"你结婚了?"

"我离婚了。"沉默良久,她笑得凄然,"哈哈,居然有人会娶我这样的小婆娘,"她双手抱胸,扭来脸笑吟吟,"好气哦,哼。"

"你手过敏好了吗?"我说。

"没有。"

"你对啥过敏?"

她突然低了头:"对你过敏。"她再也看不到我了。我根本不知道我们到了哪里。我几回等她赶上,她都磨磨蹭蹭。寒风嘶嘶地叫,枯草支支地立,蒋红鸽突然喊道:"我叫过淑敏,你不是忘了吧?"过大千的过。

很少再见游戏厅,如今都窝到影院边上了。她问我还玩不玩游戏。我说没了。她说:"你以前不很厉害吗?"早废了。我们换了一百块的硬币。确实,我再不是个中好手。无论老虎机、打飞机还是魂斗罗都死得很惨。她比我厉害,我差不多都死给她了,大半硬币都给我输掉了。她劝我留几个。"几个?"我问。她比出 OK 的手势,我情不自禁伸出可笑的手。

就像随便走走,我们走进巷子。石板路一磴一磴地撞出许多泡泡。水塘没有水,砖体剥落的红墙,没抹水泥。突然,一条大狗从墙里蹿出来,朝人狂吠。其他墙里也几乎要蹿出许多狗来。穿过巷子,来到堤坝,下面五六户人家往后退,烟囱向前冒着炊烟,怕冷似的,断断续续。我们冷够了又回到巷子,走错地方一样推开一扇大铁门。刚才门关着,现在是一样地关着,好像忘记收留了我们。简陋的平房,扭扭歪歪几个人,要么歪在椅子里,要么斜在床上。输液、咳嗽,还挺忙。后院窄而霉,堂屋含含糊糊,看不甚清楚。他们在吃饭。他瞅我们一眼,也没嚼饭,赌气似的鼓着嘴。他的妻薄薄的脸,纸糊似的,竟也响亮地说:"吃了吗?"响亮得纸叶子发抖。过淑敏说:"吃过了。"她说:"再吃点。"我与过淑敏坐进硬邦邦的沙发。他站起来以后我才意识到他高且薄,正在干枯似的。套个肮脏的毛衣,袖口开了线。直直地走路,像吞下了一根长长的竹竿,弯不得腰,屈不得膝。两臂甩来甩去,柔软得像面条。他竟然趿个拖鞋,不冷吗?他出去了,我如坐针毡。他一进来就有点害羞,好像偶然相遇,不敢抬眼看人。但一开口他全然变化,犹如真神附身,我几乎要哭了。

他说:"要问啥事?"

"他可能撞着东西了。"过淑敏说。

"碰到啥事了?"他问我。

"就是做梦。"我说。

"梦到亲人?"他说。

"我四叔。"我说。

"你跟你四叔关系很好?"他说。

我点点头。

"梦见啥了?"他说。

"头一天,我梦见我死了。第二天,梦见四叔叫我,就站在理发店门口,阳光打在他脸上,笑嘻嘻的像弥勒。第三天梦见被许多狼追,我逃进一个村子,狼都退却了。两边都是房子,那些房子是坟包。我找到应该是头儿吧,告诉他我没死,我要回去。那头儿翻了一阵账本把我送了出来。他说,快走吧快走吧,晚点再来。第四天,我没做梦,只是吓到了。我睡得正好,赤了身子,从床上蹦起来就跑,因为手上有电流通过,要带走我。"

"左手还是右手?"

"左手。"

"那个,"他在作业本上记下一些符号,"你四叔咋走的?"

我告诉了他。他露出一丝讶异的神色。随即,又在作业本上画来画去，我看不明白。他搁笔说："可以卜一卦，你有硬币吗？"

"多少钱？"

"三个就好。"

"三块，还是三毛？"

"都行。"

我感激地看过淑敏一眼，从兜里掏出三枚硬币递给他。

"甭给我，掷六回，你自己来，我记下。哎，你生辰八字是多少？"

"一九八五年七月二十九。"

"时辰？"他有些不耐烦。

"申时。"

我掷了六次硬币。其中一次跑了一个硬币滚到沙发下头。我问他还作不作数。他脸色一沉，说，可以。他在数学作业本上写"·"，写了六个，又另起一头写"×"，写了七个，他又写了几个"·×"，每个"··××"都乱，不工整。他把整齐又排序的"··""××"连线、搭桥。计算了一会儿，他说："不是鬼的问题，该拜神了。"我诺诺应声。他让我把硬币收走，嘱咐我别忘了把它们都花掉："买啥都行，不能多也不能少。"

他走了。他又回来了。递给我一个小纸包。"那个，你要还睡不安稳，吃点这个。"

"这是？"莫不是草灰、尿素则个？

"阿普唑仑,用于治疗焦虑症、抑郁症、失眠,抗惊恐药。"他说。

我本想买包哈德门。老板非要多收一块钱。我们又到游戏厅,被一条灰不溜秋的狗挡住。过淑敏说:"这条狗跑得好像一条狗啊。"玩掉这三块真不容易,本想一举花光,没承想老虎机意外吐了一百个币。我们换取一张整票,去旁边的影院,买了两张《西游记·女儿国》,一桶爆米花和一瓶可口可乐,正好花光。我脚下顿然轻浮。

为了包庇我的行踪,我告诉妻我多跑了一趟公安局,去出入境管理大厅花半天办理护照。这样以后就能与妻去米国了。什么,时间还不够?那就报警撒。我竟记不得公安局在哪儿,不如打一通电话。然而就在四叔死的那晚之前,我还从没去过公安局。我老是想一个问题,如果那天晚上我就在那里及时报了警,也许四叔就不会死了。如今,公用电话亭大都很专心地废弃着,还贴满小广告。电话竟然还能用,听筒里一阵"嘟嘟"。硬币用光了,只好买包哈德门再来,真就拨号才发现报警是不需要投币的。"喂,110,是110吗?我要报警。我不知道,还以为是塑胶模特,都没走近去看。你们快来吧,快点。我是谁?我谁也不是。你们快点来吧,快点。这是哪儿?对呀,这是哪儿呀?"这是夜晚,远在菏泽郊外的树林，月亮又大又红，委屈得要掉泪，仿佛害了红眼病。树林繁繁密密，一辆机动三轮"突突"地响，停在路边，等人上车。杂乱的脚印很大，也很多，哪些脚印是凶手，哪些脚印是你？你从背后走来，悄无声息的，给我看硕大的石头，几绺发黄的头发粘在上面。仿佛可怜的脑袋，只剩几根毛，等它说句话再走吧。若是没人说话，石头必然呼叫起来。你走了，一句话也没留。脚印乱七八糟，像许多人都走错了地方。树林其他地方，深渊似的，没有弄乱弄脏，疏疏落落，月光肩膀宽阔、步履轻盈地拐来拐去。警察该到了吧。他们不会来了。刚才的电话根本没拨出去，无人接听。对不起，让你失望了。

我第一次去公安局是四叔死去多年以后询问案情。公安局就在出入境管理大厅背后。公安局大得有些不负责任，大厅很大，透过窗子，折过几次的阳光"piapia"滑倒在地板上，摔扁了，也摔偏了。一片一片的墙壁里有我惊讶地望着我。他们都穿制服,肩上扛星，坚硬地给我下令："傻愣着做什么。"有个女的"发什么神经"，脸绝望地凹了进去，哭也没用。我不该来的，那一刻，我像个逃犯无处躲藏。他以为我来办户口。"再不济，改改名字也成嘛。"他拿下眼镜哈热气，用纸巾擦一擦。"我要报案。""总归不是杀人案吧。"考虑到形象，他及时收住笑出大半的脸，捂住嘴。似乎因为错画了口红，他开口说的该是"你去死啦"。空调吹着，哪儿来更大的冰箱嗡嗡发颤。刑警队队长全然认不得我，也难怪。他一开口就是："我真是服了，有完没完了。这都多些年了。"臭骂我一顿，好像我是个孩子。办公室好大，楼下好熟悉，黑压压好多人。墙上挂的锦旗积了尘，文件柜里塞满灿灿的奖杯。"能破案早破了。你以为公安局是你家，你想查就查？"刑警队队长不都便装吗？还有枪，枪呢，枪在哪里？我想到了，楼下这是出入境服务大厅。"你以为公安局是你家开的，你想看就看？再说人也不在这儿。在哪儿？当然殡仪馆喽。"他愤怒地晃，饱含大笑似的。上衣的第一个扣子解开之前，他歪歪头，准备抖松紧绷的警服。

还不到夜晚，时间早就超时。妻每每提醒我别坐枕头，我就奇怪。她说你妈请来一道符掖进枕头了。我伸手去摸，没甚稀奇，不过装在信封里。我问她跟妈妈说什么了。她说你妈甚也没说。第二天妻从兜里摸出另一个信封。妈妈什么时候学会写信了？她不识字。又他妈来这招。不用看，里头定然是另一张欠条。无非是"欠据向毛主席保证今日起赵怀胜欠赵立人一个儿子即日即欠永不归还口说无凭立字为据赵立人二〇一八二一四"。妻问我这是什么，仿佛她不识字。

妻当然在意蒋红鸽，与我担心的不同，是另外一桩事，说着她竟咯咯笑起来。令我惊讶，我头一回讨厌起妻的脸来。

如果不是姐姐，我不知道我业已结婚。当时我还认不得妻。姐姐告诉我。赵立人为我办了一场盛大的婚礼。宴席排场大到方圆十里处处知晓。我问姐姐新娘是谁。姐姐说还能有谁。可婚礼当天，新娘跑了，再也没出现。新郎新娘都没有，婚礼照旧。赵立人把我和过淑敏的照片放到桌上，给我们举行了一场婚礼。两张照片供在桌上，一拜天地，二拜高堂，夫妻交拜，送入洞房。我有点蒙，感觉自己被举行了一场冥婚。妻听后，咯咯笑个不停。我又一回讨厌起妻的脸来。此后见着谁她都指责我二婚，她亏得很。妻说她没想到我是这样的人。

我没想过我会滞留北京，我只是拖延，遇见妻完全意外，结婚仓促得更像宣战。我为何竟如此决绝？是年春，我收到一封信。除了赵立人还有谁。这年头谁还寄信呢？哦，除却那帮过路神仙。信封里没有信，只一张简陋的欠条：

欠　据

向毛主席保证，本人赵立人于今日起欠赵怀胜一个爹，即日即欠，永不归还。口说无凭，立字为据。

赵立人

2010.2.14

许是路程过长，从菏泽到北京，我不知道路到底有多长，我不知道这信都飘过哪些地方，竟然耽搁半年。落款时我还没遇到妻，收到信时我已结了婚。

我与妻离开那天二爷死了，姐姐一脸悲伤。昨天收拾东西，姐姐同样悲伤。她和妈妈备了大米、小米、花生和花生油，都是自家种的自家榨的。还有腌的鸡蛋和鹅蛋，也都是自家鸡鹅下的蛋。妈妈总嫌少，恨不能把农田和鸡鹅都给我担去北京。姐姐每每帮扎口袋，挑鸡蛋，妻便慌慌张张抢下姐姐手中的活计。姐姐升到一半的手不知该收该放，就一直站那儿，盯着我们收拾，双手有力地半握，好像一不小心捧了个硬邦邦的西瓜。让她放下放下她也不放下。妻每拎一样东西，姐姐就抖一下手，怕妻摔碎了。妻把一些小东西和瓶罐掏出来，放进去，最后心一横又都掏出来，说："不拿了，好麻烦。"姐姐说："不拿了好不拿了好，咱不是赵立本，咱不啥东西都要。你们不知道，在厂里赵立本整天跟别人屁股后头拾瓶子，拿别人不要的东西，抢别人吃不完的菜，没见过东西似的。弟弟，你也知道，他不是没钱，全把钱藏在银行，我是看不惯。弟弟，你评评理，都一家人，又一个厂，不帮衬帮衬还老找茬。嫌我不叫他，我凭什么叫他，我就不叫他。就不叫，气死你。不叫就怼到我跟前，跟我讲道理。叫红琴看笑话。他又是蹦又是跳，腰里别个匕首差点扎着脚。鞋带都松了。怎么，我不叫你你杀了我不成？弟弟，你说他恁大人怎就不知屙尿呢。就会欺侮我。不但赵立本，别人也是，都欺侮我。弟弟——

弟弟——你在北京，北京多好，没人欺侮你。你在北京认识人多，能不能找找人？我不知道该不该开口，实在找不着人说，咱爸咱妈都老了，啥忙帮不上，只能跟你说，你说你能不能找人把我从磅上调到会计室？北京打个喷嚏，我们底下全都簸箩地震。全厂人都知道我要调到会计室了，领导也都知会了，临到宣布却是别人。我不痛快，你们说调我，为什么换人，就因为我没花钱、没找人吗？我没钱，也没人，就靠自己，你们需要什么我考什么。会计证我拿了，驾驶证我也拿了。一句话没有把我顶了，凭什么？你们这帮狗。下次？下次谁知道还有没有另一个王继红了？别骗人了，你们这帮狗。我哭怎么了，我就哭，狗才不哭。你们这帮狗啊。狗急了还跳墙，兔子急了还咬人呢。是的是的，我是人，我是一个人啊。我不是个泥人，谁想捏就捏，想怎么捏就怎么捏。"姐姐竹筒倒豆子，说了这辈子全部的话。我吞吞吐吐支吾不住，下楼撒尿。天寒地冻，我坐楼下的凳上抽烟，一根接一根，凳子另一头搁的一杯水，似乎在冒气。一次性塑料杯，一只杯子套进另一只杯子，杯中水是满着的。我起身一晃，水杯栽倒在地，真怪，水一滴也没洒。早已冰冻了。那天下午，爷爷一口水没喝。如今杯子老老实实待着，坚硬无比，嚼也嚼不动。我回到楼上，姐姐哆哆嗦嗦，肩上妻的手一抽一抽的，宽阔的背闷着哭腔。

如果姐姐不在，我会告诉妻：驴子刚刚驾车走过。傻桂荣蓬头垢面，头发花白、鬈曲，稻草却是直的。她径直进院："爷爷奶奶行行好，给点剩菜吃吧，爷爷奶奶行行好，给点剩饭吃吧，要饿死了。"拖拉机突突开过，烟囱冒的烟重重地拖在后头，柏油路颤颤悠悠。赵立人磨刀霍霍，刹向鸡颈子。一顿猛按，鸡头栽进土里，无头鸡抬了身乱摇乱撞，翅膀扑扑棱棱，怪不好走咧。血从粗大的断口嘶嘶地冒，血点画上一串曲里拐弯的线。赵立人走进屋去，鸡毛粘在刃上。姐姐不喜欢鸡皮，喜欢鸡汤，总也吃不够。赵立人吃不几口。妈妈满手肥皂的臭味，给我夹很胖的瘦肉。吃过饭，姐姐骑电瓶车上班去了。妈妈提着僵硬的手上楼，桌上打包好的行李充满策略地排排坐，怕是一拎就走了。煮熟的鸡蛋鹅蛋委屈地滚在巨大的盘子里。妈妈什么时候学起抽烟了？妻突然咳嗽起来。我还未发火，妻就不咳嗽了，就打起嗝儿来。妈妈说："这个你们带着，别忘了吃。"我说："这是什么？"妈妈说："给婵的，吃了对身体好。"妻说："我也没病没灾，吃的什么药。"我责备地望妻一眼，这样话只该我说。妈妈说："记着，连吃仨月，早晚各有一份。"妈妈吃力地起身，险些绊倒，我上前一步去扶，托了半升空气。妈妈已噔噔下楼，末了的话擦地响："大夫说了，保证男孩。"妻的嗝儿蹿出天灵盖去了。

　　姐姐上了一宿班，早早赶回。我怕再见姐姐，欠她一个弟弟似的。姐姐忙上忙下，比妈妈还操劳。一上午我都躲着姐姐。时间在迫近，终是躲不住。姐姐把行李捆得硬硬邦邦，替我扛上。我突然来了力量，定定地说："别再累……"我本来想说别再累着你，话一出口就后悔。姐姐一定感到分外生分，瞧我半天。我真怕她开口求我。我惶急了。姐姐马上滴下泪来，她突然说："咱二爷死了。"我手足无措，无助地摆摆空的手，我想说："我知道我知道。"心底突然松口气，好像二爷死得正是时候。姐姐说："红琴告的我，我怎就想不到，我有多久见不着二爷了。"姐姐哭得二爷也呜呜来了，二爷傻不楞登，但二爷是好爷爷。二爷任劳任怨一辈子，弯腰驼背半辈子。我喊他："二爷二爷。"他说："嗯哼。"姐姐喊他："二爷二爷。"他说："嗯哼。"姐姐已不哭了，她在咒骂，骂天爷，骂自己。"都是他都是他。"赵立本没给二爷办任何丧葬，偷没声死了，悄没声就埋了。二爷偷偷死掉五年了，从没人在意。我真想姐姐现在也不知晓。好像这样，二爷就不死了。

爷爷活够了。"多活一年多受一年罪。"爷爷亲口告我。我以为爷爷早睡了。傍晚六点未到，我一推门就进来了。黑夜里一阵蠕动，一股沉闷的声音塌下来："哪个？"我说："爷爷，是我。"爷爷说："我啊，我是哪个？"我说："爷爷，是我啊。"灯亮了，床上空着，褥子铺得齐齐整整，灯光找不着爷爷在哪儿。四面黑咕隆咚，爷爷像是从墙后头走了出来，披着棉袄，颤颤巍巍坐进椅子。爷爷说："我要死了。"他坐在椅子里等死从他背后向他慢慢走近。爷爷说："人不能老活着，总得学会死。"他说这话的样子既不像等死，也不像盼死。他坐在椅子里，纹丝不动，昏黄的灯光丝绸一样绕过他的躯体。我掏出钱来，爷爷不接，我也近身不得。爷爷黑铜色的脸，一坨一坨向下坠，像一根干柴。我把钱数给爷爷，像一张一张烧冥币，不留余烬。我关好爷爷的门，站到四叔的院场。爷爷大概还坐在椅子里，连指头也不敢动一下，好像指头稍稍一动，就把自己弄死了。我就那么站着，很是悚然。抬头望天，天黑压压沉下来，一丝光也无。我突然明白，爷爷有多怕死，爷爷就多希望能多活一天。他什么都知道，他知道自己老了，他早知道他最心疼的那个儿子没犯事也没逃，早就死了。他不够力气悲伤，也不够力气等了。二爷与爷爷住一个院场，赵立本照旧不在。我打开二爷死掉的屋子，这间厨屋，堆满木柴和麦秸。二爷的床早就不在，我躺进二爷死过的地方，不够我躺，我蜷缩身子，抱住自己。我什么也看不见，黑色压倒一切。二爷"嗯哼"一声醒转来，我听不见二爷肚里头咕咕叫唤，二爷也听不见。二爷心一横，索性饿死也罢，骨头也松了。院场有三株枣树，我走过一株，再走过一株，总迈不过院门。天上一丝星也无，我迈不动腿。就像我还乡路上一步未动，妻已睡着，窗外总走麦田，若狼样跟定我。火车开进山东，我收到妹妹自新疆的信息："哥，我想我爸"。没有句号，我没有回她。与人借了笔，我撕开烟盒，铺在小桌上写起信来。中性笔尚有半管墨水，却写不出一个字。写完信,纸上一个字也无,我默默念上一遍,写字的手隐隐地疼。火车也一抽一抽,我忍不住头抵玻璃,头颅咯咯打战,七星瓢虫拍扁在玻璃上像窗外旋的一只大鸟。寒风猎猎,黄沙起于天。有人说下雪了,下雪了。久未见分毫。诓鬼咧。当年我只身逃离才落了雪,从不想我还会还乡。大雪很慢地下落,白银满地,我茫茫不知何往。我于菏泽车站买了两株牡丹。我带这两株牡丹一路向北直往北京。卖花的告诉我,这两株牡丹,一株绿色,一株红色。因为两株牡丹枝条干枯,尾端开裂,火车上三根手指发颤的人质疑:"能不能养活?"为此,于北京我专门买来两只硕大的花盆,精心护养。几年来我搬家七回,扔掉诸多东西,从没抛却它们。如今它俩早已开花,一株白色,一株粉色。它俩也不是牡丹。它们的花朵太小,花瓣毫无气色,快要死了,老也死不去。我不知道它们是什么花,也不知道它们是什么植物。这两个骗子。

2017 年于十里堡

夜 游 神

一个疯人认为自己是个鬼魂,一到深夜就到处走动。

——安东·巴甫洛维奇·契诃夫

三魂永久,魄无丧倾。

——《净心神咒》

夜见灯光,别有圆影。

——《楞严经》

我们都叫她毛毛。第一个毛是她的姓,第二个毛也是她的姓。我们都知道毛毛不是复姓,我们也知道她只姓一个毛,可我们从来不知道她叫毛什么,好像她从来冇自己名字,因为我们都叫她毛毛。

而曹县一中是全县最好的中学,我考了两年才考上。不说师资力量,不说教学高楼,便是奢侈的厕所早已蜚声校外。洁白的瓷砖,松木的弹簧门,还有感应水龙头,无不彰显厕所的排场。尽管毛毛素来洁净,以至到了虔诚的地步,然而,比厕所大肆流芳的却是毛毛如厕的故事。

毛毛除却饭前便后,便是课前课后,也要洗净双手,洗掉一层皮也不在乎。她向来严苛,从不请假,也不迟到。几乎踏着上课铃进来教室,头顶下课铃走。据说,她只迟到一次,迟到整整一节课。那天本来快要上课,毛毛去教室路上临时起意,想去厕所。讲到这里,有人插嘴说,想不到毛毛也需要上厕所。毛毛快步进了学校奢侈的厕所,待毛毛上完厕所,再去洗手。学校的厕所虽然豪华,水龙头也会破旧,铁锈撕裂了镀锌,但那也是感应水龙头。毛毛洗完手,待要出门,她却突然呆呆地出了问题。厕所门关闭了,要搁以前,她则不慌不忙掏出纸巾,垫在手上,开门走人。今天,毛毛兜里空空如也,别说纸巾,便是厕纸也用完了。毛毛想要出门,需要拉开门把手,这样她的双手便白洗了。她也尝试以脚开门,冇开开。如果拉开门,弹簧门自动关门之前,她来不及再洗一次手。这样毛毛便陷进了开门洗手—洗手开门的死循环。毛毛张着手,手指尖滴着水,死死盯住把手,放弃了开门的想法,便踏踏实实困囿厕所里了。我不知道这节课她如何度过,像我一样煎熬四十五分钟吗?直到下课,眼巴巴等来第一个冲进厕所的人,毛毛看准开门时机,侧身闪出,重回人间了。徒留弹簧门哐哐晃动,等待有缘人再次推开。

于一个女人来说,毛毛确系一个性感的名字。毛毛是我们的数学老师。毛毛从高一带我们到高三毕业,第一天上课她便不苟言笑,甚至有些呆头呆脑。毛毛看上去是个老实女人,个子不高,长相平凡,不能算漂亮,却干净利落。她面容苍白,不施粉黛,枯槁如病人,头发梳得一丝不苟。偶尔穿穿裙子,稍稍走动,微风轻抚之下,她的小腹便调皮地冒了一冒。我数学很差,到她讲课如听天书,一句也听不懂。然则,她开课第一句,便操着标准普通话说:数学是一门语言。

毛毛的花脸刚刚并不是花脸,脸上无意中涂了一抹粉笔的白色,使她多了一分俏丽。毛毛不是新老师,一上课便不习惯讲课,声音低垂。她习惯板书。她不喜欢整支粉笔,因为正当她书写讲义,便听啪的一声折断了。我坐在第一排靠门的座位,阳光透过窗户,打在黑板上,正中毛毛左脸。她的侧脸在黑板上投下了漫漫黑影,某个角度像是一只欲飞的鸽子。毛毛三根手指写字,大拇指和食指捏住粉笔,小指像尾巴一样翘了起来。毛毛写到一半,也挪到讲台中间了,左面的黑板一片白色的反光,我看不见字了。毛毛写了一黑板的数字,密密麻麻,像白色的蝌蚪蠕动。就在第二行,她写错了一个数字,也不用板擦,凑近了小指抹一抹,黑板上便是一团白,像天上降下一小朵云,被她写进黑板了。毛毛写完讲义,翻翻教案,头也不抬,也不说话,手里有用完的粉笔头,不过一丢,砸向后排的武松。武松当即闭嘴,额头多了一个白点。毛毛挥挥手,想要驱散弥漫空中的粉笔灰,又揉揉手里的白,白色簌簌掉落,白色仍旧擦不掉,好像她的手天生便是这样的惨白色。通常，你若是细心，她的肘关节，也能沾染一点白色。但是，每次毛毛写字，我便直直盯住她的手不放，呼吸急促，全身在颤，那是一双瘦弱得几乎惨白的手，一根一根手指，缺一不可，竹枝一样，枯瘦、坚硬。我总听不懂她讲课，但是我知道她的手指在告诉我她的欲望，纯洁、白皙的手指，我数不厌的她的有洁癖的手指，在跟我说话。一二三四五六七八九十，整整齐齐的十呀，冇道理可讲。

数着数着，我便恨她，恨她为什么不多生一根手指叫我多喜欢一下。我近乎痴迷了，恨不能有十只手去一一捉住她的这十根手指。然而，毛毛教我第二课便叫我浑身悸动、痉挛，好像无数个毛毛将我淹没，如蟒如水纠缠、拉扯我的腿脚，毛毛先是涌在我的腰腹，缓缓抽搐，很快穿破我的胸膛，淹没了我的头顶。向上蹿流，几乎要捅破我的天灵盖了，叫我幡然醒悟人类的真理，当即推翻了神之暴政。最简单莫过我们眼之所见，这便是毛毛教我的第二课，譬如她问：是什么叫人类发明了十进制？问出这句之前，她说，人类进化到此，数学发展至今，好像人类刚刚从恐龙进化成人，而十进制绝非完美的计算系统。她像是从小臂的手腕处突然端出两只小手一样，伸出两只手掌，要推我们好远。我们已经知道，她的普通话十分标致，好像全校只有她的普通话冇走样。她说：人类发明十进制，是因为我们只有十根手指。她双眼闪着光芒说，如果人类有九根手指，那么我们现在沿袭的便是九进制了。听到这里,我甚至觉着,人类所有的秘密都藏在这十根手指里。

至于莱布尼茨发明二进制,他一定是个怪物,他一定是个只有两根手指的怪物。

举凡平平无奇的我们,要是只有两根手指,能够用来做什么呢,不过是吃烟。毛毛是个好老师,但我绝非好学生,第一次吃烟便被她逮住了。

你也许不知道,是武松教会我吃烟。

武松后头总是跟着李富强、皮猴,还有老桩。一到下课,他们便聚做一团,有时候,商讨国家大事。有时候,便逃去"供销社"。也有时候他们会走出校门,站到马路对面的槐荫下吃烟。第一次见他们吃烟,便在厕所,他们不便不溺,晦暗的地方,只有白色的烟云浮在他们头顶。我装作去校外买笔,与他们巧遇多次,便过去与武松搭腔。时日稍长,便自相熟。尽管武松嫌我话多,起码他们的小团体冇排斥我了,我则不习惯了。武松的腔调,武松的步子,还有他故意的亲近,都叫我忧心,尽管如是,我还是忍不住亲近武松。我的第一口吃烟,是武松那支烟的第二口,他已经点着了,叫我也尝尝,那口气像怕我饿死。饭后一支烟,赛过活神仙。我抗拒的不是吃烟,我迟疑是因为,这是他吃过的一口烟,过滤嘴上沾着他的口水,几乎淹死我。武松脸色难看,很不松快,我颤巍巍吃了那一口。白烟顶进喉头,当即呛了出来,我猝不及防地咳嗽。武松他们哗哗笑了起来。我冇想到他们吃烟都是从皮猴手里买烟。按支卖，好坏不论，一支烟五毛到一块不等，武松也不例外。好像是地下军火交易，每支香烟，便是一杆枪。不久，我也学会买第一支烟，吃了第一支烟。为了示好，我多花五毛钱，又买了一支，像个农民夹在耳上。到底，我冇学会吃烟，武松老说我吃烟不过肺。我也不懂怎么走肺，以为吸一口过滤嘴，再口吐烟雾，便是吃烟了。

这节课便是数学课。毛毛一定发现了我的异常，不然她不会上来便是提问。她指派一列座位，从头至尾，挨个回答。申雪的肘关节捅捅我，这个小婊砸又来，毛毛叫了我名字我才意识到我是第一个，我像个娘们，扭扭捏捏，脸颊发烫，一句话也说不出来。毛毛冇难为我，亲切地叫我坐下。下了课，毛毛叫我与她走趟办公室。

我和我的数学老师走在夏日的午后，天上的白云很近，像远方的山峦。我知道武松他们一定趴在走廊的栏杆上，再次品评毛毛了。不出意外，武松也一定再次偏着脑袋，以此避开碍眼的头发。毛毛穿着绿色的裙子，她身上散着淡淡的花露水的味道，瘦瘦的背影叫人心疼。她像个剑客，小手拎着巨大的扳手，很不相称。我的手抱着一只自行车的车座抵在腰间，想象自己抱着一只篮球。然而，沉甸甸的车座，却像一颗人头。我这样跟着毛毛，想到一个狠词，便是：提头来见。毛毛的头发被太阳晒作无限透明的金色，她停下脚步，扭头看我,她的额头亮晶晶的,冒着细密的汗珠。她故意露出笑容,向我招手,像在轻轻抚摸我的头顶,五指张开,插进了我柔软的黑发。我像被她压在五指山下的泼猴,满心欢脱,全身痉挛,既酸软无力,又呜呜乱哭。等到她说,再不快点,我们就要被晒化了,我才想到加快脚步。到办公楼需要穿过长长的操场。阳光像巨大的阴影,负在我们身上。我们脚下短短的影子,格愣格愣地向前浮动。

我不知道为什么,篮球场铺设的沥青晒化了。我也不知道为什么,白娘娘他们竟然还在打篮球。他们远远的是几个小人。我不是骂人,也不是比喻,因为距离远远的关系,他们看起来真的很小,以至我伸出手来,也能将他们玩弄于股掌之间,随便两根手指,便能轻易齐齐捏碎他们,骨骼啪啪碎裂。他们这帮小人与另一帮小人对抗。双方篮球技术都不好,也算势均力敌,有那么难堪了。因此,他们多次投篮不中,篮球像是谁的脑袋飞了出去。可能因为那只小人用力过大,大过了这块篮球场。我眼巴巴看到那只篮球一环环变大,及至落了地,像个不听话的孩子蹦蹦跳跳来了,篮球大到篮球边界的时候,便已滚到我的跟前了。我慌忙伸出一只脚,踩住了这只篮球。那些小人啊,也都巴巴看我。见我有还球的打算,便自动脱落一人,走过来了。神奇的是,这个小小的人儿也是每走一步便变大一步,好像是我用放大镜一点一点把他放大了。他要到我的眼前了,已经变作正常大小了,再近一步，他便会步入巨人的行列。在他伸手之前，我一脚把篮球踢了回去。这只很大的篮球，并冇如我所料把他们几个砸死，而是迅速地变小，给一个身手很好的小人刚好接住了。他们很冇良心，冇等脱队的大人归队，便重新开始打球了。

操场早过了，办公楼也过了，毛毛冇停下，直接消失殆尽了。她消失在办公楼的背后，好像是办公楼的墙角直愣愣地把她切冇了。我转过墙角，走在一旁通幽的小径里，重新看见毛毛。道旁梧桐树的阴影，像蝴蝶扑棱下来。跟在毛毛后面，我第一次走进这条小径穿过的花园。因为僻静，毛毛的步伐更轻盈了，也可能因为寂静，其他人类都死绝了。过了布满冬青的地方，豁然开朗，便是自行车棚。许多自行车冇摆好，落满灰尘。不用看我也认得毛毛的自行车。她的自行车高高大大，前面横亘一根车杠，不是那种右腿一撇便上车的坤车。这辆车与别的车不同，我一一看过别的车辆。有的车座被人划了很深的三道；有的海绵也破烂了，暴露的两根弹簧也断了；有的车座套着白色塑料袋。而毛毛的自行车冇车座，好像掉了脑袋。我的猜测冇错，我从腰间掏出车座，接过毛毛递来的扳手，弯下腰去，摆正车座的位置，调整高度，费劲地拧紧螺丝。这个黑色的车座，弹性很好，很有温度的软和，同时又硬邦邦的。毛毛俯下身来，像是一场白色的梦降落下来，叫我心悸。她的头发垂到我眼前，呼吸也扑我脸上。猝不及防，我毫无痛觉，她熟练地摘掉了我的耳朵。

我情不自禁伸手摸索，意料之外，我的耳朵重新卷在我的手中。她熟练的手指之间突然多了一根手指，那根细长的手指，比其他手指都要长，不过是一支烟卷。毛毛的手指，灵活地变动，搭在烟卷上。毛毛说，你也吃烟啊。我后悔忘了这支五毛的烟卷，窘到词穷，像个结巴，只是说，那个那个……毛毛不听我解释，严肃地说，这个我没收了，以后不准吃烟了，吃烟有害健康。我的后悔无边无界，挠头说，以后不会了。毛毛说，看在你帮我分上，也看你初犯，我不告发班主任，算是我们的交易吧。我不记得我怎么离开的，我已经走出很远了，毛毛又叫住我。毛毛也已走出车棚，站在阳光下，她头顶的一块蓝天是与别的蓝天一样的蓝色，她说，别忘了今天讲的题型回去好好复习，不懂便问，莫再逃课了。

过不多久，我竟然再次逃课了。不是我的错，怪就怪武松带坏我，他最先逃了课，非但带走了李富强，好像连他俩的空位也带走了。他们逃课是家常便饭，我则是在努力向他们学习。我去台球厅游逛一圈，又去游戏厅走了一趟，老虎机很快吃掉了我几乎所有硬币，匆匆打了两把飞机，便悻悻而归。我不是第一回遇到正在上课的学校，空空荡荡，仿佛世界末日，一个人也有。我翻墙进来的，专走僻路，就在梧桐树下，我转道办公楼后，这条小径已是我的专属小道了。很不凑巧，今天叫我遇到了毛毛。这会子，正阳光明媚，毛毛站到树下的绿荫里，风儿一吹，地上的阴影裂开的瞬间，我真怕毛毛会掉到地下去。她的侧脸很美，更美的是她微微上翘的嘴角，因为她看到了我。她应该害怕的，因为她在吃烟。作为老师，作为女人，她吃烟的动作过于娴熟了。而且，她吃烟的样子也与旁人不同。世上也只有毛毛吃烟需要用上三根手指。她的大拇指和食指捏住烟卷，小指则在小指该在的位置微微翘了起来。她喜欢仰脸吐烟，烟雾像奶油抹她一脸，好一会儿白烟在她脸上无不烂掉了，她才吃下一口烟。那支烟仿佛毛毛刚刚从我耳上缴获的第六指，一口一口吃掉。她的吃法特别，咀嚼手指的根部，手指却在尾端一截一截消失。她不喜欢弹烟灰，并且吃烟过分用力了，烟雾每每吸进，紧闭着嘴，脖颈青色的血管暴突，似乎她抽烟也不走肺腔，而是灌进血管，直达心脏。看她一眼，我便恍然忘己，心知不妙，掉头欲走，几乎要逃脱了。毛毛突然叫出我名字，烟灰齐根断掉了。啊，她竟然记得我的名字，叫我浑身一颤，满血沸腾。毛毛不慌不忙，悠悠吐出烟雾，盯到我后背一凛。这条路很短，走起来却那么漫长。

毛毛冇动，她全身曝在阳光之下。她白皙的皮肤，相当坚韧，并不怕光。

待到第二天，课间休息。我好奇武松昨天到底去了哪里。李富强说，我们去东山教场看枪毙了。虽然东山教场就在监狱边上，我才不信。后来，我也去过东山教场，除却一望无际的芦苇荡，什么也冇。再后来，武松吊儿郎当，瞟也不瞟我一眼，亲自搬把凳子坐到走廊的廊檐边。他脱掉了鞋，双脚跷在栏杆上，全部露馅的脚趾头像疯狂的兔子，闲不下来。武松把路堵住了，要去如厕的女生要想过去，需要大张双腿，从武松的腿上跨过去，她们叽叽喳喳，很是气愤，掩嘴骂他流氓。武松则歪着脑袋，愈骂愈开心。每个过去的女生都会得到武松的赞颂。赵小倩走过去了，这可真难看，屁股大得像个磨盘。哎呀呀，还是陈爱英好看，密不透风呀。贾凤燕也走过去了，一扭一扭，足足一指宽，她一定被操过了。武松说的是大腿的间缝。然而，毛毛的两腿又直又长，细如竹竿。毛毛早早从办公楼出发，我们看到她的时候，她好像刚刚从竹林中出来。因为快到时间，毛毛脸庞坚毅，脚步很快。武松则说，我操我操，一只拳头啊足足一只拳头，这个骚逼，烂货，婊子，她一定操过一万个男人了。每至此刻，我便想杀掉武松。然则，我是个软蛋，屁也不敢放一个。武松说，他从来冇见过这样好看又风月的腿缝。以此断定，毛毛必然是个淫荡无边的女人，风光无限。这一刻我想逃离他们，我不确定，武松的反常举动，都是为了做给我看，说给我听，以拒人千里之外的态势。他们又哇哇淫笑了，他得逞了。我于心不忍，小心翼翼跳过武松的双腿，使我不碰他分毫，借机逃去厕所了。刚刚下楼，毛毛已经走向另一幢教学楼，我只能望见她消瘦的背影。时值黄昏，我看到太阳隐在她的胯下，正在熊熊燃烧。

这时候，毛毛右手的小指已然截去，已非一个完人了。

同样，这也并非我第一次看到毛毛当众发浪。

毛毛也非总是走路。她到学校教学，通常骑自行车。我不止一次看见毛毛骑自行车。那辆高大的自行车，前有车杠，后有车座，毛毛每次上车，不会像男人一样张开右腿，从后跨过，而是右腿向上蜷起，脚底一拨，便撇过车杠，骑车走了。炎热的夏季，也是骑车最好的季节。那天热到柏油路也化了，刚出家门我就感到热了，学校必不可少，我必须硬着头皮走了出门。我不敢走在阳光里，挑着树荫走，就像走在刀山火海里。柏油路上处处是开车的人、骑摩托车的人和骑自行车的人，更多的是坐公交车的人。好容易到了学校，还有长长一段校园的小路要走，有个不错的女人穿着粉色T恤和紧身牛仔裤，正迎风骑车，当时有风，她的头发仍向后飘散。她胸脯不大，温柔可人，两手架在车把上，屁股骑在自行车上。她骑过去了，我呆愣当场，我多看了她一眼，并不因为我认出她便是毛毛。她远远骑来的时候，我便奇怪了。因为我看到有一根很黑很粗的东西从她的胯间翘了出来，那东西是一根长相难看的鸡巴。这根鸡巴和毛毛的脸，给我的认知当头敲了一棒。毛毛过去一阵了，我才突然想明白那不是一根鸡巴，而是自行车车座前面的部分，像一匹鲸鱼，从毛毛屁股下面，拱破裤子，抬升上来。讲到这里，我同样想到那天我看到黄昏以后的太阳，被毛毛的腿缝削作一根发光发热的淫棍，日出一样，缓缓上升。

　　毛毛通常就穿牛仔裤，上身搭配一件过分的西服。那件西服更像她丈夫的西服，硕大异常，极不相称，穿在身上咣咣当当，仿佛她穿着丈夫便匆匆出门了。其实，毛毛冇结婚，她到死也冇结婚。毛毛只有过一任男友，据说是位诗人，名作万有良。我们冇见过这人，但我们都知道他，我们知道他们恋爱了，我们知道他们热恋了，我们也知道他们分手了。尽管毛毛的恋爱在男生里举世瞩目，消息却从女生脚下的地缝里钻出来。女生们心细如发，通过毛毛右手的小指洞晓一切。她们说毛毛一定单身了，因为毛毛从不戴戒指。她们说毛毛想要恋爱了，因为毛毛的小指戴了戒指。她们说毛毛热恋了，因为毛毛的小指换了戒指。第二个戒指一定是万有良送她的。她们说，因为但凡热恋，双方往往互赠尾戒。这是两人发自内心的愿望，寓意牢牢套住对方，共度一生。执子之手，与子偕老。意外的是，他们很快分手了，因为毛毛的尾戒再次消失了。而且，不甘心拔地消失的戒指还顺走了她的小指。这是我们万万想不到的。毛毛则事不关己，分手悄无声息，好像无疾而终。自此，毛毛再也冇爱过，仿佛这个万有良是个从来冇的人。

　　她们说万有良之所以与毛毛分手，是因为价钱冇谈拢。

他们一夜风流之后，这个男人便不辞而别了。他走前于枕下放了钱，至于多少钱无从得知。有说一万，有说一千。这时候武松听不下去了，他说，撑死一百。不可能比一百更多了。因为万有良是个诗人，注定他是个穷光蛋，一百块钱是他的全部家当。我不知道他们从哪儿听来这段秘辛，好像他们当时就趴在床底，虾公一样慢慢弯起。这事像剖开的鱼腹，红的白的黑的，鳔胆鳃脂，一应俱全。非但学生，老师们也津津乐道。这般风言风语很叫我为毛毛难过。这还罢了，更令人痛心的是她的断指。

然而，她们又湿又坏，说毛毛的指头为他男人切掉，因为万有良是个变态，要控制毛毛。毛毛因为摆脱他，付出了一根手指头。还有说是毛毛自己切掉了，为了留住万有良，以此明志。等等等等，不一而足，我不知道哪个是真哪个是假。无论过程如何，结局都是一样，手指头冇了，万有良走了，好像万有良从未出现。

这么说也未尽然。我曾跟踪毛毛，从南到北，走走停停，从来就只毛毛一个孤苦伶仃的身形，左顾右盼，并无节外生枝的万有良。我不忍毛毛顾影自怜，便开始想象，从脑海中搬出牛高马大的万有良陪她身边。尤其那天，我跟在后头，还不知道她和万有良已经分手。我想象他们正处热恋，虽然只有毛毛一人，我则像开了天眼，能够看见他们二人在光天化日之下傍身行走。道路一片平坦，他们走在前面，我不敢走快,总有一小片用不完的天懒洋洋滑落脑后。过了玉龙桥,每走一阵毛毛的肩膀就被谁拨楞一下,她便不自然地斜一下肩膀,继续走。原来是她每走一阵便路过路灯,路灯的光辉只落照在她的肩头,就像扳一扳她,叫她歪一歪。我心惊肉跳地担心扭坏了毛毛,竟然冇意识到,已然天黑了。毛毛穿着少见的裙子,走路一惊一乍。而万有良则裹得自己严严实实,长衣长裤,不但戴了帽子,也戴了手套。好像怕我们认出他似的,这样天气,不热死也会闷死吧。他们两个手牵手,十指交叉,默默地走。我从未见过这般柔顺的毛毛,与她的脸很不相称,而她的脸又因为频频望向对方,一闪一闪发亮。天黑不久,天上适时地下起了毛毛细雨,非但亮晶晶地落到他们身上,也落到树叶,落到屋顶,落进河水中了。他们这样走了一晚上,不知道该去哪里。无论是他的住所,还是她的住所,他们都不能去。两个人又不好意思主动开口去宾馆开个房间,便漫无目的地走。多亏空气新鲜,好到令人起疑。我则冻到打颤,耸着肩膀藏在暗影里。他们不在乎去哪儿,只管慢慢走,鬼使神差进了灯笼街也不知道,直到每个开张的洗头店扑上来,才匆匆躲进灯笼庙。站街的妹妹被雨水泡开睡眼,很怕淹死似的有气无力。灯笼庙年久失修,毕竟能够遮风挡雨,因为不卖门票,万有良和毛毛便无遮无拦进来了。同样,灯笼庙也不收我的门票,我却无辜被神抢走了门票,只好翻身跳墙进去。两个湿漉漉的人,进到布满灰尘的大殿，脚下嘎吱嘎吱好像是干燥的噪声。院内黑苍苍的，是丧尽天良的黑，焚香炉乱糟糟的，湿烟深渊似的艰难地向上咕嘟咕嘟地冒。从内部望向院门，首先看到的便是提神的韦陀，另一面一定便是醒脑的弥勒造像了。正殿肩一副斑驳古联，有道是：净地何须扫，空门不用关。我扒开一条窗缝看进去，隐约见此：大佛脚下，摆一副旧色供桌，供奉一捧苹果，两边各站一支蜡烛。他们两个，你侬我侬，撑到天亮怕会着凉，不得已宽衣解带，晾在两扇蒲团上。一阵凉飕飕，冷到打颤了也，水从湿漉漉的头发，到他们脸上往下滴。为了取暖，他们不得不抱住对方，他们的脸很快紧张地贴着，因为他们的脸很容易溶解于水，因此，两张脸溶在一块，变作一张脸了，一张只有毛毛的脸。接着，两只湿漉漉的裸体，也因为毛毛比万有良抱得有力，抱得真诚，借着浑身湿漉漉的水分，毛毛难过地把万有良也溶于自己的血肉和骨骼里了。好像这样毛毛就会怀孕万有良，待到来年，生下万有良，他们又是血脉相连的两个人了。然而有用，毛毛只是毛毛一个人。孤零零一个毛毛，浑身上下淌着水，仿佛她便是流不完的水。是她自己，也要顺着她的指尖，一滴一滴滴落殆尽，化作一摊清水，渗进地底不见了。唯有一尊布满蛛网的佛祖造像乍然耸立，几乎破壳而出了。

第二天，我冇去早自习。你们应该知道，我直接来找武松，无端与他打了一架，弄折了我的腿。我的瘸腿（三个月后我便好了伤疤忘了疼），哪能与毛毛的断指相比。后来，我们像往常一样正式上课。毛毛照常喜欢板书，她捏住粉笔写字的时候，打草惊蛇了我，好像只有我忘不掉她来历不明的断指了。断指处已然冇纱布，也不渗血了，我不敢再看，仿佛我就是等待这个不敢再看。我便忍不住飞快地看了一眼，断指结疤许久了，惊异地闪闪发亮，莫名其妙地干净，十分光滑，那样突兀的冇，简直是把小指紧紧塞进了肉里。又有什么呼之欲出，不定什么时候便会蹦出一只小小的恐龙恐吓大家。每次我不怀好意地回避，都像在回避她的羞耻，她的放荡，和她的叛徒。至于吃烟，我也再冇见她吃烟了，我不知道是冇见到，还是她不再吃烟。总归，改变的只有我，因为我学会了戒烟，在我还冇学会吃烟是什么的时候，我过早地掐断了这支烟。

我瘸腿以后，得到爸爸的宽恕，允我以后上学可以骑他的自行车了，这辆车前面连条车杠也冇，一撩腿便上车了。我之前以为，爸爸会花大钱为我买一辆轮椅，最不济租一辆也好。爸爸显然一眼看透我，冇到残废的地步，拐杖也用不着。我骑车向来是把好手，骑快了，遇到前方一片平坦，我便大撒把。我需要小心谨慎，单腿跨上车座，坏脚平平奓拉在外面，便骑车上路了。单脚骑车需要一定技巧，需在脚镫高到顶前顺势踩住，一脚勾住一踩到底的脚镫，勾上高处，循环往复，自行车便一撇一撇，像划船一样进发了。然而，当我骑车以后，路边平日高高在上的柳枝纷纷不耻下问了，毫无廉耻地抽打我的脑袋。我冇那么多时间，我还要去学校上学。终于有一天，我的坏脚已经完好，可以随意单腿支在路边了，坐在自行车上，伸手折断一根柳枝，以示惩戒。时值夏日，柳枝并不干枯，而是柔韧度很好，水分也很充足。我扯了好几下，才折下来的。弄到两手尽是洗不掉的惨绿惨绿的绿色。

事关自行车，我后来再冇见毛毛骑车了。待我高中毕业，也冇听到毛毛的消息。有一年，大学暑假回家，我偶遇毛毛一次。当时我正路边走着，一辆公交车打我边上行过。我坐过这路公交，人满为患，每次能够挤上车全靠运气。为此，我付出了一只手机为代价。那是一只诺基亚基础机，黑白屏幕，只能打打电话，发发信息。因此，我并未心疼，只是遗憾。这天我走路像个无所事事的混混，其实，我是要去姥爷家。我早早看见了这辆公交车，我怕我认错了，我先认出的是毛毛。她正坐靠窗的位置，车窗大开。她的半边脸映着阳光和风速，我着急忙慌也挤上这辆公交车，站在离她不是很近，又刚好能够看见她的位置。她边上坐着一个男人，后来，我明白那是个陌生人。我当即扭头，怕与她对视。我想我认不出自己了，浑身颤抖。我想与她同座的男人也一定注意到了，她的断指。他起初以为她把小指攥在了手心里。后来发现了她的秘密，他一定替毛毛感到生痛，那截去小指的地方，像突然降临的怪物冒了出来。肯定是意外，伤疤突兀得像多出的一根六指儿，闪着光，比其他地方要硬，也比其他地方洁净，洁净得像一块污渍。然而，我还是比她先下车，我已经过了五站姥爷家了。刚刚下车，毛毛的叫声打断了我的臆想。我装作惊讶朝她望去，她正因为偶遇熟人而高兴，她斜着身子，几乎正面朝外了。可是，她不是在叫我，而是认出了另一个人，一个我不认识的人。我也从未见过这样的毛毛，这是教师之外的毛毛，阳光而灿烂。她把自己扭做半个麻花，手伸出窗外，朝那个人挥手。要叫司机知晓，一定骂她叫她缩手回去。然而，毛毛冇，公交车已然开出老远，毛毛仍挥动她的手。她张开的手指，因为摇晃，显出许多错影，好像她这一只手有十根手指那样多，令我眼花缭乱。

　　本来，我坐在后排与武松同桌。高二重新排座，武松照样坐在后排，我则去到第一排门口，与申雪同桌了。申雪是个发育良好的女生，每次课上她挺直腰背，两只胸脯搁在课桌上。她不是团支书，却像团支书一样总在我睡觉、说话抑或看她时拿笔尖捅我。申雪总是如此，胸脯却大到叫我挪不开眼睛。我很奇怪，如此纤瘦的身体是怎么支撑如此之大的胸脯的，真是需要很大的天赋呢。然而，话痨则是我的天赋。申雪总在我说话时，举手报告。一到下课，申雪警告我，你能不能闭嘴。我说不能。申雪说，你是无赖。我说，趁着我们年轻，能说话的时候一定要说话，你是不知道，到我们老了，话就越来越少了。申雪无辜地问,为什么。我说,因为我们使用的词语正在逐年递减,而我们却不知道,并且蒙在鼓里。就是说,我们使用的词汇正在默默发生灭绝,并且速度越来越快,所有的词语,使用的人越少它就越僵硬,当50亿人冇一个人再说这个词语以后,这个词就"啪"的一声凭空消失了。这个词语灭绝以后,我们是不知道的,我们的不知道不是慢慢把它遗忘了,我们的不知道发生在遗忘之前,就好像它从未出现。先时可能是生僻词,发展到后来就是常用词了,比如"习惯",比如"恋爱",比如"活着",比如"比如"这些词。最后消失的词语一定是"我"。当"我"从来不在以后,我——我们也就学会了闭嘴。申雪炸毛了,你能不能当个哑巴。我说,对,那时候我们就是自己的哑巴了。话说回来,我有个舅舅,他就是一个哑巴,他不是天生的哑巴,他是小时候一次高烧以后才学会哑巴的。但是我舅舅的哑巴和我们以后的哑巴不一样,他不是词语的无奈,是舅舅的无奈。从小我跟我的舅舅很亲,每次见我,他都有无数的话要说,我看着他,他张开很大的嘴巴,好像嘴巴里堆了太多词语,它们很奇怪,它们疯狂地争先恐后,它们却礼貌得要命,根本不知道该使哪个词抢先出口。对,就像你看到的这样表面,舅舅的样子,比从嘴巴里伸出一只手来还令我难受。申雪显然深受感染。她将信将疑,真的吗。我说,骗你是小狗。申雪散发圣母的光辉,眨眨眼,同情地望着我,好像我是我舅舅，我是我的哑巴。我说，我还去过聋哑学校呢，教室里全是哑巴，一个也不会说话，你猜怎么着，哑语老师竟然不是哑巴，这可真是惊讶了我。我冇告诉申雪的是，哑巴打手势时，公然发出惊悚的咿咿呀呀之声，这样的声音比空寂和喧嚣更可怖。可能因为我的舅舅，申雪对我的态度竟然转变许多。但她告诉我还是肩负压力。她说的时候吞吞吐吐，说出来了也向后一靠，努力撇开这句话与她的关系。她说，晚上你能送我回家吗。我绝无不行之意，惊讶的迟疑叫她误会了。她解释说她不是胆小之人，只是她放学路上，都会路过一条棺材街。白天还好，晚上就不行了。我知道那条街，专事售卖棺材，每家铺子门口摆着各样棺材，上漆的原木的，一字排开，斜倚在墙上，棺材盖半开口。要是哪天太阳好，就会有一小块阳光陷进去。白天走过去，背脊也会发凉。晚上关门了，那些棺材也不动，就那样排着，好像人类学不会死了，棺材永远也卖不出去一样。

想不到，我竟然打起退堂鼓，申雪却冇我预料的害怕。尽管已经送她许多趟，我总毫无必要地哆嗦，这条街要是一黑到底倒是好办。当头一轮明月，两根可怜的路灯，勉强地亮一亮试试，徒增恐怖气氛。为了不致误会，我们冇并排走，从来是我像个跟踪狂远远跟在她后面。走不多远，便会有狗不知从哪个方向，猎猎吠叫。是夜晚突然落到这里了，我们正走着，申雪已走出很远，我正努力忘掉这是棺材街。哪里一阵吱吱嘎嘎，一定是我听岔了。我深一脚浅一脚地走，像翻过一座山那样疲惫，我不能掉队，因为只有紧紧跟住申雪，才能压制害怕。这里已是纯熟无奇的夜了，以至突然从一口半开的棺材里跳出一具黑影，也有那么突兀，真真把我吓到半死。申雪也懵了，傻傻住了脚，脸上流出了无声的泪水。那个黑影应声堕地，发出奇怪的响声，我才放松下来，因为那是汪汪吠叫。很快我便觉到更怪，这匹狗的身形怎么是直立的呢。这只两足走来的狗，尚未走近，便已站到路灯之下了。这只黑狗庞大的阴影，猛扑过来，哈哈笑出声来。我朝后退了一步，胸膛空空荡荡了，原来是武松。这个混账王八羔子，吃饱了撑的。

这便是武松。

尽管，武松是令人厌恶的武松，但他身边总围着许多人，脑门抵着脑门，唯他马首是瞻。武松一副神圣不可侵犯的模样，总能一句戳中人的痛处。尤其说起女人，他更口无遮拦。我和武松翻脸也因为女人，武松当胸踹我一脚，你竟然瞪我。话说回来，我和武松相熟同样源于一场打架。

武松出门很多次了，我才发现他挎着一个难看的挎包。应该是他爸爸的挎包，因为这是军用绿色挎包，有着闪闪红星，也写着闪闪发光的五个大字"为人民服务"。包包有些年头了，磨损过分，有破洞。尽管老气，新世代重新挎出来，别是一番况味。三班的王海豹偷出他爸爸的黑皮公文包，要与武松交换，遭到断然拒绝。王海豹这人，迷恋一切军事装备，从不穿校服，普通衣裳也不入他眼。他每天身着一套绿色军装，不是正版军装，色地不纯，老是不安地掉色。

晚自习我冇逃课的打算，憋不住走一遭厕所，望一眼高墙，委实忍不住翻身出去。冇特别要去的地方，露天台球厅冇人，之前我不明白院场为什么罩了一块很大的黑网，透过网眼，星星纷纷坠落，也看到黑网过滤了厚厚的落叶和鸟粪。胡同尽头右拐，是一间穿堂的香油坊。穿过香油坊豁然开朗，宽敞的院场，相对而坐，坐拥两家网吧，一家名叫飞宇，一家名叫红树林。算了，还是去供销社吧。这是一家老掉牙的游戏厅，几乎全是小学生，打拳皇败给一个小东西，我悻悻然出来。我该直接回家的，就要放学了。你们忘记申雪了吗，我抄近道拐来几近荒废的龙有胡同。很不走运，我遭遇了一场打架。虽然，我向往英雄，也自认是个好汉，事到临头，我才叶公好龙了。白娘娘不在，白娘娘一伙五六个人堵截武松。武松一改往日嬉皮笑脸，严肃的脸幼稚得像个孩子。这种表情，后来武松预备带我打架的时候我见过，他说，待会要是打起来，你就使劲用脚踹，不要停。万一打不过你要记住两条：第一，打不过就跑，有多快就跑多快。第二，跑不过抱头，一定要护好脑袋。终究，那场硬仗他冇带我去。我第一次也是唯一一次见武松那把刀，浑身发紧。只见武松不慌不忙从军挎里，掏出一样东西，闪着寒光，我打了一个冷战。那是一把来历不明的刀子，与平常的刀不同，像是军刺。跃跃欲试的几个人，一动不动了，似乎刀子初初亮相，莫名定住了他们。显然，刀子动摇了军心，碍于颜面，冇人肯退让一步。僵持不下，武松左突右冲，劈开的空气，迅速合拢。他们的包围圈，笼统起来，也更大了。武松与他们看到了我，又不及看我，突然好像只有我希望这场架打下去，这样他们便无暇顾及我了。我贴墙过去了，不管不顾，拔腿便跑。胡同口立着一杆路灯，我跑得愈快我的影子向后拖得愈长，好像他们也不打架了，死死拽住我的影子，吁吁地叫，叫我休想跑掉。我反手一掌，砍断影子，像个断尾的壁虎。路灯愈来愈亮，我的脸也愈发热，快要跑出胡同我也想不到我会高喊，因为我的脸几乎烧着了，我喊道，啊啊失火了失火了，快救火啊。并不是我的高喊吓住他们，而是救了他们，叫他们换来停战的借口，体面地撤退。冇过多久，武松慢腾腾地来了，拍拍我的肩膀叫我别喊了。原来他的声音如此温柔。

事后回想，比武松装鬼吓我，这件事令我后怕多了。

经此一役，我与武松建立起牢不可破的革命友谊。翌日，便手把手教我抽烟。与这样一位伟人作伴，我肩负使命，也肩负压力，早早做了好景不长的打算，上一个与他亲密无间的是李富强，再上一个是老桩，再再上一个是皮猴。他不能一碗水端平，隔一段便厚此薄彼一阵。而我们，谁都毫无怨言。我们一同逃课去东山教场，去学校附近的台球厅，去龙有胡同的供销社，去四完小的石蛤蟆街，去人民广场的磐石大厦，去鼓楼大街的跃进塔，实在冇地可去了，我们就坐马路牙子数汽车。

有时候我们也去录像厅看黄片。只有我们两个，我们冇看到想看的片子，不过草草看了几部三级片，我们张开的双手，无论《玉蒲团》还是《满清十大酷刑》，哪位娘子的衣裳也扒不下来。时值千禧年，录像厅已是没落，网吧方兴未艾。但是，我们向来不去网吧的。待我看到真正的黄片，已经是一年之后了。

此事源自一次意外，也是我第一次上网。高考过后，我和同学们都兴奋莫名，不知道身体要干什么了，总归要释放。去网吧包夜乃是首要之选。网吧包夜，顾名思义，便是在网吧里泡一晚上。我记得，这也是我们班最后一次集体组织，由班长张波张罗。当晚吃过晚饭，张波把大家召集到网吧门口，男生一律进到飞宇网吧，而女生则统统进到红树林网吧。对这个安排我很不高兴，因为我想和女同学挨着玩电脑，这跟和女同学同桌一个道理，我只不过想与女生挨得近一点。但是，我反对毫无效果。这是我第一次进网吧，我不知道要干什么，也不会干什么，只是对着鼠标戳戳，很快便玩到半夜，终是体力难支，想要睡觉，我的男同学们，突然兴奋起来。他们全都围在张波的电脑前端，我很好奇他们一帮人在干什么。我走过去探进头去，立马头脑清醒了，也瞬间原谅了张波此前的刻意安排。因为他们在看黄片，而且是赤裸裸，毫无人性的交媾那种。此前，我从未见过女人这样光的裸体，更不知道什么是做爱。当时我看到一双如此坦白的男女水淋淋、光灿灿地你来我往，以杀人一般的力气交媾时，我脑袋便炸了。这时候我才刚刚领略情欲的膨胀，他们两个，一男一女，当时是光芒万丈的。特别是女人，金灿灿的，像发光的观音。当然，我并不甘心于此，当下我便偷偷记下这个黄色网站的网址，以便以后我自己来网吧能够轻易找到黄片。那年夏天我冇考上大学，来年复读，再次来到县城的第一天，我不及上课，便到飞宇网吧，打开电脑，输入我心心念念的黄色网站，这网址便是：www.baidu.com。令人可惜的是，我冇从这个网站里找到我应得的黄片。

网吧是我们的禁地，灯笼街却是所有男人的福地。灯笼街因为灯笼庙得名。灯笼庙我进去过，是一座废弃的荒庙，虽然冇修缮，也是文保之地。灯笼街的其他铺面一色全是洗头店，名不副实，洗头店从来不洗头。白天歇业，夜晚开张。晚自习放了学，但凡路过，哪个门口不站几个女人热情揽客呢。

要去灯笼街，须走光华街。要走光华街，须过玉龙桥。要去东山教场，必走灯笼街。因此，我们不止一次路过玉龙桥。玉龙桥是石板桥，冇栏杆。透过石板缝缝，会看到流水淙淙。每每路过，我们便会看到一个瞎子坐在桥边。他好像常年睡在这里，因为身下便是他的床铺。脏兮兮的褥子，棉絮露了出来，有样子。他的身下围着床单。我们看不见他的腿。我们从不注意他戴着墨镜，拉着二胡。他的面前放着一个铁罐。应该是揭开了盖的罐头盒子。盒子前面，写了很长很长的粉笔字。写在柏油路上。大意是苦难，贫穷，残疾，饥荒，疾病和绝户统统压他一人身上了，但求好心人捐助一二。粉笔字比我们老师写的还要漂亮，好像特意练过书法。铁罐里面都是硬币和毛票，这样的零碎钱。武松往铁罐里投过石子，哐啷一声响动，瞎子毫无动静，我们很快便走了过去。

想去又不想去。可能这也是武松的想法。

我沉默着，跟上武松，走进一家洗头店。我们显然攒了八辈子力气，才跨过这道门槛。天气炎热，进去吹吹冷风也好。粉色的灯光，映照我们脸上，变作无限温柔的妹妹。小小的门脸，看似很小，纵深很大。店员小姐说很不凑巧，我们应该来晚了，这会儿就剩一位小姐了。本来我们可以换到别家的，好容易决心进来，我们已经不够再进另外一家店的勇气了。武松咬咬牙，不能白来，一位就一位。店员小姐说，大哥，你们俩吗？武松看看我，坚毅地点点头。店员小姐犹豫一阵，说，得加钱。其实，我想说你们去吧，我就回去了，最不济我坐这儿等着也成。我竟然也跟他们进去了，一句话说不出来。房间不大，房门是木门，薄薄的三合板，门锁的地方掏了一个窟窿出去。门闩也坏了。我插不上，店员小姐嗤了一声，不耐烦地说，别弄它了，冇人进来。应该不是怕羞，那时我们也都不知道接下来该干什么。店员小姐已经左脚踩右脚右脚踩左脚，熟练踢掉她的高跟鞋了，与我们很冇好气地说，愣着干什么，时间就是金钱，快脱啊。我死死扣住腰带说，我想上厕所。我像个肾结石患者，勉强尿了两滴。待我回来，武松业已脱光，精赤条条一个了。他的裤子提在手里，冇地方该放，两条裤腿无力地挂了下来。脱光的武松，已经不像武松了，瘦巴巴的，白白净净。我只好把系好的腰带，重新打开，扒下裤子，很不情愿，拨出我的阴茎。可能嫌弃我们太小，还是个学生，店员小姐咯咯嘲笑我们，继而哈哈大笑了。她笑到背气，差点死掉，边笑边说，哈哈……你的鸡巴……好小啊，真是好小啊。我就知道会这样。起初，我以为她在嘲笑我，说，哈哈……你的鸡巴……好好笑啊，真是好好笑啊。直到店员小姐接着说，小到好小一只啊，小到好像一只小蘑菇啊。店员小姐说小蘑菇时，这个，简直就是这个，她比划出了她的小指。这时候，女人虽然脱掉了衣裳，我还冇看到她的胸脯，她的私处。武松也冇看到，却像中了枪，踉踉跄跄，夺门脱逃。武松赤身裸体，跑进了这样无风的夜晚。

我并冇认真看到武松令人惊讶的阴茎，不知小到何种程度。但是，这事终究叫我想起那位拉二胡的瞎子。有一次路过，我们这个瞎子罕见地冇拉二胡。他竟然想去对面，他向道路两边扭了扭头，我只是觉着不对。后来我才突然想到，他这是观察来往车辆，原来他不是瞎子。他的瞎子是他装扮出的。然而，就在这时，他突然掀开床单，根本冇站起身来之说，便走了起来。这时候我才发现，他是个冇腿的人。他的双腿齐根断掉了。原来他的好腿也是他装扮出来的。他的裤子就是这样通过折叠的方式，包住断腿的地方。他是怎么走路的呢？他的两只手，撑在地上，他的身子便向前一挪，就这样一步一步走的。待他到了对面，我才发现，对面有一杆水泥的电线杆子。他扶着电线杆子，解开裤裆，掏出难看的阴茎，冲向桥下的河水撒尿了。我很震惊地看到了他的阴茎，他的阴茎不好看，也不算大，甚至有点粗短。但是，他的尿线又细又长，弧度又好，冇一处阻塞之处。尿线因为要拉到桥底的水面，委实漫长，愈到后面愈是无力接续，断作一截一截，纷纷栽进水里。显然，他不是冇腿的动物，虽然又细又弯，不妨碍他有一条长长的堪称巨人的腿。看到此处，我无端想起人面狮身那个致命的谜语，司芬克斯说：有这么一样动物，早晨四条腿，中午两条腿，晚上三条腿，那么这个动物是什么动物呢？

真正令我惊讶的是武松并冇因为我通晓了他的秘密而疏远我，有时他甚至刻意讨好我。不过，已经有什么东西起了变化，我们终究迎来一场打架。我们打架那天，他不舒服，好像是病了。我忘了我们怎么打起来，只记得我怕打死他，才住了手。为此，我吃了大亏。我们打架的地方在他住的地方，冇第三个人知道。好像我们事先商量好了，这是我们共同坚守的秘密，而且也是为了坚守这个秘密我们才打的架。

我不止一次去过武松的住处，那是一个杂乱的院场。这儿不是他家。据说是他舅舅的房子。他的舅舅已经不住在那里很久了，因为可以离学校近一点，所以就叫他住在那里。院场里，有四五个房间。其他房间几乎只有空空的房间，什么也冇。武松住在靠里的一间，里面冇桌子，一张床，一把几乎破烂的椅子，就是全部。院场里栽种了两株枣树，三株柿子树。武松带我去他那里玩过，因此我记得路。武松通常是不去晨读的。我会在晨读下课以后，过来找他，吃过早饭，便一起上学。有时候皮猴他们也会来，一般情况下，武松会赖床，我便爬到柿子树上摘柿子。有一次，我正在树上吃柿子，听到一阵震响，差点吓得我掉下树来。原来武松已经起来，并且吃起了烟。为了不让烟卷白吃，他点起了炮仗。炮仗蹦到我脸上，击碎了我的镜片。多亏我戴了眼镜，也多亏镜片是树脂镜片，不是玻璃镜片，我才冇瞎。武松带我去配眼镜，武松付钱的时候，我说，我来，冇几个钱。武松说，一码归一码。有一次，我去找他。他还在睡觉。院场和屋里向来都不锁门。他从来也冇锁门的习惯。这个地方，确实也冇什么值得人偷的东西。好像所有东西要么是破的要么是空的，只有武松睡觉的床褥是新的，今天他和别的时候睡觉的样子不同，古怪地趴在床上，腰腹拱了起来。好像他被什么东西，鼓了起来。他翻了个身，样子就更古怪了，好像有个女人被他藏在被褥里。他丝毫冇露怯，他起床的时候终于叫我发现了他的秘密。他像往常一样掀开被褥，我并冇发现不同。我又掀了一下，才下来，不然，他会把被子拖到床下的。原来被褥里面藏着的是一个黑色的车座。

一定是武松先看到毛毛的自行车的。武松看到她的自行车激动万分，不但因为这是一辆捷安特自行车，更因为这个黑色的车座激发了他的性欲。昨天晚上，他一定把鸡巴插进车座，交媾了。不然他现在不会这样憔悴、无力、一脸病容。我从来冇见过武松交媾，但是像武松这样一个性欲勃发的英雄人物，不可能不交媾的。

武松睡眼惺忪，他觉察了异样。说，瞪我，你敢瞪我。

我说，这车座是毛毛的车座吧？

哈哈，武松大笑，你个贱人，竟然喜欢毛毛。

不是吗？我说。

是又怎样，不是又怎样。武松说。

如果是别天，我不会这样。今日不同往日，我像咬掉了自己的舌头，满嘴是血。原本我来找武松，是要倾诉衷肠，岂料变成这副样子。我一愣一愣，一句话说不出来。照武松以往的脾气，早与我打架了。但是他冇，他有气无力地说，我有点不舒服，你能去药店给我买点阿莫西林和布洛芬吗？我就出门了。药店不远，就在学校对街的铺面，药店的护士问我是不是再买一点创伤药。我不置可否。顺道买了一瓶娃哈哈矿泉水，一口冇喝。进屋前我在枣树下尿了泡尿。武松吃完药，多喝了两口水，把瓶盖盖好。见我不说话，他才抬头看看我，递给我水，问我要不要漱漱口，接着他咳咳地说，你这样一副鬼样子，去哪里鬼混去了？我说，刚从灯笼庙出来。武松以为我在讽刺他上次灯笼街的事情。我冇那个意思，一定是武松太过敏感了。我说的是灯笼庙，而非灯笼街。一字之差，天壤之别。便是如此，武松也手下留情了，他的绿色包包就搭在床边的椅子上，他冇拔刀，也冇抄板砖，只不过踹了我一脚，一脚踹了我四仰八叉，爬不起来。他把这个黑色的车座扔给我，是我始料未及的。他说，你想要你拿去。好像那是毛毛的头颅。本来我要接住了一点事也冇。怪就怪他冇准头，车座砸到了我的脚踝。我当时差点疼昏过去。我的骨头一定开裂了，我听到咔嚓一声，便心知不妙。好在我冇落下残疾，伤筋动骨一百天，将养三个月，我很快活蹦乱跳，好人一个了。虽然我走路不会太过明显一瘸一拐，但是，我和武松再也不说话了。便是遇见，我们也如陌生人一样，互不理睬了。我们终究变做了对方的哑巴。

　　毕业以后，我再也冇见过武松了。

第一年高考我冇考上大学，复习一年才考到海南××大学。复习我冇在一中本部，而是在专门接收复读生的博宇中学，这个学校是一中分校，老师也都是本部老师。这一年我冇涉足一中本部，自然也无缘得见毛毛了。

大学毕业以后，我就近去广州工作。我的专业是国际贸易，换过不少工作，便是五花八门，总归是推销产品，有时候甚至会去发传单。最令我喜欢的是推销白云山矿泉水，这是新产品，我不需街头售卖，但打开销路很费一番功夫。我们需要出差去全国各地的公司、KTV、酒店推销，尤其连锁店面。我们需要与各地采购经理打通关节，一般冇回扣，很难进入。我不喜欢这份工作，我喜欢这份出差。趁机到各处跑跑，我很觉不错。

三五天便出差，使我到过很多地方，虽有广州、深圳、上海，不过大多是偏僻地方，譬如我从未听过的毕节、巴中、淳化，竟然还有单字叫宋的地方。每到一处，住进摇摇欲坠的旅馆，无一例外，便从门缝里塞进身姿曼妙的"包小姐"卡片。我不知道什么时候染上这样恶习，每到一处便急不可耐，光顾一位小姐，一并保存每张卡片。我着魔似的，一天不交媾便饥饿难耐。事到如今，又能怎么办呢，你信不信都好，我交媾有一千也有八百，每次都像个新手，很难为情，浑身颤抖，几乎要哭了。有些姑娘大概也是初次，与我一起害羞。

有些则不顾廉耻，十分性急，因为还有几单等她交货。她们或年轻，或漂亮，或应付，或功夫上乘，高矮胖瘦，不一而足。我也不挑，照价付钱便是。她们多不是本地人，说话南腔北调，几乎冇普通话，更兼是小范围方言，我听不懂，却不妨碍我们交流。不过，有时我也能学会个别词汇，便是在泉州，因为我们工作过程中有个姑娘问我，你有毛毛吗。听罢我心内一惊，她看我错愕，笑着解释说，就小孩嘛。我接着错愕。她说她是永州人，在她家乡，都将小孩叫做毛毛。便是几次，我去大庆抑或四平，碰见金发碧眼的俄罗斯姑娘，叽里呱啦，一秃噜便是一串，我更一字不明。同样，不能妨碍我们真诚交流。我愈来愈发现，交媾才是人类共通的语言，不用翻译，与生俱来。也不用费劲学习，学习多麻烦呢。无论哪国姑娘，肤色是黑是白，也不废话，上手便是一场愉悦的交媾。我记不住跑过多少地方，更无法计算做过多少姑娘。在此之前，我不知道性交冇这样多的姿势，当一男一女两个人，赤诚相见，鬼使神差便以前进式、百合锁、拜堂式、打死结、双头蛇、跷跷板，还有自由操，不一而足，我冇数过，至少有72种方式，毫不客气地交媾。不论何种姿势，抽动的本质不变，甚至是重复的。我不知道与同一个人重复一样动作是否厌倦。但是，与不同的人重复一样动作，永无止境。这样毫无意义的重复，叫我走神，也叫我痴迷。仿佛叫我发现了重复的秘密，只有交媾的重复，令人愉悦。这样的愉悦，无一例外，都要给钱。我挣钱不多，但是无论姑娘要价几何，我则多加一百块钱。这是对她们工作的认可，我向来认为，这是一项伟大的工作，也冇比这更纯洁的工作了。俗话说，拔屌无情，多么虚伪，谈感情多恶心啊。真金白银换来的交媾很是无辜：性这样纯洁，别给感情玷污了。而卖淫和嫖娼这样一对词汇，世上再冇比它们更干净的了。婚姻则是对交媾的白嫖，这也是我迟迟冇结婚的原因。说到底，我不信任任何冇金钱的交媾。我谈过恋爱，也遇到谈感情的女人，事到临头，我便不争气地退缩了。当然，我也勾搭过正经女人，不谈风月，只做交媾。事后，两人的关系微妙地变质了，像抹了浆糊，黏滞起来。于是，我留下钱，仓皇逃了。不出意外，我挨了一个巴掌。因此，我喜欢目的明确，从不废话的交媾。开门见山多好。交媾这样明亮、阳光的事，人类真是龌龊，我不明白为什么非要搞得这么猥琐。如有必要，我甚至想跑到大街上当众交媾。谈情说爱浪费了语言和效力，叫我害怕。这样直截了当的交媾才是人类的有效语言，一切尽在不言中嘛。其实，因为工作关系，我在广州待过很久（因为公司便在广州），曾不止一次去过郊区叫做黄村的城中村，一开始她们说话几乎完全不懂，后来听多了学会一个词，我觉着很酷。大约是粤语吧，我也不确定。她说没有不说没有，就说冇，多么形象。读作 mǎo。然而冇话，并非一字不说，我们不是哑巴。有些姑娘甫一进门，交易并不顺畅，我们便聊聊家常，比如你吃了吗、你多大了之类，失措的话，使劲挽留贵客。有一次，有个身材娇小的姑娘，说，我给你讲个故事吧。这是上一个嫖客讲给她听的，她说话的神情并不是要给我讲，只是怕忘了，要讲给自己再听一遍。她说，有这么两个目不识丁的人，女人假装认字，拿出一本书交给男人，叫男人念给她听。并说，她最喜欢听他的声音了，特别是读书的声音。男人也假装认字，便认真朗读起来，适当时候，也伴随翻页的声响。这两个人都是文盲，但他们不是盲人，不时便相视一笑。男人念给女人的内容，不是这本书的故事，是另一个故事，是他一页一页临时编造的故事。我忘了我听到这个故事作何反应，不过，这绝对是卖淫对嫖娟讲的最好的故事。然而，在所有嫖娟的故事里，女人被句子流放很久了。

我在外浪荡多年，忽如其来，一场肆虐全球的大流行肺炎病蔓延开来，各国政要告诫国民，无有必要，不准四处流窜。加之爸妈诚心相邀，我也便狼狈归家了。爸爸托关系送我进到银行工作，倒很是符合我的专业。刚进银行，我先被下放到砖庙的农村信用社做了两年放贷员，才转回县城。回家工作不到一年，便在妈妈威逼下，与个门当户对的妻捉对结婚了。我不得不多多考虑挣钱事宜，往家搬弄钱财。毕竟成家立业，需要用钱的地方一样接着一样。再过一年，我调回县城，也有生下一儿半女。妻自不待说，父母焦急万分，舍脸求来几副中药，叫妻定期服用。妻连连叫苦，肚子偏像个顽固的小孩儿，几无动静。

正值中秋与国庆双节，放假七日，妻撺掇我去泰山游玩，父母也做声附和。开车不远，四小时便到了。妻调皮地眨眼说。我不该听信鬼话，简直人山人海，中国人多到密不透风，走也走不动，肉身也要挤做纸片了。我爬山向来怕怕，台阶陡峭，老人也不如。妻一路大呼小叫，我则头晕目眩。爬山一半，我便后悔了，上上不去，下下不去，我想我一定卡死在这里。我吓哭了，为了哄我，妻问我泰山半途这个石碑，写作"虫二"的，是作何意。我也不知。山顶要冷好多，而且我并未为我的哭泣多么羞愧，我也以为哭已是我到顶了，冇承想一阵蛄蛹作祟，似乎体内有一条蛇顶到喉咙，扎实的早饭统统吐了出来。下山我走不动了，妻便携我坐缆车，到桃花峪山口，我拦不住妻进了元君庙。庙内古柏参天，游人少了许多，花草茂盛。两株巨大的柏树和松树对生，郁郁葱葱，如龙似凤。这两株树上拴着密密匝匝红布条，押着许许多多小石子。妻像虔诚的教徒，拜一圈神仙，遇着谁都进香、磕头，末了跳到树前，也押了一颗石子到枝杈上。回家路上，妻告知我这叫"押子"，原来这便是她跑这趟的目的。天已擦黑，我正开车，出了泰安地界，大道一片平坦，妻已睡着。过了梁山县，便是菏泽了。八百里梁山泊早已干涸，我无端念及武松。高中毕业这么多年，我曾多次梦见武松，他像幽灵潜进我的梦，或笑或痴，与我共度欢愉，有几次武松竟然死了，吓醒了我。前面远光灯激醒了我，最讨厌打远光的人了，我努力甩走武松，转念纳闷妻的举动，也许出发前妻便已备好石子了吧。

许是妻心诚则灵，第二年，我们的女儿便出生了。

女儿出生那日，我本该在医院的走廊走来走去。因为应酬，我冇能及时赶到，我来晚了，好在母女平安。听爸爸妈妈说，女儿一出生便哭了。真不可思议，女儿还不懂事，甚至冇学会说话，便先学会哭了。我来到医院，虽然还是夜晚，已然不是今天的夜晚了。这时候，我身怀巨大的不真实感，想我何德何能也有女儿了。妻脸色惨白，像生了病，冇力气嗔怪我。看她有气无力看着女儿，我多么羞愧，但是生下女儿的兴奋很快涂满我的全身。多么神奇，这样一个小小的人儿，还有巴掌大，怎样长大呢。我想伸手摸摸女儿的脸，妻担心我冇轻冇重，哎了一声说小心。我讪讪缩回了手。然而，女儿的小手正嘤嘤拨乱空气，想要抓一把什么东西。我冇完全缩回的手，刚好交给女儿抓住。但是，我的手太过巨大了。她整只手蜷曲着，只能握住我的小指头。妻不愿意就这么歪着，吃力地向上耸肩，挣命似的说，该给女儿取什么名儿呢。我假装女儿力气巨大，怎么也抽不出她的手心，让女儿这样把玩。不久，女儿的手又湿又热，这样温软烫到我的小指几乎融化了。我说，就叫毛毛吧。毛毛，多好听的名字。

女儿刚出生时，小脸皱在一块，像个丑八怪。女儿已经五岁了，看起来漂亮、灵动，阿拉伯数字却也认不全。女儿长大这几年，我真切体会养大一个人多么不容易。妻向来温婉淑静，常年累重，难免失控。这一天，幼儿园的老师布置的作业，10以内的数字，各抄一百遍。女儿已经学会1和2了，到3卡了壳。女儿写在作业本的3字老趴在那儿，站不起来，写作扭扭捏捏的m。无论妻怎样教女儿，整整一页纸，m密密匝匝趴那儿，像无数蚂蚁在爬。女儿说，我怎么学也学不会，好难啊。妻失去耐心，一巴掌扇她脸上。妻真是气昏了头，女儿红彤彤的脸颊，肿大如牛，眼泪汪汪写了一晚上。第二天，m便颤颤悠悠站了起来，能做顶天立地的3了。

我知妻脾性见长，也不怪她。她一个女人含辛茹苦，上有老下有小，既要做饭又要洗衣，眼见一天天压弯了腰。因此，我见缝插针也做些目力所及的事。但是，第一次去幼儿园接女儿，便难住了我，而且，女儿已快升小了，我还不知道。换句话说，我已经大到有个女儿的人了，而我却冇想过责任，别说孩子的重量，便是孩子平日穿衣的重量，也是我无力承担的。幼儿园不远，沿恒泰路走五百米，到丁字路口过马路，便进了明光小区，穿过一小片竹林，和冇水的喷泉，紧靠小区西门便是。还有半小时，才待放学。天色尚早，云彩许久未动，像给树枝叉住了。许多色彩斑斓的孩子冷不丁放学了，看起来天真烂漫。我看见女儿的时候，她正与其他同学招呼，女儿今天穿了一件淡蓝色连衣裙，我还冇见过比女儿更漂亮的小朋友。与女儿一道来的是个戴眼镜、个子不高的女人。她应该是幼儿园老师。她一再看我亲切地喊女儿,说,你是毛毛的爸爸吗,之前冇见过你。我点点头。老师说,毛毛妈妈呢?我说,孩子妈妈今天不大舒服,便叫我来了。这时一个比女儿矮一头的男孩,与女儿说再见。他挥手的幅度过大,几乎打到女儿的脸了。女儿噘着小嘴嘟囔囔,像一块石头。老师蹲下身,与女儿说,老师教你什么了,以后不准说悄悄话骂人了。随后,她说,毛毛你看这是你爸爸吗?女儿似乎习惯了老师的把戏,大眼睛扑闪扑闪看我,好像不认识我,主动靠我边上,牵动我的手。我们冇原路返回,绕出掩盖竹林和喷泉的小区,沿着柏油路走另一条道。刚走不远,女儿挣脱我的手,向前跑去。我不知道她在追什么,前面一片空空,什么也冇。女儿跑动时,从后面看裙子有一个地方褶皱得有些奇怪,我也小跑几步,跟上女儿,查看女儿裙子的后背。女儿耸动一下,突然冷漠地说,你干嘛呀。她语气吓我一跳,像个成年女性那样,过早地显露了厌恶,而非讨厌。我几乎不知所措了,说,你裙子怎么破了呀。女儿满不在乎地向前做抓取的动作,我想她应该在捉蝴蝶吧,说,黄智卓撕的,他老这样。我虽然皱起眉头,却突然想躲进衣柜里。我这才意识到,我比女儿还要小,白白长了几十年。女儿站在前面,不再抓了,虽然我们相隔较远,她仍然需要仰头看我,她说,爸爸能不能不告诉妈妈,妈妈知道又要骂我了。

我绕过去再看裙子的裂口,好像会有数不清的蝴蝶扑扇出来,女儿倔强地斜转身子叫我先答。这样地方的口子,不在缝纫处,一定是用刀割破,再好的裁缝也冇法不留疤。我不争气地差点哭出来,努力挣出欢脱的样子说,爸爸不说,回去换上你喜欢的公主裙,爸爸给你补好,妈妈就不知道了。女儿显然冇耐心待我说完,早早跑脱出我的视界,前方世界一片荒芜,一只人类也冇。我需要再走一段,转过这幢烂尾的转了弯的商品楼才能重新看到女儿背后的裂口。

我狗改不了吃屎,还则罢了,过去这么些年,灯笼街也死性不改。昔日的洗头店,改换门庭做洗脚城抑或洗浴中心了。结婚以后,虽是诸多不便,我也冇比以前少去。平日我归家晚,借口应酬,妻也未起疑。作为男人,我很能将这样的嗜好与家庭分割,免受其害。灯笼街大大小小的店面,我几乎光顾了一遍。姑娘多是外地的,操着各样方言,偶有普通话,钱财便多加一倍。姑娘大概一年一拨,少有久待。我见姑娘多了,不乏性情古怪者。如变装游戏,如cosplay者,如戴面具者(为满足客人录视频),也有戴口罩者(算是cosplay之一种)。戴口罩者大有成风之嫌。因为自多年前,大流行肺炎病兴起,为防疫病传染,别说全国人民,便是全球之人,几乎人人佩戴口罩。口罩便如说话一样捂在嘴上了。如今,大流行病已然消失多年了,人们也都摘掉口罩。总有很小一部分人，或因为谨慎，或因为习惯，摘不掉口罩，佩戴终身了，好像连空气也不干净了。他们冇脱下口罩，好像预防下一次的瘟疫突然爆发。我也找过戴口罩的姑娘，除了身负紧张，也冇什么不同。我不喜欢新花招，最令人放心，还是传统姑娘。

这一日很晚时候，我进的便是龙宇洗脚城。4号姑娘给我上钟，价钱比上学时涨了十倍不止。

我说，给我先洗洗头合适吗？

巴适巴适。

于是，我们进到卫生间，只是没有洗发水，洗手液将就将就也没关系。

我问你电话巴适吗？

这个不合规矩的，叫领班晓得了，要罚钱的。

就一个电话号码，我不会给你打电话的，就是想找人说话的时候给你发个信息，你就没有跟人说说话的时候吗？

103 爱 77……

103 什么？

103 爱 777……

10327 什么？

103 爱 3 个妻……

1032777 然后呢？

103 爱 3 个妻四把伞哎。

10327774832 是不是，我记住了。

是。

你多大了？

28。

你是哪里人呢？

四川。

四川哪里呢？

四川呃巴蜀。

你结婚了吗？

还没有……这个水温合适吗？

可以。28 还没结婚？

今年过年回家准备结婚的。

结婚以后还来吗？

不知道，也许不来了。

你姓什么？

姓赵。

哎呀，还是本家呢。

真的吗，看在本家分上，给你便宜一些，抹去零头吧。

开始我们有零头吗？

有零，也就一个零。

你说的是你的手机号吧，有且只有一个零……那个我说，我要给你打电话你会接吗？

我不会接。

为什么？

因为那是我们领班的电话（咕咕一笑）……哎呀，洗手液挤多了呢，你的手也拿过来洗一洗吧。就像那个什么广告说的，洗洗更健康，多洗些多巴适……

我还在洗头，他们硬闯进来，令我与四川姑娘劳燕分飞。别个嫖客与姑娘也抱头出来，他们无不是老手，寒风呼号下，井然有序，只我一个瑟瑟发抖。一路我与同车边上的嫖客解释，我就是进来洗个头，什么也冇干，你看我的头发还是湿的，不信摸摸看摸摸看嘛。我张开五指插进结满冰碴的头发。头回进到号子，我不免紧张，我怕妻知道，我更怕女儿什么都知道。他们不听我说话，也冇突击审讯，与我关在一块的五个人好像在笑，笑到六双手脚纷纷趴地。号子里比我想象的干净，而且门边的角落有摄像头监视。我困到不行，冻到牙齿打颤，搂抱到自己的后脊梁，总睡不着。迷迷糊糊中，我看到妻来接我，你带女儿来干什么。我关上门叫她们走，不用管我，我竟然关到严严实实，一丝光也透不进来。一睁眼我眼前一片漆黑，我知道这是我的残梦。我只想解决目前的困境，然后明天一早焕然一新回家，我正为一夜未归的理由发愁，猝不及防，再次堕入梦境。这一次我梦见我死了。确切地说，这是我的梦魇。我乱叫乱蹬，踹醒边上的人。我向来如此，睡觉从不安稳，睡在梦中，我十分害怕，冒死挣扎，想要逃命，但是我冇能逃脱死亡。我又喊又叫，有人在我的外面叫我：喂喂，你醒醒，你醒醒啊，你醒过来啊。喂喂。好歹叫醒我了，不能高兴过早，死亡早早蒙了我的头，我已经死在了梦中。我是跟着外面的喂喂醒了过来，应该说突然活了过来。一睁眼看到了屋顶的椽子，头一回我觉着屋顶的椽子太密了。我感觉不对劲，喉头涌出一阵东西，那是什么呢，只觉一阵冷汗，原来梦里死后的世界，便是这活着的人间。我犹如醍醐灌顶，领悟这桩真理，未及一刻又忘却脑后了。我从来不知道死是什么滋味，刚刚睁眼，我胃部涌出一阵恶心，想要呕吐。我当时确信，人要真的死了，再复活过来，一定不是庆幸抑或惊喜，一定是恶心，活着的感觉一定叫他恶心。值夜民警叫醒了我，我跟他后面，左顾右盼，昏暗的走廊一点点洇开来。我不过搁洗脚城洗头，又冇杀人放火，他们至于半夜突审吗？值班室清雅明亮，民警从他边上同事的位置，搬出一把椅子。他落座时候，皮质椅面发出咯吱咯吱的响动。他脱掉警帽，理一理箍出一圈压痕的头发，亲切地说，坐坐。我才知道我既冇站着也冇坐着，而是蹲在墙边。民警坐在椅子里，高高在上，就那么一直看着我，看那么久，好像马上就把我看死了。在我死亡之际，他突然推我一把，救我狗命。他说，啊哈，赵……赵……他的卡壳好像使我知道我只配叫赵赵。你叫赵什么来着，刚还喊你来着，就在嘴边，哎不重要了，你还记得我不？我诧异地看看他。

他说，老同学，认不出了，我是李富强啊。刚刚搁灯笼街我可一眼认出你了，我就纳闷怎么是你。没有想到还真是你啊。我浑身不自在地笑笑，同样不知道是否该站起来，尴尬地笑笑，便躬身勾过椅子，小心坐下，重新找找做人的感觉。我们边上，还有一把空空的椅子，像是张着大大的嘴巴，等人说话。我想求他放我回去，一开口竟然鬼使神差顺他口气聊起老同学。我们说起王红燕，说起皮猴，说起陈乐，说起王辰，说到该笑的时候我也适时地笑两声。很奇怪，李富强说话的时候，我只觉他的上唇掉到下唇，即刻忘记他在说什么。不停地掉啊掉，使我奇怪他怎么这么多的上唇啊。我突然意识到他的上唇完全包住了下唇，高中他便这样，早该认出他的。他的皮鞋从蹬住的炉沿上放下，兜里摸出烟卷，递给我一支，还吃烟吗？我摆了摆手说，不吃了不吃了。李富强也不客气，自顾自将嘴巴叼住递出来的这支烟，俯身凑近炉火点着了。我们几乎将同学们挨个翻了出来，同时我们默契地刻意回避了他，甚至他的名字已是禁词，便在脑海打转也不可说出。禁制我们嘴巴的名字，便是武松。我也是后来才知道，那件轰动曹县的大案。武松因为强奸班上的女同学，给警察抓到大狱里。说起来简直曲折，委实不敢相信。武松出狱后，便遭割喉。听说因为他无罪释放，才被杀害。谁知道呢，总归武松死了，我们还坚固地活着。我与李富强说到冇什么可说，不得不谈起武松的时候，话到嘴边，我们终究冇说武松，张开的嘴巴一阵 wow，以免惊掉下巴，李富强只好脱口说了她出来。毛毛犹似一场暴雨，沛然而下。

就我们数学老师，你不是忘了吧。什么东西掉地上，骨碌碌滚动，发出咔咔嘟嘟的响声，是可乐罐发出的响声，空了的，吓我一跳，我以为李富强知道了毛毛的异常。我故意说，她也死了吗？李富强呆滞了一瞬，说，怎么会。你没听说吗，传言都是真的，她是卖屄的。李富强的表情阴森恐怖，像是在捂住政变的秘密。本来她蛮小心，不慎让我们抓了她一次，我没在场，我听我们头儿说的，但她走的时候我在场。她妈妈交了罚金领走的，然而，她妈妈一个劲叫我们抓她起来，也不经司法程序，当场告状起来。她妈妈看上去七老八十了吧，还有死，算是奇迹。她颤颤巍巍，一面织毛衣一面控诉。毛线团搁在腿上，一针一针熟练地织毛衣。

你说什么叫我领她回去　谁　不不不

她就在家啊　就刚刚我出门时候非要说我牙杯不干净

每次我刷牙　都叫我洗牙杯　我每天都洗牙杯　她还说我的牙杯不干净　让我好好洗牙杯

我说　我不知道到底还有哪里不干净　我已经每天都洗了

她说　你戴眼镜洗就看得见哪里不干净了

我说　我已经戴眼镜洗了　我看不出还要怎么干净才行

她就觉得我故意的……

我他妈……是真的………实在不知道要怎么洗才行了

我今天直接把牙杯扔了

不要再天天和我说洗牙杯洗牙杯洗牙杯洗牙杯了

我们家洗碗　洗完以后一定要把每个碗每个盘子每双筷子都擦干

如果不擦干就放进消毒柜里　我妈妈就会尖叫

（妈妈？）

电饭煲的内胆　里里外外也要全部都擦干　不能有一滴水　不然我妈妈就要尖叫　她尖叫啊

抹布洗完以后　一定要拧干　如果没有拧干　我妈妈就要骂我

家里的地　不能拖　一定要跪在地上擦　跪着擦要是擦得不干净　还要被骂

我以前就是因为和她生活在一起压力太大特别想远走高飞

我可算知道爸爸为什么跑了　叫我是爸爸也会跑　谁不跑谁是王八

这还算好了　以前更离谱　我还小的时候　桌上不能放东西　她见不得桌上放东西　说乱

我：？！？！？！？

桌上不放东西桌子是用来干嘛的？？？买回来占地方的？？

每天吃过的饭菜　都要挪到小盒子里装好　在冰箱里垒

成一个一个的小盒子 她见不得冰箱里的空间没有被充分利用

扔进垃圾桶里的垃圾 不仅仅是要踩扁了再扔 还要充分利用垃圾桶的空间 要扔得错落有致 每次扔垃圾扔得不好 她就受不了 她就要骂我 说我邋里邋遢 不像个女孩子

我他妈每扔一次垃圾 就要被骂一次

我每次都要伸进垃圾桶要它们摆摆好 还要给它们过家家吗 你说多好 我又不是把垃圾扔垃圾桶外头了 我就不想把手放进垃圾桶怎么了？！？！我对不起谁了我 我小时候就是在这种压力下长大的 真是很烦

重要的是 你完全不知道她的标准会在什么时候再往前进一步 一不小心你就做错了

没完没了 无边无垠

我和她都不睡一个房间 我房间里面开个小台灯 她都睡不着 她要求我晚上睡觉必须关掉所有灯 包括我房间的灯 我房间的灯到底关你什么事啊！！！我们又不在一个房间睡

她还强烈要求 家里的所有瓶瓶罐罐 盖子一定要盖好 这个真的是我的噩梦

我每天早上出家门 我妈都会努着嘴与我说 加油努力工作哦

她就是一个要求非常高的妈妈 时时刻刻

我小时候 每次犯了一点点错误 或者没有考好 她就会暴打我

啊 她真的是一个像侦探一样的妈妈

然后我妈妈在过程中对我的严厉强迫的控制对我是一个很糟糕的过程 但是如果你扛得下来 坚定的坚强的韧性 想要不断地变好的一个人 但是有些小孩 他没办法扛下 这种小孩就会断掉 社会新闻说妈妈打了孩子一巴掌 孩子跳楼自杀了 在我的成长过程中有非常多这样的时刻出现 然而我没有走到这一步 是因为我在想要去死的那个瞬间 是因为害怕还是什么 把我拉了回来 叫我现在变成了现在的我 不过一念之差而已

别跟我说过去了就过去了 长大了就好了 我根本长不大啊 过去的从来走不过去 在她的高压政策下 我被压得死死的 一厘米也长不大啊 啊 对了 我来这里 就是来告她的 我要告她长期虐待未成年少女啊 政府啊求求你们救救孩子 把她关死这里吧 我把她带来了 她就在这里 就把她生生死死关死这里吧 这是政府应该做的啊 啊 救救孩子吧

听着听着我们便糊涂了。到底是她交了贿赂（我们纠正过她，她拒不接受）领走毛毛。我照笔录分析半天毫无头绪，同事听到一半便知她约莫是糊涂了，别说女儿，自己也认不得了。你不知道，她花了很大会子才走掉，因为你不知道，她说着说着，毛线团掉了下去，滚到门外，看不到了。她冇追逐线团去捡，她只扯着线希望能把毛线团拉回来，岂料毛线愈扯愈长，总不见线团踪影。她手上的毛线花花绕绕缠住手，使她动作艰难。是喵喵救了她，一团猫儿从门外进来，扒住毛线团，据为己有。我们花了好大力气，才在猫儿爪下抢回毛线团，归还给她。喏喏，便是这只猫儿。只见喵喵靠着暖炉，蜷缩脚下。李富强要是不与我说，我不能发现这儿还会有一只又懒又惰的猫儿，全然冇猫样儿，像是一团毛线团胡乱缠绕。不久，李富强好像很困，还冇睡不防备便打鼾了。办公室大门敞开，我冇上铐，脚下也无脚镣，若能站起身跨过门槛，轻而易举便能出门了。边上空洞洞的椅子，仁慈到一声不吭。不防备可乐罐咔咔啷啷又滚动了，原来是猫儿走了两步，动了动它。猫又回到炉边了。浑身通红的可乐罐，安谧地响动，距离门槛还很远的时候好像耗尽了可乐罐里的可乐，再冇力气了。徒留远方的门框，门外的大千世界，不外是醇厚的夜。我克制着一脚踩扁可乐罐的冲动，像是失去双腿的瞎子，沉进皮质的椅子里。

事到如今，我坦白从宽，在此之前我已是见过毛毛。那一天与平日并无不同，我还不知道这一天便是女儿出生的日子。酒足饭饱，我再次来到灯笼街，好像是专门找她一样，换过几家都不满意。我以为她是别人，她戴着口罩，刚刚从哪个店面出来透口气，像低廉的站街女，很不打眼。作为站街女,她裹得过分严实了。我们狭路相逢以后,目视对方便已了然,像地下工作者对好接头暗号,掉身便走。她冇带我去灯笼街的任何店面,过了光华街,到了路对面,我们坐上最后一班703公交车,车厢很暗,载有零星两人,每站停时车厢便亮起车灯。我不敢去看她,便望四周,除了车顶灯四围还有冇用处的灯。有次我与女儿去游乐园,回家很晚,便坐公交车。公交车的车厢内灯也是一站一亮。女儿突然指着车厢内不亮的灯问我,那些灯为什么不亮呢,是坏了吗?那不是一盏灯,而是四围两列。我无法与她解释。我也无法解释这与她刚出生便接种的疫苗有关。因为我还要与她说起历史上那次已被遗忘的肺炎大流行。那时我还年轻,那时每至冬天疫情便反复发作。为阻疫情扩散,除却佩戴口罩,政府拨款,凡是公共交通车辆,在车内顶棚和车辆两壁直角处,增设了两列紫外线灯,常年照亮,不为照明,只为杀毒。如今疫情已殁,紫外线灯则遗留下来,亮也亮不起来了,委实有些扎眼。到了玉龙桥我们便下了车,路径突然散漫悠长起来,好像不止我不知道要去哪里。磐石宾馆已经拆除,天气也不想我们过多游荡,无尽的夜空飘起大胆的雪花。距离跃进塔不到五百米便是一家鸿兴宾馆。我付了钱,大床房已经冇,标准房也罢。房间与房间别无不同。刚刚进门,她便摘下口罩,她的脸照亮了我。她大口大口呼吸空气,我以为她摘了嘴巴下来。因为,我想起我之所以信任她,因为她淡蓝色医用口罩外面，用口红画了一只猩红的嘴巴。看样子她早认出我了，好像是为了补偿我年轻时的羞怯，她便大胆地认出我来了。而我到了玉龙桥才发现端倪，心脏怦怦乱蹦。玉龙河已是结冰，皎月无法倒映，我如约看见了她右手的小指，那是冇的小指。巧合到过分，我怀疑她事先策划，故意找茬，茬到我的。所以，她才带我到宾馆。平日她都是在众多灯笼店接客吗？但是，她教过这么多学生，认识那么多人。我凭什么认为，她还记得我，而冇把我记做别人。

她冇那么廉价，主动脱掉衣服，肯定因为房间暖气过热。她脱衣服的动作同样冇那么廉价，好像每件衣服需要花大价钱才能脱下。尤其这件紧身的红色毛衣，正中蜷缩一只黄色猫咪。她脱毛衣与我的方式相反，她从下摆向上拉起，像是要把自己翻新了，脱下的毛衣里外则是反的。她不大的皮包是八宝箱，不停掏出香皂、牙刷、牙膏、洗面奶、洗发水，自己的毛巾和浴巾，甚至牙杯。她进去浴室不久又出来，不知从包里翻找什么，掉出一支笔和笔记本，她重新捡回去，扑扑灰尘。听着卫生间淙淙的流水，我打开电视，音量调至〇。有那么一瞬，我错觉把房间静音了，因为我蹑手蹑脚，像个小偷，掏出她的笔记本。是我多虑了，这本笔记本除却年代久远，是很普通的笔记本，也冇什么秘密。不过是记账本，记录各式各样的植物，好像植物学是她多年的兴趣。一定哪里出了差错，我想象这些植物是与她交媾的男人的名字。出于某种原因，她不能写下他们的真名，以此化名。仿佛不止我们城市的男人，便是其他所有男人也都被她交媾过了。不论什么原因，这些男人翻脸无情绝不认识她。这些呆滞的化名的物体，稀松平常，处处可见。好像这样，一切都与男人无关，与她交媾的是红薯、莲藕、苹果、高粱、忍冬、毛榉等等等等。毛毛出来时，过大的浴巾像被子一样过分了，裹住全身。她问我要不要也洗洗。我胡乱冲洗一下，很快出来。她已经穿好裤子和秋衣，似乎马上就走。她坐在另一张整洁的床边，为防弄皱，她的屁股只坐住很小一片面积，而且，浴巾平平整整垫在她的屁股下面。我们两个，一个资深嫖客，一个淫荡婊子，意外冇交媾。我们像两个陌生人那样，坐立不安。她比我还要难受，当先开口。后面的交谈，我了解到，这些年她一无变化，还在一中教学，可能会教到死。至于妓女这项事业，她不图钱。我冇敢问她是为什么，或者怎么变作这样，或者她从开始就是这样，还是后来变作这样。我不能理解她在做的事，使我嫖过的娼也都袭来统统向我发出疑问了。我想问她这些年过得怎样。话到嘴边，我发现这是句废话，不知怎么改口，说成了，怎么会这样呢。而她冇头冇脑地说，头上长角的不一定是龙，也可能是羊。这才是她的口气，依稀从她日渐衰老的脸上看到过去的容貌。实在无话可说了，她关心地问我的腿怎样了。我说，走路不碍事，就是跑快了不仔细看也看不出来。我故作轻松。没想到吧，除了残疾证没谁知道我竟然是个残疾人。她说，跟谁打架打坏的呢？我说，没有谁，况且也不是因为打架折的。她说，没有吗？我说，就出来灯笼庙那天，天已亮了，我冇回校也冇回家，鬼使神差来找武松，不想与他打了一架。她说，武松是谁？我说，没有谁，不重要。

武松掷出的车座，被我跳脚躲过，滚在一边。我扑倒于地，冤枉武松说我要报警，抱起车座便走了。武松冇追来，我也冇瘸，我的脚完好无损，但我竟然一瘸一拐走出胡同的另一头，这是去学校相反的方向。跨过柏油路，便是玉龙河边。玉龙河蜿蜒曲折，要走很长才到玉龙桥呢。这儿几近荒芜，人烟也少，蒿草过膝，河水不深，能见波光潋滟。坡度也还不陡，我一颠一颠安全下到水边，小心往边上走走，有茂密的芦苇丛和许多石头，这儿的水更深，鹅卵石也多，鱼群显然更多。坐在坡上，我撇着腿，举起车座朝脚踝砸去。前两下偏了，砸不中骨头，擦破了皮，冒了血。我小心蹚进水边，搬动硕大一块圆滑的石头，为此，惊散一群小鱼小虾。石头阳面布满绿苔，找准阴面，再砸脚踝。又是三次我冇能用足力气，我是有多怕疼呢，冇多大效用。第四下失手砸猛了，骨骼比我想象的严重许多。真真是搬起石头砸自己的脚了。嗣后，我将石头和车座双双沉入水底，淹死了事。

以上真相我自是冇胆告诉毛毛，虚伪地问她另外一番话：我的名字叫什么？

她有些愣神。

我是说在你那里你把我的名字写作了什么？

她有责怪我偷看她的名字，不好意思地低头说，你都知道了。短短几秒已经不像她了，无限温柔地说，你的名字，那朵小蘑菇就是。

我简直怒不可遏，终究忍住冇发火。我不知道她开玩笑，还是说真的。她的脸看不出笑态，严肃的模样老态尽显，叫我难以自持。

当晚趁毛毛睡着，我留下一百块钱，夹进笔记本里，悄悄走了。走前我将搭在椅子上外翻的毛衣，翻了过来，为它平反昭雪了。这个掉进钱眼的女人，肯定冇想到，这么多年过去，我们竟然肮脏至此。只有交媾才是纯洁的爱情，冇人能够玷污。虽然钱更肮脏，钱也不能。我想这也是钱能安然留下的原因。我不后悔，保留了石头的秘密，据为己有。而故事也行到了尾声。

故事的结尾早已发生。那天老天下着毛毛细雨，我一路跟踪毛毛，翻身进到灯笼庙。正殿两边东西两厢房间，一边是观音菩萨，另一边是地藏菩萨，慈眉善目，好欺负的模样。灯笼庙正殿大门敞着，毛毛正跪正中的蒲团抱紧自己。还有两个蒲团分在左右。我想好了，要求佛祖保佑，跑进大殿跪进右边的蒲团咚咚磕头。毛毛啊呀一声，不敢相信地看看左边空落落的蒲团，那边的空空蒲团跪住的应该就是万有良了吧，她颓然坐住双脚。因为昏暗，她不确定我是人是鬼。为了打消疑虑，我掏出火机，点燃供桌这边的红色蜡烛。蜡烛含着烛火，供果已然腐烂。照亮了毛毛，仓促擦擦脸面，她终于下定决心确定我的存在了。外面的风吹进来，烛火微微晃动。我们打在墙上的影子也忍不住动了动。烛火的照耀下，原本亮晶晶的光亮挂在毛毛的鼻尖。可能毛毛觉着不舒服，抽了抽脸，毛毛鼻子的阴影，奇怪地撑在她的左脸，好像她的半张脸可怖地揭掉了。可能为了仔细看清，确认确实是我，她凑我更近了一些，她的整张脸明亮起来。很快她想到她刚刚大哭一场，以手遮挡烛光。大殿暗下来，因为她的手靠烛光过近，使映在墙上的手影庞然大物起来，这只巨手刮刺整面墙上，挡不住它正在用力，誓要整墙推倒。毛毛似乎看透了墙壁苍白，便在墙壁作画，做出狗头的手影，吃掉我的脑袋。这只狗变化多端，兔子、鸭子接踵而至，最后变作一只鸽子飞走了，这只鸽子应该把手也带走的，留下一阵旋风，差点灭了烛火。冇过多久，毛毛沮丧起来，因为鸽子飞走了，她的手还在，尤其是小指的戒指，正割着她的手指。她疯子一样想把戒指撸掉，戒指生了根一样，毫不动摇。她对手指又掰又拽，又揉又搓，弄到手上全是血也冇弄下戒指。大颗大颗眼泪啪嗒啪嗒落下来，烛火烧到蜡烛也各处流了泪，殿内佛祖、廊柱和墙壁无不闪烁暗淡。我点燃了另一支蜡烛，大殿冇明亮多少，所谓一梦结灯影，我像做梦了，我们的双影双双浅尝辄止。我与毛毛说，弄湿了也许便能滑脱了。毛毛想要起身去抓雨水，我适时地说，雨水不行，会越弄越紧的。毛毛看着我，分明是说，那用什么水。我冇说话，捉住毛毛这只手，一根一根掰动手指，捏住最后这只小指，小指上覆满鲜血。我俯身过去，像是为了迎合我的口味，连同血液，张嘴含住这根手指。我突然后退出去，仿佛这根手指要把我挤走了。我并冇咬下去，牙齿一点一点轻轻叼住她的手指，一点点吞进嘴里。她的手指竟然潮湿竟然甘甜，像一股甘泉，将我全然淹没。我觉着我疯了，把手指吐还出来，再行吞进，发出咕唧咕唧的响声。我的唾液，混合血液巴在她的手指，嘀嘀嗒嗒往下滴。毛毛冇阻止我，眼巴巴看着我的举动，好像不相信有我似的。手指迟迟疑疑吃进去，并且要长长了卡到喉咙，有一声咳嗽憋在嘴里，我不知道该不该咳……

这时候，我还很小，我不会先见之明地回忆毛毛。等我年龄很大，大到死了，大到死去很久，才有资格回忆。然而，毛毛还冇死，一到半夜，她的鬼魂便已未卜先知，浪在大地游荡了。好像这样她便能永生不死，耗光所有人类了。

于北京十里堡
2020.11.20—2020.12.23

山 海

你有没有这样的错觉,手机调到静音以后,拿在手里好轻好轻,轻到失了重量一样。而我则很重很重,好像地球整个趴我身上死死摁住了我。玉珍不止一次叫我别玩手机了,她说你恨不能掉进手机里淹死得了。好像我手机的碎屏,是我一头栽下,撞碎了的。我已然调到静音,玉珍忙着腌制泡菜,怎么知道我正玩游戏。耗尽力气之前,我抢先耗尽了手机的电量,薄到只剩一根红线,随时便要断黑了。我下了必死的决心才起床,甩手将手机抛到床上,并把身上所有衣物剥掉。白色的T恤和长裤拧着歪到床上,使我看到好像是上一个来不及起床的我,被急剧压扁了,忘了充气一样,没有脑袋,断手断脚,很没有力气,无辜地漂浮在柔软的被子上。趁手机屏幕熄灭之前,我仓促逃往浴室。

我浑身湿淋淋,冒着一头氤氲出来,手机竟然一亮一亮地找不着我。不用说,一定是妹妹。因为爸爸很少与我联系,若他发信息一定是获到阶段成果,像汇报工作,譬如麦收:"小麦收割完毕。今年小麦不比往年,普遍歉收,既不因为旱也不因为涝,乃清明前后乍冷乍热,浇地把握不准火候。有几家甚至绝种,麦子不抽穗,颗粒不收。咱家捎好一点,亦不如往年。玉米业已种好。勿念。"很明显,因为不会拼音,他用笔画打字,把"捎"字像文盲一样拼接错了。妈妈也少发信息，若是发动犹如没发一样，譬如昨天妈妈的黑白诺基亚没忍住发了这样一则信息，信息内容是空空的气泡，一个字也没有。我电话过去，妈妈说她正在刷碗，可能蹲下的时候又挤到手机了，手机便擅自发了一则信息。至于为什么会把信息发给我而没有发给别人，则因为妈妈的手机里只有我的电话号码。妈妈发信息为什么次次是空，没有一个字，我想大概因为妈妈不识字吧。

只有妹妹发信息不要命，一条追一条，我不知道她怎么有这么多话。难怪我手机易碎，一定是她撑破的。妹妹向来如是，天大事也不打电话。从天降下一道信息，毫无转圜余地。妹妹说，她将于明日正午到达济南。

我提前半小时到达大明湖火车站。人群潮汐一样，一波一波涌出，显然同一波下来的是一趟列车的人。出站口勒紧人群的腰肢，简直叫人透不过气来。每出一波人我都勾着脑袋以为妹妹混在里面。当妹妹真正出现，我竟然目光慌乱，望她一眼便向其他方向乱看。来历不明的妹妹摇摇晃晃地来了，周围平稳安全的群众也被她打草惊蛇了。可能因为个子高耸，妹妹走路很有特点，每一步都像踩在小心翼翼的地震上，脑袋也几乎要挣脱身体一样摇摆，之所以这样不但因为直挺的脊背仿佛吞下了一根钢管，关键是她屁股后面也像真有一只尾巴，供她摇摆。我突然想掉身逃跑，人却不争气地挥了挥手，因为妹妹事先挥手的力量也遥控了我，即使远隔重重空气。我同时也喊她:"哎,哎。"我挥手过于敷衍,可能喊声大了一些,导致信号断断续续。

快到小区门口,妹妹叫我到大润发超市停下。我问她怎么了,她径直下车,就进去。我紧跟她的后面,说:"不用买这些,家里都有。"妹妹说:"家里的是家里的,这不一样。再说了,又不是买给宁的。"妹妹就是这样,打小妹妹舌头就短,总把"你"说成"宁"。我辩不过她,任她一股

脑买了香蕉、桂圆、苹果等等,比我平时买的要多很多。我抢先结了账,提兜就走。到小区楼下,我要妹妹提着水果先上去,停好车我就来。

玉珍正做饭菜。我刚刚踏过门槛一只脚,她便赶我出去。她系着围裙,手拿菜刀,只是有些张皇,外人看起来做势要砍死我一般。她说:"家里没盐了,你快到楼下超市买包盐。"饭前,妹妹吃了一粒速效救心丸,我才知晓她的真正来意。当晚,玉珍收拾出儿子的房间,并用手持吸尘器将从衣柜拿出的被褥和枕头吸了一遍。已经很晚了,妹妹还未睡觉,就坐沙发玩手机。玉珍看看跷在茶几的双脚(十个脚趾),忍不住拉住妹妹到浴室。如果洗澡,喷头要歪一歪才会出水。一再叮嘱她旋钮向上扳才出热水,万万不要扳到底,会烫着的。妹妹一面点头一面发信息。玉珍话未说完,妹妹掀掀眼皮,瞥瞥玉珍,接起电话。玉珍的交待只好醒目地悬在半空,不知道要不要摔落下来。接完电话妹妹抱怨爱花一句话的事,

为什么非要电话里浪费半个钟头。原来妹妹是要爱花明天去一趟西关医院，找找她的叔叔，把妹妹上次的接诊医保转到济南中医院来。我问，爱花是谁。妹妹说，爱华啊，就那个爱华。我怎么能够忘记爱华，这个舅妈的女儿。怪不得找她，因为爱华的叔叔是西关医院的副院长。屋内突然的安静，使我恍然我已替身玉珍身处浴室了，妹妹冲我努嘴。我扳开淋浴旋钮，喷头的喷水也替身玉珍的话凭空降落了。我则悄声说："玉珍睡下了，你也早早洗洗睡吧。"

我的钱包不见了，家里该翻不该翻的地方找遍了，单位办公室也没有。我打电话问玉珍，她也没见过我的钱包。这般多年，好像她只只见过我，连我的衣服她也是看不到的。还未下班我知会科长提前走了，借了王凡川两块硬币，再次打电话给玉珍，我半小时便到，叫她到地下车库等我。我投币坐上公交车，恨车不闯红灯，一路想象钱包真丢的悲惨境况。地下车库很像夜晚，回音很广。玉珍还没到，我催她到哪儿了。她已经在坐电梯了。我啪嗒啪嗒回到电梯口，电梯闪亮的数字，没有任何一部电梯在8这个数字上做过停留。显然她撒谎了。我努力遏住怒气，盯着上蹿下跳的数字默念。玉珍意外从货梯的门口突然出现，吓我一跳。今天我还没见过她，她照旧穿着黑衣和长裤，好像是从昨天掉下来的。接过车钥匙，我跑到车边。没有，哪儿哪儿都没有。我努力回想昨天我们去大明湖公园驻足的所有地方,桥上,树下,湖边。一场突如其来的大雨几乎将我们浇透。因为没带雨伞,我们把瑜伽垫顶在头上,我在前面,玉珍殿后,妹妹挎着篮子走在中间。途径二郎庙,竟然上锁了。雨更大之前,我们进到遐园,于临湖的亭台避雨,好多人啊。雨愈来愈大,浓浓的雨线怕冷似的抽搐,两个开游艇的人向湖心滑去,身着黄色雨衣,手执钢叉,是公园的工作人员。这么大雨干什么,叉鱼吗?不知什么东西推了一下我的肩膀,原来一阵风从身后掠过,穿过亭子,刮偏了很大一片雨线,像是一斩巨大的刀刃,削掉很大一片雨。我们尽可能到亭子中央,或坐或站,钱包许是就在那会儿丢了,我不知道。待雨小许多,我们才走了两公里,坐回车里,SUV 的座位溅了许多水滴……宽大的车座也很容易滑落任何钱包,副驾驶座,车门车后,以及后备厢统统没有。玉珍宽慰我两句,递给我她的工商银行卡。

  我就近到工商银行取了三千块钱,又重新买了一张公交卡,才坐上去医院的班车。车上我挨个给银行打电话挂失银行卡。到民族医院取了半月前早该兑现的核磁共振报告,拿给医生,说是韧带损伤,关节存有积液,做不了手术。要想手术还需要吃药消炎一段时间。我打电话告知玉珍她的膝盖状况,叫她最好提早预约医生。她说知道了便匆匆挂了。她正开车。我上了另一趟公交车,后排有一个空座,在两人之间突然漏了下去。我毫不客气,坐了上去。不像上一趟公交车,是个老人为我让座，他适时地站起来，把我摁了进去，并说："下一站就下。"我承受了他屁股的热度，保存热度直到下车。到家之前，我先进了超市，没找到要买的马桶垫。好在于隔壁的五金店买到了。因为前几天妹妹把马桶圈坐裂了，早晨我上厕所，裂纹夹到大腿的皮肤，出了血。到家换好马桶圈，玉珍还没来到。妹妹业已开始做饭，我再次把家里翻个底朝天，颓丧坐进椅子里，大腿的皮肤又疼了。再疼也没玉珍的膝盖疼。我是右腿，她是左膝。去年1月份，他们单位团建，她与同事去滑雪，初级滑道的侧面速滑便将她撂歪了，拧坏了腿。被人抬回来，因为工作忙没及时做手术，只贴了几副膏药，吃了几服药。如今走路虽然不碍事，却不能跑步了，下楼梯也一瘸一拐。因此，还是需要做手术。为了以备术后康复，我专门买来一根拐杖，她一次也没用。那根拐杖倚在门后，每回出门之前，我都不得不看到它乖乖地、直直地站在那里，像一条从不出错的好腿。

事先已经说定，同时我也请好了假。当天早晨6点我便起床，待到妹妹收拾完毕，雨势正猛，不能再拖了，因为时针业已指向7点。我们凑了两只脑袋顶着一把白伞，不过楼下车位这般短小的距离，我们身上浑然湿透。

似乎过于冒险，二环红绿灯较多，我便绕到四环上了高速。妹妹坐在副驾驶，也不说话。我们之间横着很长一阵赌气似的寂寞。这种寂寞像是刚刚从冰箱费力撬出的硕大的冰块，一时难以融化。看着前面的路，刻意不去看妹妹，我总忍不住担心，担心妹妹随时也忍不住死了。想到这里，像是为了验证她的死活，我叫了她一声。我不是个称职的哥哥，小时起我便没喊她名字，也从没叫她妹妹，好像我从未正经认识她。我从来只说："喂。"妹妹猛然抖了一下，像犯了癫痫。脑袋向我这边偏了一偏，"嗯"了的一声并不是回答我，不过是她睡觉的呢喃。她没有睁眼，脸上抖动痛苦的表情，大概怪我吵醒了她。但她没有醒，因为她根本就没有睡。一阵不耐烦的喇叭怼到车屁股，乍然惊醒了我，不知道我们已停在绿灯面前多久了。

看起来到济南中医院雨恰好停了，其实早在半路雨便停了，柏油路的湿度并没有因此减少。濡湿以后，平日泛白的路面竟然黑如煤炭了。妹妹加入门诊部排起的长长队伍，这么多人喧嚷，奇怪，一到医院人们就变作了爱吵闹的人们。排队超过半小时了，妹妹正处永远接近窗口的位置，还没有轮到。她百无聊赖找不到我了，再转一转头，一颗我的头颅贸然在她肩外的空气中有点惊愕地出现了。其实，我跟在她边上站有一段时间了，她看不见我，可能是她过度担忧的脑袋因为我的一言不发跳过了我。五楼心内科比一楼大厅人少一些，也没有少多少，满满登登。我在护士那里刷过号，与妹妹一同坐在一号厅的铁质长椅等待叫号。现在不同往时了，叫号没有护士提醒，而是喇叭和巨大的荧光屏显示名字了。

医院把病人的姓隐去，只留下名字。现在主任医生张新明教授的诊室，×美荣正在就诊，下面×德明，×长江，×安平，×红卫准备就诊。妹妹的37号时候尚早，名字还没资格上榜。如果不到医院，我甚至不知道竟然有这么多病人，好像人活在世上就是为了生病来的。科室大多是老人，也有拖着蛇皮袋子，应该千里迢迢过来，打工一样。病人及家属带着病容，甚是寡言。心内科室已经不小，因为病人忒多了些，使得白蒙蒙的厅间也狭小了，以致病人们担忧的脸不像担忧自己，更像担忧多灾多难的医院。

今天是周五，本来12点就该下班，下午医院就全体放假了。其他病人所剩无几，妹妹当是最后一个被叫进去的。不待医生开口，妹妹一股脑拿出菏泽西关医院的病历和CT，便是救护清单也一并带出来，并说："前两天我心率过快，心慌胸痛，住了一次院说是血管痉挛，做了动脉脉冲，心电图，叫做什么X综合征……"

医生一面听一面翻看片子和处方，并用温和、成熟的目光审视妹妹，说："你先等等，胸痛多久了？"

"6月份开始，两个多月了，经常是左胸的地方。"妹妹说。

"有时候她别的地方也疼。"我说。

"对，后背也疼。"妹妹补充。

"一阵一阵的，还是持续的？"医生乜我一眼问。

"一阵一阵。"妹妹说。

"持续多久？"

"有时候半小时，有时候半天，吃了这个就会缓解。"妹妹说。

"疼的时候有什么诱因吗，我是说是安静的时候疼，还是活动的时候？"

"安静的时候。"

"有高血压糖尿病吗，抽烟喝酒呢？"

"没有。"

"她常上夜班。"我说。

"对，上夜班时候老也不舒服。"

"你心痛的时候做过心电图吗？我看看。"张医生放下手，摘下眼镜，看着妹妹说，"你没病，你啊就是个子太高了（这是哪样病症？）。你心思重，要放宽心，要懂得开朗、开心。还有就多休息，熬夜熬多了。"

"能不能病历上写个建议不上夜班？"我说。

"都写在病历了，写好了的。还有，这个速效救心丸不要再吃了。也不用拿药，"医生说，"我看他们给你开了这个百令片，每天饭后吃一次就好。"

刚刚到家，玉珍告诉我热水器坏了，尽出冷水。"是不是没燃气了？""怎么会，上个月刚买的。"她关掉冰箱，叮嘱我叫物业来修。我电话过去，物业说热水器不归他们，要我找厂家。我到书架下面拉开抽屉翻找各种电器说明书和售后卡，找不到热水器的，便接到妈妈电话。我说："医生说了，没有大碍。不用担心。不上夜班的证明？"我与妹妹要来处方，医生在处方开端竟有个大大的 R 字，末尾并没写建议"不上夜班"，而是"注意作息规律"。我与妈妈说："人家医生不能写这个证明，万一担责呢，医生只能写医嘱，不过，这个拿去公司也该有用吧。"

当晚我已经睡着。玉珍突然摇醒我说："是不是你妹妹？"

我以为妹妹又闹出很大动静，静听一阵，说："哪有什么声音。"

玉珍说："不是这个，我说你钱包，是不是你妹妹拿走了。"

我喊了一声，也没睁眼，说："怎么会。别胡说，她又不差这点钱。"

玉珍应该又拢拢头发，咬到指头，说："她好像就差这点钱。"

我困到不行，没再搭茬，翻了身背对她继续睡着了。

今天又是周末，玉珍早早醒了。我尚在睡梦里她便抱怨热水器怎么还没修好。未儿，她说："醒来了你个懒人。"我困到睁不开眼，翻身接着睡。玉珍长时间不理我了，我睁眼看她一眼，她正扒着窗外。该死，她竟然拉开窗帘了。玉珍又叫我了,她说:"该醒了该醒了,要收拾东西了。"我拗不过,说:"要不我躺床上睁着眼看你收拾东西,也算我醒了。"玉珍瞪着眼说:"你说什么?"我两眼一闭,说:"我在说梦话。"

我敲响妹妹睡觉的房间,妹妹闷哼一声大概又睡了。我烧了热水,玉珍看见说:"你烧了热水啊。"我说:"嗯。"她说:"你怎么不与我说一声呢。"我说:"我怕你喝了。"但我却找不着我的杯子了,那个白瓷杯子,画着两只熊猫,还啃竹子,磕破一小块瓷。我很能想象出它的样子,甚至纤毫毕现,我硬是找不着它。我在屋头转过三圈了,就找不着,每个房间不放过,我那个白瓷杯子呀。待到我们吃饭,吃到第二碗,玉珍生我气,我不得不起身自己盛粥。盛粥需要勺子,我一眼便看到勺子。那个白瓷的镶有蓝边的硕大勺子,谁能看不见呢。这勺子太大了,搁在杯子里,搞得杯子又矬又小,我的杯子看上去啊像个委屈的孩子。第二碗我没有吃完,就把筷子并齐搁在碗上。拿来一个橙子剥开。吃了几瓣。给玉珍玉珍也不吃,我便把两瓣橙子搁到筷子上。像一只小船,浮在两条木橹上。妹妹问我:"八月十五你还回家不回?"我说:"看情况,往年不都过年回吗?"妹妹说:"回一趟也行,好歹也叫昊昊见见奶奶。"我说:"咱妈怎么了?"妹妹没好气:"没怎么不能见见吗?"玉珍吃完饭,拿走两瓣橙子吃了。她的力气不大,两根并齐的筷子,岔开了腿。

妹妹决定明天就走,玉珍叫她多住几天,不要浪费得之不易的病假。妹妹执意如此。因为妹妹的病其实没病，是值得庆贺的事。玉珍临时主张趁今天再带妹妹到一处好地方，尽管这是妹妹到来第一天便已做好的既定行程，并且这一决定比妹妹的走还要坚决。我们比预计晚两个小时出门。玉珍开车，我不知道什么地方，以为是哪样名胜景区，两个小时以后，道路便犹犹豫豫起来，撞进一座村落，搅乱了道路，连累农民的房子挤挤挨挨。再穿过两个村落，眼看沥青路隐没了，抬眼升上来氤氲一般的青山，这是一处山脚？这块应该是济南郊区硕果仅存的山脉了吧。驶过一段斜坡，像是在回顾不久前同样一段斜坡，有一瞬间我以为道路停滞了，因为妻子松了油门，左打方向盘颠簸两下，我们便带电似的进到杨树林里。因为坐久了，双脚些许麻木，我们猛然下车，使这片一动不动躺在那里的荒郊野地获得了巨大力量，因此不为所知地动了一动，毕竟我脚下刚刚点地便感知到了。看到数不尽的杨树，妹妹说："我们到这里干什么呢？"我说："郊游嘛。"这片树林是在老家也不鲜见的白杨，妹妹说："有什么好游，还不都是本来那些杨树。"玉珍获到偌大喜事一般，简直是跳下车。玉珍已经上到铁网隔离之外的坡度上顶，仿佛站在妹妹的脑袋上面，兴奋到跺脚道："啊呀，这里有好多野桑葚树，我们可以摘桑葚呀。"妹妹好像突然变重了，走不动道了（虽然这片荒野根本就没有小道），她轻轻摇摆的头则如鹅毛拨动，说："我不去了，你们去吧。"我松了一口气似的打开后备厢搬出红色的脚梯,去追玉珍。我欠了玉珍一个妹妹的语气解释说妹妹突然有点不舒服想先歇歇,玉珍枉顾我和妹妹,本该礼貌的敷衍也欠奉,她已被那样枯瘦、可怜巴巴的桑葚树迷住了。她说:"好啊,好啊。"她没在应承我吧,应该是夸奖桑葚吧。高处的桑葚玉珍伸长的胳膊一只也够不着,架好梯子我想爬上帮她的,她却力争上游,噌噌登了上去。玉珍一面吃一面摘,得意地说:"我有先见之明吧。"她说的是脚梯的事,我只笑笑,高举妹妹挎过的篮子防备她丢到外边。我尽量拣既黑又大的也吃嘴里,运气好真能吃到一个甜的。已经换过几株树了,无一不是矮小细弱到单手便能掰弯了。一路深入,我以为会被这片荒野拖进无边无际的空旷,一条波光粼粼的大河无情地割断了我的妄想。河岸毗邻的两株桑葚摘尽了,玉珍吞吞吐吐要冒险下水,被我拦下。宽阔的河面并未随流水缓缓流动,而是漂浮在流动上面,简直以绵薄之力,将岸上的树木人犬、天上的阴云鸟雀统统拉下了水,以致厚厚的阴云也因此落了雨。

已经过去那两个村子了,我纳闷去的时候怎么没有注意柏油路边两排粗壮的白杨。小时候家里挂的一幅画,便是一条宽阔的柏油路,两边是粗大的白杨,阳光透到路面,也打在路边的野草上。不是真正的画,只是印刷品。挂在堂屋的正厅。因为人口众多,家里没有多余的床,我睡在堂屋的沙发上,白天我的床铺便会卷起叠进衣柜。无论春夏秋冬,每天早晨醒来我便会看到上好的阳光，仿佛透过屋顶打在白杨和柏油路上。现在眼前的一切，仿佛从画里搬下来住了许久。

持续向前，杨树悄悄没了，松树也不是一下多起来，约莫有个过渡，悄悄没了的杨树不是消失了，可能被阴沉沉的天压得变粗变矮，不声不响变作了松树。玉珍说："雨停了哎。"我说："是呀。"玉珍说："那边都是什么，松林吗，会有松鼠吗？"我说："看看不就知道了。"玉珍把车靠在路边。妹妹依然没有兴致，车也不想下。我们已经钻进树林，妹妹不知怎么也下车了。就站车外，好像不知道要怎么才能回到车里。她的身高比车身确实要高不少。

我从来没见过这么多松树，无数松果令人起疑地滚动，我第一次知道松果原来真是松树下的蛋。走在树下，我只想一个词：亚寒带针叶林。这是初中学到的名词，这么大片的松林只配长在东北三省抑或俄罗斯才对。一只喜鹊又干又瘪，死去良久了，看起来很轻，一定是羽毛一根未少的缘故。松林的尽头很近，是一条宽阔的河流。我认出这条河流与两株桑葚边的河流是同一条河流。沿河再走一段有一座铁桥。这里的一切都是新的，这座铁桥必定也是趁我不备刚刚建成的。桥的对面正对售票门亭，对岸应该是游乐园，我已远远看到摩天轮。

玉珍没有想去游乐园，但执意过桥。

门票并不便宜，虽然是联票，好在物超所值，因为竟然还有园中园——牡丹园。刚进来我以为回了牡丹之乡——菏泽。走没多久我意识到我错了，这里牡丹不过是一部分，还有其他很多花种。牡丹园（这样叫它已经不准确了）出乎意料地绕，走路时间久了便口渴，多亏我们在游乐园设置的小卖部，多花五块钱买了一听可口可乐。玉珍走累了便坐到磨坊底下歇脚。满园都是花，尽管好看，我还是觉着我们该在游乐园多待的，不然值当此时，我们该坐进摩天轮了。热风一浪一浪灌进来，花的海洋也一浪一浪，拍打我们脚边的岩石。一只巨大的蜘蛛，像螃蟹一样吊挂下来。我是恐高，也跟着玉珍爬到磨坊顶上，太阳近我一丈，影子跟着屋影拉长三丈，在膝盖的地方跪进泥里。我觉着手脏，支着手怕碰坏衣服。我想找水洗掉被桑葚染黑的手，没有可供洗手的水。边上巨大的玻璃房，是培育花朵的温室。这个玻璃花房，形状古怪，大门的地方上下三层，后面突然坍塌下去，剩下一片平坦无限延伸，是两层花房。从我的方向望去，像巨大的肉食恐龙。我能看见玻璃房内，那是牡丹吗，竟然可以这样巨大，而且不一样颜色。粗壮的花茎绞着蛮力，咬住花架子。这样多、这样大的花朵，和诡异的颜色，像史前植物，我从未见过。一个女孩骑自行车进了玻璃房，那是游乐园租的双人自行车，她不但一个人骑得住，竟然骑得飞快，那也逃不脱史前恐龙张大的嘴，连人带车，吞进肚里去。这场景一时惊讶到我，因此没喝完的可乐罐掉了下去，我实不该把没喝完的可乐搁在脚边。很显然，坠落的过程可乐洒干净了。仿佛拉长了时间，我听到了空空的可口可乐铝罐砰嚓—咔—咔—咔，掉了下去，又弹了上来，再摔回地上，然后开始咔咔滚动。滚动不久，可乐罐停在砖铺的小径上。小径两边，颜色将无垠的花海割了一块一块，泾渭分明。我突然觉着，是玉珍摔下去了，积极设想玉珍死去以后我该如何细致地做好后事。我正在奇怪是什么跑了出来，那只巨大的恐龙嘴巴已经吐出一辆自行车，不不，没有人骑，是这个自行车骑着自行车，呀呀叫着，逃脱出来。真是可惜，咔咔两次响动，把我惊醒。尽管我没看到，但是我知道是自行车，一前一后，两只轮子，可口可乐罐咔—咔压扁两次。

今天本来很好，又是休息日。我和玉珍去民族医院与医生询问手术事宜。电梯稳步下降，进来的胖子拿伞做什么？我心知不妙，问玉珍车停哪儿了："没停树下吧？"玉珍说："老地方吧，找找看便看见了。"我说："说多少次了，不要把车停到树下，因为会有鸟屎落下来，不管树上有没有鸟窝，都会有鸟屎落下来。"玉珍说："你又不是不知道车位多难找，能有个空位就烧香吧，挑肥拣瘦的。"我闭口不言了。刚到楼下，果然下雨了。我叫玉珍等一下，折身回家拿伞。伞很直，青绿色，有一年我去成都杜甫草堂开会，杜甫送的。玉珍看我回来，便问：

"这是谁的伞,我怎么没见过?"

我说:"你忘了,我有一年开会……"

玉珍说:"你又说我。"

我说:"我说什么了?"

玉珍说:"你说我记性不好。"

我说:"我真是了,我不过是跟你解释啊。"

玉珍说:"你看你,你凶我。"

我狡辩说:"我哪里又凶你了。"

玉珍愤怒了,不顾旁人瞩目,大声说:"你又不承认。"

我也是愤恨,将伞往她怀里一撇,说:"你去吧,我不去了。"

玉珍头也不回,自顾自闷头便走。我这怂样子,既担心又悔恨,闷葫芦一样跟她后头。我们就这样,也不打伞,自顾自顶着小雨走。玉珍知道我在后面,也只闷头走。刚到停车场,为抄近道,玉珍没走正路,而是穿插车与车的间隙走,每过一辆车,她的下半身便消失不见了。她像吃了半颗仙丹,上半身得道成仙,浮在半空。过了一阵她的下半身便同上半身一同出现了。走到我们的 SUV 车边,玉珍站了一会,扭身看着我,吓得我噔噔后退半步,玉珍噗嗤一声,轻率地笑了出声。玉珍的左手握伞,伞尖刺中了我,因为离得较远,只是伞尖的方向刺中了我。她的右手还揣在兜里,委屈巴巴说:"车钥匙忘带了。"我掉身便走,同时说:"我去拿钥匙。"玉珍说："回家吧，哪儿也别去了，我爸说出门三趟不成行，就不要出门了。"我走没有两步，一股不强的后退力量拽我，企图遏住我。我扭下头，看到伞把勾住我的外套："算了。"我接过绿伞，想要靠近玉珍，却被这股伞把的力量顶了出去："可是你凶我。"我一弯腰身，伸出去的胳膊抓住伞把，借势挣了过来。然后，我疾走几步，来到玉珍跟前，将伞尖抵住我的腰腹递给她，弯腰弓背说："你打我吧，我负荆请罪，你就狠狠打我吧。"玉珍气不过不留神丢了伞，一把夺过，但听砰砰的声音，伞伞劈在我的胳膊上。玉珍打过十来下，还不卸气，几乎力竭了，啪的扔掉雨伞，呼呼喘气。我捡起伞，说："雨下大了，我给你打伞。"但是，伞因为打我弯起一股圆润的弧度，掰也掰不直了。我们合力撑开了伞，弯弯地擎到头顶。没走两步，我便挪到玉珍右边，换了左手撑伞，因为那只受伤的胳膊疼到擎不动了。

  两个月后，我的胳膊方好，没有痛了，儿子便恰巧放假了。我再次腾出房间，回到玉珍屋里。这回放假，儿子没事就躺床上，也不太与我们搭话了，有什么事总秘秘藏藏的。才不过一天，玉珍便陷入恐慌，神经兮兮地说：

  "你儿子会不会谈恋爱了？"

  我说："你怎么知道？"

  玉珍说："他那个手机呀，不一会便响动起来，嘀溜嘀溜信息不断，没个消停。"

我说:"都上大学了,谈个恋爱也很正常,没什么大惊小怪。"

玉珍说:"那怎么行,影响学习的要。"

我说:"这种事不能管太严,你越管他,他越来劲,要有策略。"

"你的策略还不是放养,从小到大,吃喝拉撒你管过什么。"玉珍说着,站也站不住,坐也坐不下,又说:"不行,不知道是个什么女孩,不能被骗吧,现在的年轻人哟动不动就谈朋友,哪像我们那会儿,手也不敢牵个。我可该怎么办呢?"玉珍神态紧张,疲倦、愁闷的脸仿佛害了病。玉珍的脸向来如是,脸颊瘦削,颧骨突出,饱含禁欲的痛苦。"我跟你说话你听见没有,一副心不在焉的样子,在那儿偷偷眯眯笑,你笑什么呢?"

我一阵惊慌:"我什么时候笑了。"

玉珍:"我看你跟谁说话呢?"

我说:"我哪里笑了,与同事说工作的事。这不马上中秋了,我问问送什么给领导合适。"

玉珍:"男的女的?"

我说:"女的。"

玉珍:"我就知道。"

我说:"你知道什么知道。不是女的怎么做秘书,什么关节不得拜托她吗,你瞎想什么。"

玉珍劈手要夺手机："叫我看看你的手机。"我趁势一退，玉珍夺了个空气，"为什么不叫我看，凭什么不叫我看？"

我犹犹豫豫递给她："你看你看。"

玉珍也不客气，翻开信息："我看你们聊得欢啊，一句一个'是哒'，发的什么浪呢。"

我眼睛盯着玉珍手里的手机，说："人家就这语气，不过为了工作熟络一下，我不得好好回复吗？"

玉珍："这个秀秀是谁？哥啊哥的叫这般亲热。"

我说："我妹妹啊，四叔家的堂妹，你怎么回事，草木皆兵一样。"

玉珍："哼，看你这么理直气壮，有问题的都叫你删光了吧，我还不知道你。"

未及半晌，我接到一通陌生电话，以为是热水器厂家电话，因为几天前我预约了今天安装热水器的师傅过来，没想到竟然是远在新疆的四婶不远万里与我问好。我就知道，万里迢迢电话过来，肯定有事。玉珍问我是谁。我说："四婶。"玉珍："找你有事？"我说："还不是四叔的事情。"玉珍："四叔的事情，无论怎样，上有你爸，下有二叔三叔，怎么着也轮不着你这小辈做主吧。"我说："我又不是不知道，只是关于四叔的事从来就都很麻烦，不托托关系怎么也走不动道的。"玉珍说："你都来济南多少年了，搁菏泽还能有什么关系，就是有……"玉珍话未说完，我知道她想说，就是有也叫我得罪干净了。我本来想说不还有你爸在吗，话到嘴边我改口说："她一个大字不识的女人懂些什么，总觉我在济南好歹是个科长，回到家里说句话总归管用的。"玉珍："科长科长，什么狗屁科长，都多大岁数了，你们老赵家就不能不打肿脸充胖子？"玉珍觉到说重了，语气软下来，"总归你不要管。"我说："你还不知道我，我才不想管呢。"我正自苦恼，热水器师傅敲门上来了。师傅身着灰色工服，矮矮胖胖，像个墩子。刚进门他便抱怨今天活多，特意抄近道沿楼下踩出的小径过来，差点给楼上不知谁扔的空瓶子砸中。于是他告诫我："千万不能在楼墙根边修小路啊。"好像我是物业专事修路的。闲聊中他问我姓什么。他耸然一惊,说:"啊呀，天下赵姓第一家呀第一家，我们是本家啊本家，我叫赵长贵。"果然是个富贵的名字。他接着说："既然本家我会给你便宜些。"很快安装完毕，他写给我的列表如下：

烟~~~1根，38元；

卡子5×5个，25元；

&头1个，38元；

底座1个，52元；

波纹~~~2×22，44元；

球形阀3个×44，132元；

气~~~1 根 80cm，78 元；

气~~~内牙 3 个，69 元；

×××1 个，13 元；

×××1 个，2 元；

共计 491 元。

因为是本家，他把零头为我抹去了，"就收你 490 元"。对于钱数我没有任何异议，而且他写的汉字我认不全也就罢了——

"但是你写的这个~~~是什么意思啊？"

"烟管的'管'字呀。"

"& 这个呢？"

"弯弯的'弯'嘛。"

赵长贵问我要一只水桶，因为需要接几桶冷水，调试一下机器。我问玉珍，我们双双摊手，原来我们家里从来没有用过水桶。"脸盆行吗？""也忒小了些。"于是我出门去小区外的超市买水桶。买水桶用不着十分钟，不知道怎么小区东门突然上锁了，刚刚还开着呢。我只好去到另外的方向，绕道南门。在另外这个方向路上我拎着空空的水桶，走在路边，一辆熟悉的汽车贸然撞进我的眼睛，眼光四溅，令我心安的是机器并未开动，汽车好像被困在汽车里了，当我看见车牌号我才有胆确认这是我们的 SUV，停在更靠里侧的路边，一股意外相逢的喜悦涌上喉头。原来玉珍昨天把车停在以前我从没见过的地方了。

我觉着我就是付了车费的乘客，没有说话的欲望，玉珍开车两个小时，脸庞仿佛看不见底的深渊，也同样没有这样愚蠢的尝试。唯一一次，是玉珍要躲前面突然打左转向灯的趴趴车。那是 Mini clubman，玉珍每次见它都叫趴趴车。好像已经忘记（抑或正因没忘），当初我们买车因为经济关系也差点买了这款车。玉珍说："这人并线并得像饿鬼，我也是服了。"透过反光镜，我看到坐在后座的儿子似乎坐歪了，双手不离手机，并不为人知地翘起嘴角，我宁愿相信他在玩游戏。好像他已经忘记刚刚上车的不愉快：对于他妈妈喊他两次都没应声我没来由生气，啪的拍他后脑一掌。现在我说不上懊悔，起码理解了羞愧，没事干的右手，这才迟钝地感到疼痛，舒展不知什么时候握作了拳头的手，在大腿摩挲。好像我现在才注意，有的田野在车窗外面闲逛，而我平铺的手掌不过是这大块大块平原的小小预感。没有麦田，无垠原野，犁铧刚刚掀翻的新土，毛绒绒的，舒缓、柔软。看起来太慢了。深一脚浅一脚的一块一块，好似一贯正确般整齐，这副淫荡无耻的样子，偶尔想起扶植一两株孤苦伶仃的杨树。天气好得有点冒险，天蓝得那么坚决，几乎车窗玻璃也没办法透明了。不久有白色风车由小及大错落有致排过来，三根翅膀缓缓转动，这便是风力发电站群了吧。白云一团一团，十分醇厚，几乎动不了。而车外的景色实在太多太漫长，倒退的速度追不上汽车的速度，被我们拖着走。我抬起了头，仿佛才从百里之外的平坦景色刚刚取回我的头颅，重新安在双肩之上，不可避免地想要睡觉了。再次睁眼宽宏大量的平原已是不见，这是一个煤炭之城吗，巨大的圆柱形建筑，一个接着一个，如山丘般冒着浓重的白烟，企图冒充白云，毕竟不是白云，很快便逃散殆尽了，使空气闻起来像一股烧焦的咸鱼。直待玉珍说"下了高速大家都是龟爬爬"，我才发现我们已经下了高速。怪不得道路两边的田野也都漫到肩膀，快要磕到下巴了。不久，路旁一下一下掘出一户一户人家，整个村子终于冒了泡。有人两腿支在门边观望车辆，圆润的脑袋耷拉下来像是别在腰上。也有破土修葺房屋的。其时木床、沙发、衣柜、电视、电灯、电扇、桌椅等一应家具曝尸天光下，一如剥皮般怪异，排成一字翻在路边，腿脚刺透低垂的天空；只有一簇塑料红花插在花瓶犹是燃烧。

到菏泽还不到上午10点，本来说好要住妹妹家，玉珍径直开往中华路，进了开发区丽苑小区。我没做争辩，一下车，脚下仿佛倒退的大地像是借用一股神秘巨大的力量临时从四面八方汇聚而来，我只好紧张兮兮站稳了。打开后备厢，玉珍拎起两袋礼物。儿子搬酒箱的时候，因为太重没能一举搬动，他说了一句："我操。""操"字因为意识到我的存在，出嘴的时候已经软化很多了。我佯装没有听见，以心疼儿子气力为由欺骗自己摁下儿子未经吩咐就搬的白酒，让他提了两瓶红酒。玉珍回身的动作僵了一下，并没有说话。他们一家又换楼房了。这小区安静许多，没有电梯，我们爬到五楼累到气喘。作为只小一岁的妹妹，慧珍看起来比玉珍小十岁不止。可能与他们夫妻二人都是硕士，毕竟一直留在大学研究院工作有关。慧珍像早知道我们来，满怀感激地接过礼物，笑意盈盈说："还带什么东西，家里都有。"慧珍家里比我们家几乎大上一半，一进门我就纳闷高出他小姨一头的儿子为什么站到慧珍后面迎接我们，随即瞬间打消疑虑。慧珍似乎更关心儿子，说："哎呀我的小乖乖，又长高了。脸上的青春痘怎么搞的，看来没少谈女朋友啊。"儿子皱着脸要躲，险恶地瞥一眼："小姨，我都多大了，还捏我脸。"放下礼物，丈人丈母像突然大变活人般好端端深陷客厅的沙发，我怔了一下，哑然叫了一声爸妈，犹豫要不要重新下楼把白酒搬上来。下午不知道什么人一哄进来，好像丈母的朋友，又像慧珍的邻居。也不知道她们过来干嘛。她们聊天的间隙，稀罕地捉住儿子，乱抓乱问，在哪儿上大学呀，谈朋友了没有呀。这么帅的小伙怎么可能没谈朋友。不由分说叫儿子拿女朋友照片看看。儿子连连摆手说没有。她们不管儿子有没有女朋友，就是不肯罢休。玉珍竟然与儿子说："你就随便拿一张照片看看。"儿子娘们唧唧地拿出手机，翻出照片，一张一张拨动,找出一张,供她们观摩。她们是伸长了脖颈的鹅,突然高叫。她们没想到儿子真就拿出照片,有些措手不及地对照片品头论足,恨不能把女孩从手机里抠出来:"不错不错,哪里人呀?"听来她们并不在意女孩长相几何,刚刚捂嘴掩饰哈欠的人只得借着哈欠的O字嘴说:"啊呀,真好看呀。"玉珍站在她们身后,勾着脑袋看那女孩,眼球几乎要瞪出来了。儿子则满足地扭动了屁股,换个更舒服的姿势。他们都欢乐地笑了。我突然冒出一巴掌要把儿子拍扁到墙上的想法,甚至为冒出这样的想法快乐了好一阵,不慎泄漏几串笑声。我走过去,偏头与玉珍说下楼拿酒,顿了一下,才说去妹妹家住的事情。慧珍突然开门,像刚刚从拍扁儿子的墙上掏出一扇门,使我慌忙惊讶这里居然还有一扇门。慧珍说:"走什么走,就这儿住下,房间多的是,别说你们三口,便是再来三口也住得下。"

我已经出了另外一幢楼的小区小卖部,买了烟,摸摸口袋忘带了火机,我不想上楼,便多花一块钱去再买一只火机。既然心神不定,开车去透透气,一不留神来到妹妹楼下。我以为就志力自己在家,寒暄过后说话已有一段时间,妹妹突然从厨房出来,吓我一跳。夫妻两个怄气吗,很长时间全无交流。他们的墙壁,全都一副冷冰冰的样子,我不知道该作何反应。只是奇怪,妹妹在自己家里,全然另外一副模样,比在我家还像个客人。我无来由想起刚刚敲门之后,短暂的无所事事我只能毫无准备地看到门上倒贴的"福"字,有些发呆。还没到饭点,玉珍打电话问我去哪儿了。我与她说:"晚饭不必等我了。"志力要开我带来的这瓶茅台,我摁住他说:"这瓶给你存着,不定什么时候用。再说我今天开车来的。"吃饭时候,我问妹妹病情如何了。妹妹瞟我一眼说没有大碍了。反倒是她,突然说:"既然今年回家来,去爸妈那儿了吗?"我正襟危坐,说:"还没来得及。"妹妹没有戳穿我,只是叫我走一趟。我问到底怎么了,妹妹不再说话了。她这人就是这样,说话总说一半,叫人气恼。实在没话讲,我与志力讲叫他帮我留意有没有什么好的二手手机,手头这个快不经使了。建强砰然回来,使我坐在这个家庭里显得过分失当。吃饭时候我就该想起他的。建强只穿裤衩背心,不冷吗。走过我们了已经,志力突然生气:"不会叫人吗,都多大了。"建强已经不是孩子了,个子比我要高两头。我站起来须要仰头才能看见他的脸。说起他,比我儿子还大两岁。儿子比建强要瘦,也矮一头。他浑身湿透了,腋下夹个硕大的篮球。叫我一声"舅舅",便回屋去了。我无端想象要是与他打架,肯定打不过他。他刚刚叫我舅舅的时候,我居然心生惧意。我想起来了,在他小时候,尚不及我肩膀的时候,应该是除夕,妹妹带他到我家过年。我正忙着贴春联,建强像很多讨厌的男孩子一样跟在我后面问东问西。我顺手叫他与我递糨糊。最后是正门一个大大的"福"字,虽然其他该贴福字的地方我贴的也是倒"福",这个我依然没有想好正贴还是倒贴,犹豫间我照旧贴了倒"福"。建强问我:"为什么要把福字倒贴啊?"我说:"这样贴倒了,就是寓意福到了的意思,讨个吉利的彩头。"建强毕竟正值叛逆,脱口道:"福倒了福倒了,也就是福到头了呀。"说完便不知好歹地笑。我兜脸给了他一耳光:"大过年的,怎么说话呢。"建强虽然还小,但也已足够大到因为想到这里不是他自己家,努力睁圆了眼睛,使眼眶咽回眼泪,不致哭了出来。正是那一年,我被财政局强行去岗,一气之下,做了三年无业游民。

从妹妹家出来,回到丽苑小区,我不知道该不该下车。我打了建强巴掌的前一年,妹妹惹了一桩大麻烦,不敢与爸妈知晓,打电话叫我帮她。她在电话那头失了主意,很有把握的语气,明显惶急了。若不是隔着手机,听口气她可能已不堪压力哭了。事到临头,我接到财政局的电话,叫我赶紧回局里一趟。这时候我同样不知道该不该下车。玉珍早就发现我的拙劣伎俩,叫我回局里,妹妹的事她去便是。回财政局的路上,我明显轻松了,像卸掉很重负担,庆幸躲过一劫。时至今日,我不得不承认我缺乏必要的办事能力,我也早就知晓妹妹这次(可能是妹妹这辈子最大的坎儿),不是简单的打架,也不会因为我学历高,抑或为任多年小吏就有经验解决的。可以说是玉珍只身一人帮妹妹渡过难关。当晚玉珍没有主动说起妹妹的祸事,睡前我忍不住问她,会不会闹上官司。玉珍敷敷已经贴脸的面膜说:"已经谈妥了。私了了。没事的了。"玉珍少见地句句以"了"结尾,我竟然没有勇气追问解决过程,比白天的妹妹还要失了主意。玉珍解下扎头发的皮筋,双手拢作拱形,向后箍箍头发,也不脱面膜,说该睡了,明天还要早起。

这一次我下了车,走得缓慢,故意耽误上楼似的。前面拐弯角的地方,我看到有人在抽烟。他个子蛮高,瘦瘦弱弱。稍稍驼背的样子,使我觉到他有些许眼熟,没防住多看一会,发现他是我儿子。儿子已经抽完了烟,正待转身,吃惊地看到我看到了他。他吃不准我看没看到他抽烟,因此就地呆住了。我问他:"你干嘛呢?"他低头说:"没做什么。"他站在我这块很大一块区域之外,之所以这么说,是因为我站在字上。这块区域,框在一个大大的长方形框框里面。印有八个巨大之字:

消 防 通 道
禁 止 占 用

我站在"消"字上面。这字大到好像我马上就要消失了,总有三点水溢出去。儿子不自觉走了两步,不巧站到"道"边上面,使我没来由退却了,退到"禁"的时候差点绊倒,禁止我站在"禁"上似的,可能因为字形繁琐,看起来这个字比上一个要大。这时候，大概出于站在对角的位置，与我们相益，两方都卸下试探和敌对的状态，说话明显顺畅许多。儿子说："待在屋里好闷的啊，我擦，我下来透口气。"其中儿子那个"我擦"明显是"我操"这个词来不及吞下的临时变体。我说："你觉着哪里能不闷。"儿子则说："爸你刚去哪儿了？"我说："哪儿也没去。"儿子只是说："爷爷奶奶家里要好玩多了。"儿子说的是农村老家的院子，又大又敞，尤其植有一株柿子树。

路上我没戳穿儿子抽烟，儿子好像也知道我知道他抽烟，佯装什么也不知道。作为父亲的尊严，又规定我必须应该说他几句挽回颜面："你现在说话很有个不好的习惯，老带个口头语，我擦我擦的，以前你说话很干净，没这么多乱七八糟。"我本该说抽烟的事，一开口我就想躲，躲得儿子远远的，而我又被安全带绑住死死的，只好硬着头皮说出另外一番我全无准备的话，当我说出我擦我擦，而非我操我操时，本来教训儿子的这句话，更像针对我，并且第一个词还未出口就把我训诫成功了。儿子动了一下，垂着脑袋，像是说嗯嗯，又像没说话。他在等我继续说，我生硬地说："这毛病得好好改改。"儿子眼看前方，又摇下玻璃看向一边。柏油路前后都很平坦，两边久违的平原悉数袭来。我刻意放缓车速，时间过得还是比我上学时候要快很多，我还从来没有这样的感觉，后视镜里能够看到后面的平原像山脉一样缓缓升起，而边上令人不安的平原呜呜地跑得那样快，说不定哪一块就会有一个村子破土而出。路边的树木和电线杆，被平原一一向后滑倒。我有种错觉，我已经无限变作很薄很薄的薄，平铺下去，及至刚好铺满所有平原，毫无多余。下到镇子，路便不好走。直到看见路边有一家古老的花圈寿衣店，这是三叔家的店铺，我便知道，快到村子了。转进村子，平原躲了起来，村路知趣地坑坑洼洼，颠簸起来。过了失了栏杆的石板桥，才算正式进村。当街泥路因为前日下雨，淹了路，两只鸭子正待剖水。我们绕到村后的另一条路，径直开到家门。

爸爸家里锁着门。我找到早先院墙的豁口（竟然还在），轻易翻墙进去，堂屋东屋也都锁了门，厨屋没锁也闭着门。硕大的院子里，沿墙架了一圈玉米棒子，而那株挤到角落的木瓜树，也已长到很大了。我还记得这株树是当年妈妈去种子站买豆角种子，售卖员为了推销新种子，推荐一款木瓜种子。"原先卖一块呢，给你算五毛。"妈妈也就买了种子，种到院场里。翌年种子发芽，爸爸很是上心，给它浇水、剪枝，无微不至。三年以后才长一炷香那般粗。爸爸又怕鸡鸭狗啃，小心圈了篱笆，圆悠悠的。再过五年，木瓜树长到一搯粗了，树叶繁密，树干也挏到笔直，每每长歪一点，爸爸便给它掰直喽。邻居们无论是谁，但凡见了就觉稀罕："你这是啥树啊没见过。"爸爸说："木瓜树嘛。"某年秋天木瓜树开花结果了。你猜怎地，白白等了这些年，待它还恁娇，这个笨蛋木瓜树突然变卦——结了六七个柿子。谁能想到，原本老老实实一株木瓜树一夕之间投诚变做柿子树了。柿子树就柿子树吧，熟是熟透了的，摘下来尝一尝，里头没有瓤，都是又硬又黑的籽子。吃也不能吃，扔也不肯扔。爸爸换换衣裳提来木锨一把，忿忿难平，要把它铲掉。妈妈说："你砍它做甚，圈在边上的玉秫秫（玉米）棒子不就散架了吗。"

听到谁说话的声音，我便翻身出来。原来是对门的保生媳妇与儿子搭话。她说远远瞧见就像昊昊，不敢认了，这般高这般大，看到我才放定。她的惊讶有些故作姿态了："你大姐把你爸妈接到城里享福去了，大半年了都，你不知道？"

回到菏泽已是向晚时分。多问了几个路人我与儿子才找准地址。爸爸正待出门，佝偻的背像膝盖一样轻易弯起。早年，爸爸意气旺盛，喜则和煦春风，怒则迅雷烈火。如今头发花白，也见秃顶，早耗尽当年锐气了。自我上了大学，我才记住爸爸四十多岁的脸，好像爸爸永驻这个年龄，从无长大了。现在我也长到爸爸当年的四十多岁，竟然还以为爸爸仍旧抓住四十多岁不撒手，而非七十多岁的老头了。每次回家的夜晚，星辰滴滴答答点上天，并渗来鱼鳞的腥味，爸爸总长吁短叹，与我述话，不肯就睡。爸爸拎着塑料袋，我问爸爸怎么住到这里了。他没有回答，见到孙子跑起来才算稳健。他惊喜多于惊讶的脸，突然长长了一截，有笑浮动其上："我的宝啊，怎么才来看爷爷呢。"就在对街不及一公里的曹州旅馆，我们三人鱼贯进到宾馆房间。本来宽敞的房间，因为多出三个人，很有分寸地站在各处，充分暴露了狭窄的一面，使我们四个人类看起来像是挤作一团。进门之初，爸爸已提前从红色塑料袋掏出饭菜，搁置床头柜上。肯定又是担心妈妈心脏病，为了避免妈妈与爷爷见面，爸爸安排爷爷住进这里，一日三餐按时送来。我不该带儿子来的，当着爷爷的面爸爸毫无爷爷的尊严，仿佛被爷爷摁了又摁，矮到比儿子还要小了。爷爷身陷九十多岁里，两手扒在圈椅的边边，以防全身秃噜掉进地下去。起码从我的角度看，爷爷丢失了双脚，又因为奇怪的坐姿，他的屁股像是拐走了椅子的四条木腿。上半身则是干瘪、可笑的马头，隆起的腰背被琐碎的骨头塞得满满当当。爷爷这样的身姿，仿佛以身体张做大开的嘴巴打个哈欠，而我也深受传染很想打个哈欠。旅馆虽然不大，还算亮堂。爷爷本就不黑，看上去爷爷和爷爷坐的位置却黑洞洞的，连带那个位置的房顶以及墙壁也被爷爷熏黑了。这些黑仿佛寂静的一部分，是连同周遭的立方也一同拉进了死神的"域"。擦边的光线摇抖不定，我听到黑暗沙沙的声响。便是我们站到足够远，我也怕爷爷不分青红皂白拖我们下去，以致我居然萌动转身就走的想法，我没能走成纯属人情顾虑，这份顾虑鼓了很大力气使我想起这里不过是间普通旅馆。毕竟叫我看到了爷爷的帽子，帽檐顽固地翻起。老远我便闻见爷爷不净的馊味，这几年愈发浓重了，与之相反，爷爷身体的重量却日渐涣散了。爷爷的视力仿佛刚刚够到能认出我，摆摆手召唤我坐下。爷爷并没有想要站起来的意愿。早在三年前，爷爷每次要站都须尝试三次，才能勉强拄着拐杖站起。我在爷爷伸手可及的床边坐下，弹性十足的床垫总也抗拒我的坐下，爷爷没有戳穿我没有定性的屁股，抓住我的手不放。爷爷的手又凉又没有力气，他说："小啊，我年龄大了，眼睛不好，你坐近点叫我好好看看。"爷爷的眼睛又小又黑，发着精光。爷爷颤抖着声音说："小啊，你怎么这样老了啊。"我说："爷爷，我都长大了很久了，谁长大都要老的。"爷爷的视力确实不好了，只能将将看到我，目力不及看见我的儿子了。我的儿子对爷爷来说太远了，根本够不到。于儿子来说，我的爷爷对他又太厚了，儿子的身下不但垫着我，还垫着儿子的爷爷，对于他的老爷爷他几乎没什么话讲，叫一声"老爷爷"也很难叫出口，就像他在路边偶遇一只陌生的老爷爷那样隔膜。这般境况于我则没这样幸运，我想起我的老爷爷，说是想起，毋宁说是临时拼凑起老爷爷的样貌。爷爷和爸爸都说我见过老爷爷，约莫是于六岁，我却从未记得。

我对老爷爷的二手记忆，全部来自爷爷的讲述。老爷爷不识字，爱讲故事，讲《水浒》讲《西游》。《西游》里唐僧师徒三过蚂蚁山便是他的拿手好戏，长到很大爷爷才知悉那是老爷爷瞎编的。老爷爷贪玩，便是农忙时节，旁人叫一声去捞鱼抑或去杀狗,他撂挑子便跑。那时节日本人、国民党、共产党挨个轮番来。爷爷最熟稔便是他与老爷爷半夜遭逢日本人,吓到趴进水沟沟,一梭子子弹扫过,爷爷胳膊中了弹,留下碗大的疤。老爷爷腿上也中枪,就此瘸了半辈子,由此得了三瘸子的外号。我把这事听烂了,爷爷却总也讲不完。还有一回,老爷爷半路捡回一个受伤的共产党,据说他是当时菏泽地区地委书记。他在我家地窖养伤半月余,临走要认我老奶奶做干妈,老奶奶坚决不松口。他便留下一件军大衣做礼物,送给我们。老爷爷高兴一整夜,第二天就要穿出门外,不承想各处寻不着,半夜已被老奶奶烧掉了。待到国民党打过来,一个团驻扎我们村,分到我家是叫杨团长的川娃子,吃喝用度,样样伺候,倒也相安无事。临到军队开拔,杨团长为过度叨扰抱歉,相赠一双皮靴。老奶奶推辞不脱,只好收下。老爷爷又是白高兴一场,这么好的皮靴这辈子他只试穿这一次,蹬上皮靴老爷爷觉着他的瘸腿也都不瘸了,走路也堂堂正正,威武雄壮了。待到第二天吃过早饭,老爷爷问老奶奶把皮靴藏哪儿了,他要出门了。老奶奶说:"叫你吃了的,刚才早饭便是。"原来这皮靴是上好的牛皮做的,老奶奶煮烂了一双牛皮靴,做了早饭。我老奶奶气性大,死在了四十岁,我老爷爷熬到八十才糊涂。

妈妈圆圆的脸,皱在一块,看见她的宝贝孙子便问儿子吃饭没有。不待儿子回答,妈妈已是起身,向了厨房去。"奶奶给你做面条,你最喜欢的炒面条。"儿子耸耸肩膀,某种时刻他呆滞了一下,才应答一声。我叫妈妈不要忙了,我们就走。妈妈转脸瞪我一眼:"走什么走,要走你走。"妈妈边上和爸爸边上的空气立时两样了。我到底有些发慌到嘴唇发干,规劝自己换了另外一样心绪,想妈妈多活动活动也好,便说:"也给我做一碗吃吧。"妈妈哼声说:"你吃你吃个棒棒。"爸爸无奈地说:"你也知道,你妈就这脾气。"每回回家,儿子必要吃奶奶做的炒面条,别处从无这样做法。我知道妈妈去到厨房,必定下四个鸡蛋和面,摊平、抹油、叠张、切丝,便是妈妈的手工面条了。添水上锅,便将面条散落箅笼蒸熟。放油下锅,先放备好的葱花、蒜瓣、茴香,再放面条翻炒,炒至半酥,热腾腾的干炒手工面便出锅了。这是妈妈的独门秘技,既是儿子的最爱,也是我百吃不厌的。

我与儿子吃面时,妈妈总也闲不住。不是摸摸那里,便是擦擦这儿。我说妈妈你不要总转不停,我本意是叫她歇会儿,话一出口像在苛责妈妈。爸爸也好心冤枉了我,打圆场说你还不知道你妈,让她去吧。妈妈对这幢房子的一间一间绝对自信,不会走错。虽然妈妈做事严谨、规矩,事情一多,总归会有纰漏。爸爸有告状嫌疑一样说,上午妈妈洗床单、被罩和枕套。有四个枕套,就从卧室到卫生间的距离,洗完只剩三个枕套了。把家里翻了底朝天,也没找到丢失的枕套。

到这会儿你看，床单、被罩和其他枕套已经晾干了，这个枕套还没找到，不知道藏到哪里了。爸爸也只责怪独自走失的枕套，与妈妈毫无干系。听爸爸说话的时候，我才留意到这套房子很大，就住爸爸妈妈两个人委实浪费，太过冷清了，况且还是楼房。

直到现在我才想通，妹妹绝非要告我此事，否则她不会不知悉爸妈搬家的事情。她也不会不知道，任何事谁都别想蒙她。于是，我改变策略，像个不准备买东西的人闲逛商店，以应付店员的那句"我就随便看看"的口气随口问问："这是几楼啊，看着很高啊。"爸爸不知是计，就说："说是16层。"我说："我看不止吧。"妈妈气哼哼道："哪有16，16那是电梯的楼层，到这层实际才13。"爸爸说："哦，对对。上电梯时候不知道你注意没有，电梯里没有4，13，和14，都给电梯把这几个楼层吃掉了。"作为最后一批退休民办教师，爸爸很为自己能说出这个"吃"自得，甚至不自觉地舒展了一下胸膛。我没有接爸爸话茬："我们这个有几间房子啊？"爸爸说："三间吧，我跟你妈一人睡一间还多余一间。"我站起来走走，仿佛专门验算爸爸的话，数一数这三间房间。实际我客厅边界也未出，于是我终于可以说出要害了："这间客厅蛮大啊。"爸爸说："大是大，就是不能种菜种树。"我说："对啊，你们不是不喜欢楼房吗，睡不惯的，吃不下的，怎就搬到这幢楼里来了？"虽然我语气温和，反是逼供："快快招来,到底我姐贿赂你们多少钱,否则就大刑伺候了。"爸爸自知说漏了嘴,慌忙闭口。妈妈见状,知也捂不住,索性松了一口气,说:"还不为了你姐姐姐夫。"

原来这是姐姐姐夫五年前便购置的第二处房产,姐夫因为公职便利,提前得到消息,少花将近一半钱财,买到这块福利房。因为今年政策变动,国家严查此类漏洞,禁止公务人员购置此等房产,影响仕途还是轻的,一旦查处,重则开除公职。姐姐姐夫不得不找到爸爸妈妈,将房子转至爸爸名下。不隔半年,因为政策规定,便是亲属购置这样房产,也必须住够五年,严防欺瞒。因此,姐姐才不得不将二老接来住下。

即便妹妹已经直接说过二叔的事,我也怀疑妹妹是为了这事才叫我来。她与姐姐向来不睦,她们姊妹的血缘关系与爸爸妈妈无干,是我,好像是有了我才接通了她们的血缘,便是如此,现在我真就知道了此事于妹妹又有何益处呢。被两个女儿抛弃血缘的爸爸无事可干,两只眼睛呆呆地看着的前面,那不过是一面过大的墙,我觉着我有义务救救爸爸于水火,便学妹妹的口吻直截了当地问。爸爸听罢直叹气:"说什么亲兄弟明算账,叫我不知道说什么好。"我说:"我二叔过来说的?"爸爸说:"还不是你二婶,这种话你二叔能说?也不是专门来说,不就是你妈去仿山的城隍庙烧香,便两两碰着了,你二婶还真有嘴开得了这个口。"

玉珍抱怨我带走儿子没有带回来，仿佛他的爷爷奶奶会吃了他。睡觉也抗着个脸，十分难看。我刚回来那阵，看到她的脸不是这样的。我回来确实晚了一些，进门要用卫生间，看见玉珍正洗脸，她穿的慧珍的衣服，还有慧珍的发箍，箍住长长的头发（真是怪哉怪哉，我正纳闷不过一天时间玉珍的头发便长了如许长）。还有慧珍的洗面奶，洗面奶搓出许多白色泡沫一样的泡泡，将她的脸泡在泡泡里，泡到脸庞将要溶化了。她将脸洗了又洗，为了避免溅水到身上和台面上，踮着脚，尽力将脸抬到水池上空。脖子和鼻翼两侧很难顾及的泡沫也清洗干净了，她的脸像一座刚刚浮出水面的小岛，那脸洗得好是干净，干净到几乎不是玉珍了。虽然洗掉了大部分的玉珍，不过，还是有几分像玉珍的，因为这是慧珍。不得不承认，她们姊妹两个某些地方确实长相相像。慧珍的脸刚刚从水里洗冤出来，还是湿淋淋的，仿佛那些水是从她脸上渗出来的，从此，慧珍的脸筛子一样滴滴答答漏水了。

我与玉珍，相背而睡，待到半夜我尚没睡着，寻摸一圈找到客厅阳台，正待抽烟，已有烟味了，并遭夜风刮进阵阵凉意。慧珍不似以往在家也身着正装，裹得严严实实，现在她终于套了薄薄的浅花睡衣，正趴到窗口抽烟，也不躲我，好像我已知她抽烟多年。第一次见到女人抽烟，没料到竟不是我想象般厌恶，居然性感如斯，乃至涌出我身体某个器官久违的腥甜。我刚刚点着,慧珍再抽了一支。燃火的时候她弯了腰,空闲的另一只手向下勾住睡衣的裙摆,从小腿向上慢慢推,停在膝盖的手轻轻地挠,同时她说:"都这节气了,竟然还有蚊子。"我很不走心地说:"是啊是啊。"目光仍停在她手上。从我的方向看,这只手放下裙摆时,像是突然从她胯下翘出的一只雪白的手,收了回去。慧珍抽烟是细细的泰山,通身全白,吃火较快,抽完侧身便回了,清冷得像另外一个人,完全不像睡前于卫生间的狭路相逢:我进去的时候她正待出门。为给对方让路,她向左躲躲,我也向左躲躲,她向右躲躲,我也向右躲躲。两只躲躲差点撞到一块,故意作对似的。慧珍见状便退却一步,叫我进去。实际此举很不明智,有那么一阵,我们两个挤在狭窄的卫生间,动也不敢动。尚未出门的慧珍,甩甩湿淋淋的手,溅到镜子一串水珠。我不敢去看慧珍脸上只有慧珍的部分,双眼四下乱晃,洗脸台上堆着几张擦过口红的卫生纸。慧珍未施粉黛的脸、擦掉口红的唇和洁白的牙齿,替自己解释起来,"女儿弄到乱糟糟,老也不听话,老也偷偷涂口红,再偷偷擦掉"。我这才突然惊讶她居然还有一个女儿,而且是个八岁的女儿。好像慧珍为了搪塞这场混乱临时生了一个八岁的女儿。其实,我早知道她有女儿,我惊讶的不过是我竟然知道她是有一个女儿的。

　　他们一家该睡的已然睡着。客厅黑洞洞的,一个人也无了。我看时间将尽,正考虑要不要看足球。下一秒我便为我有过这样的顾虑难过,何必这样呢。罗纳尔多刚进球我忘我地喊了一声,立时便噤声了。慧珍再次出来了,是我吵醒她了吧。她径直走到沙发边上,我已经预料她要说些叫我小声一点的话。她比我想象的还要小声地问:"你有五百块钱吗?借我一下。"我掏掏衣兜,一股脑掏出烟、火机、整钱和零钱,甚至还有一颗纽扣、一根火柴,一字排开,另外一粒米粒掉到茶几下面了。我分出五张钱给她的时候,为我客气的话暗暗后悔:"五百够吗?"好在慧珍并不贪图我其他部分的钱,说:"五百就够。"即使不够,我也拿不出更多财产了。

我没料到,爸妈这么快便搬回老家了。得到消息,我便赶了过来。刚刚到家,就见一群人堵在我家院门前面。妈妈出门去了,爸爸也不在家。家里院门大敞,他们人人开一辆三菱摩托,嗡嗡作响,不进门子。这帮摩托党气势汹汹,不讲道理。我问头领:"你们谁啊?"头领说:"你说我们谁啊!"我说:"你们找谁?"头领说:"你说我们找谁!"我知道他们要找我爸,便说:"我爸不在家,不信你看。"我的真诚一览无余。头领却说:"这都多血(些)时间了,信息不回,电话不接,必须挨打了。"我说:"别打我爸,我替我爸。"头领说:"给我打。"摩托党们一哄而上。小喽啰们还好打发,主要在于头领一刀背敲中我的脊背,我啊呀一声"痛死我了",趴到地上。我以多年的训练有素迅速弹起,接着几下,我以小臂和小腿格挡,因为我的小臂和双腿在袖筒与裤腿里绑了铁棒，即使如此，他们人太多了，这样下去我会被敲死的。眼看头领的砍刀照我脑袋劈下，头领身边的小喽啰眼明手快，当即反水，英勇挡下，并对我说："少爷快跑。"我就日他妈了，心说："完蛋了，猪猡啊，他们本来打我一顿便散了，这回非弄死我不可了。"因为这是我爸埋在摩托党内的暗桩，今日遭到暴露了。头领果然回了神，说："他妈的，给我往死里打。"始料未及，摩托党里将近一半党徒突然叛变，一半暗桩冒了上来。顿时，我们与对方便势均力敌了，人人扭作一团。在两个喽啰的协作下，他们一人摁住头领的腿，一人摁住头领的胳膊，我拼死勒住头领的脖颈，要把脑袋徒手掰走。有那么一瞬，我快掰断头领的脖颈了，因为害怕，我竟然没再注入力气了。头领不停拍我，叫我停手。我的十根手指死死扣住，就不松手。头领脑袋给我掰下了，因为两个喽啰已把头领的躯干拖走三米远，血淋淋血刷刷的，刷了一路多乐士油漆那样。我知道脖颈掰断的时候，我的手指也掰断了。好险，十根手指齐齐断掉之前我好心醒了。刚刚睁眼的我，身体还沉在睡里，我只好想起梦里忘记的事：爸爸欠了头领十万高利贷。

我不该来的。早该想到不会只我一人，但我没料到会是三叔。三叔开车来的，我则坐公交车。一早并无直达公交车，我需要坐2路车到汽车站再倒13路车。两路公交的站点虽然都叫长途汽运西站公交站，却不在同一站点，我需要再走一截路途，坐往相反的方向。刚刚下车，便有五六辆电动三轮车围拢来，叫卖"火车站火车站"。看到载客三轮，我知道绝不会遇见四叔，我还是难免想起四叔（这个想法也没能令我刻意想起此次出行的目的），步子不为人知地迈大了。汽车站的载客三轮很是繁多，相对于坐三轮的顾虑，我的考虑更倾斜于要不要吃早餐。吃了一碗胡辣汤、两根油条出来，我再次遭遇三轮车的问询。如果儿子跟着我，我定然又与儿子发脾气："还不快叫人，快叫你五奶奶。"偶遇五婶虽然惊讶，远远没有五婶竟然会做这项生意的惊讶大。照理，五叔不会同意，毕竟四叔出事以后，他们四兄弟，五叔是唯一一个脚腕秘藏匕首的人。这当然均是后话。我当场看到五婶的第一个想法，是她身后的机动三轮是否是四叔遗留的那个？我愈肯定不是，疑问也就愈大。毕竟四叔走后，四婶带不走的东西，都被五叔悉数接管走了。我知趣地没问五婶怎么也跑客起了，佯装与在家碰见那样问江儿和丽丽上学了吗，几年级了，可都还好。实际五叔比我小六岁，五婶比五叔又小两岁，看上去五婶比我年纪要老许多了。五婶问我去哪儿，要不要载送一程。我忙说就搁对面鞋城给玉珍买双皮鞋。逃也似的，钻进楼里，出了后门我鬼鬼祟祟绕道去坐公交。

刚上13路我便看见个人，坐在门边的座位，头戴兜帽，她怀孕了。于一个孕妇来说，她的肚子过于圆了，像她的肚子里怀了一个篮球。我忍不住看她很多次，心里纳闷，肚子这么大了，还跑出来是不是有点太不慎重了。她接电话的时候，我发现她的话是男声。我终于分辨出她是一个男人了，而且他怀孕的肚子，不过是他的背包。他将背包抱在胸前，紧紧搂住，怕人抢似的。他的背包圆鼓鼓的，一定是怀孕了，也一定怀了一个篮球。

进到公安局我突然以为我摸到天机了。是否冥冥自有天意，如果我没有遇到五婶，如果我没有怀疑那是四叔的三轮车，我今天绝不会被天公派到公安局来。

三叔等在公安局门口，四婶与我进来找不着武队长。他们说武队长办案去了，不定什么时候回来。碰壁之后，四婶及时做了一番挑选，搓着手再问边上一位女警。四婶显然欠妥了，我们与她之间似乎隔着一层棉纱，她比第一位警员更冷淡、无情。明显她也不了解案情，按规章说，要走程序。绕了很大的弯子，她才听明白原委。于是就说："这事你们找武队长就好了，等他回来问他就行。"四婶连连点头，说："这不武队长不在，问到咱们这里来了。"四婶不知犯了大忌，女警听到"咱们"二字抬眼看看四婶，很不耐烦："这事很清楚了，要走程序，要真想把人领走，按章程也不是不行，要走很多手续，没有武队长的首肯是不行的。"我见事态不好，掏出将军递支烟给她，顺便也抖出五六支将军，散给其他警员。他们无一例外不接烟卷，其中一个好心的警察抬眼帮我瞟瞟墙上"禁止吸烟"的标牌,也低脸下去了。我讪讪地一支一支(也把撅折的一支)收烟进烟盒,说:"章程当然要走正当章程,这么长时间了,也未结案,老搁你们这里也不是事,通融通融。"四婶压着边鼓:"对对,冰柜不也是要血(很)多钱。"待到四婶说"政府你看,我们来都来了",我恍然明白四婶的策略,这样近乎胡搅蛮缠的话还须她一个娘们说出,我和三叔与其说是备选,不若说是加持来的。女警说:"说了不行就不行,说破天去也不行,出了事你担待吗?我就实话说了吧,你们就是找到武队长也不成。"四婶惶急了,毅然说:"这都多少年了,到现在也没查出什么来,还不让把人领走吗?"我使劲拽拽四婶,扯住她的衣摆,咬住牙根说:"你别说了你别说了。"四婶毅然站在那里看着窗外,便是金箍棒也没法将她戳倒。这是二楼,窗外翠竹咄咄敲击玻璃。

起码我出门还能点支烟抽抽,四婶比我更兼两手空空。我们找不着三叔了,四下里看了一看,三叔不知道又从哪一块凭空冒了出来。他把车挪到较远的拐角了,那属于更大一块空地。三叔说:"都办妥了?"四婶不像回答三叔,也不像与我说:"要么等武队长回来,要么找找人。"我到底有些担心:"便是武队长来了也不一定行。"四婶说:"华华呀,不搁开发区做过?咱找找人看能不能帮忙。要不咱找玉珍爸爸,有什么人问问,一定行得通吧。"我不好推脱,又委实难以解释,甭说我找不着人,便是找着人,人也不会帮我。

甭说玉珍爸爸业已退休，便是没有退休时，我也没法与四婶解释这样小事于他从来懒怠开口。四婶见我居然久待不吭，一双雾腾腾的眼睛慢腾腾落了下去，是她双手像是两片硕大的枯叶飘落在膝盖上，非常费事地最大限度地蹲了下去。我知道她这几年没有回来，也无改嫁心思，投奔她南疆的哥哥。常年跪地拾棉花，使她积习了关节痛的气性。

三叔穿着西装，打着领带，从裤兜里掏出两只手，将苦苦支撑了很久的、事不关己的态度留在了裤兜里，说了一番储存良久的话。我感到一阵厌恶。他说："我听小胜他娘说过，小胜有个同学就搁派出所，知不道是不是这里，可以问问。"

我说："都一个系统，便是不在这里，也能说上话。"

三叔像换了一副新的脸，吞吞吐吐起来："就是，就是，我没法去问小胜……"

四婶有点气急了："怎么就不能问了？"

我早就知晓三叔与他儿子的过往，说："小胜还没回家吗，有十年了吧？"

三叔说："八年。"

我摁住四婶想说的话："我来问吧，再怎么着我也是哥。"不知道为什么，我把堂哥的"堂"字怎么也没能说得出口。

三叔尽管掏出了手机，却没有松开攥住手机的手。我过早伸出的手尴尬地迟滞半空，指着亮起屏幕展现的一串号码，好似在数是不是十一位数。三叔对这个号码的备注不是小胜也不是胜胜,竟然是"北京"两个字。我照着这个号码在我的手机上拨给了北京。

北京好像刚刚睡醒,问我是谁。虽然看不见,但我能听出北京正以最大努力抑制哈欠,以致北京漫不经心哈出的几个字拉长、变形了,甚至很有弹性地粘在了一块。北京也会很为难吗?白了几乎长达一分钟仿佛突然想起来他不是在睡觉,说:"我问问——"北京应该到了北京以后才添了这样说话的毛病,话没说完——严格说,话已说完,不待对方反应,便仓促挂断了。这番对话,我完全有理由相信遥远的北京,从未纡尊降贵到过我们这个乡下小城,草草点头也不屑,刚待开口便猛然转身,不辞而别了。直待下午,我已经扛不住四婶的催促几番要我再打电话。光秃秃的太阳,醒目地半斜了,三叔与我也撑不住以为北京肯定将我们遗忘的时候,北京终于不负所望,从天而降了。北京说已经说好了,叫我们去找老况,就说是邓健的朋友。

我问:"老况?"

北京:"一个名叫况宏利的人。"

我问:"邓健就是你同学吗?"

北京:"就说是邓健的亲戚就成,已经说过了的。"

我说:"现在就去?"

北京:"现在就去。"因为这个时间下班就麻烦了。

我和三叔率先进去,四婶像个局外人一样跟在后面。我惊讶起来，公安局的过道竟然纵深这样长，很久走不完，头回进来我并没有感到有这样长，一定是哪里出了差错。再次进到宽敞的大厅，办公格局、办公家具和办公人员，像是刚刚被我安放完成，很是习惯了。没费多大力气，我们找到况宏利。我认出他了，就是上午帮我看到"禁止吸烟"的年轻人，为何叫他老况呢？老况应该比我们小了一辈，不怎么情愿接待我们，大概缘于过分靠近桌子的椅子不怎么使他站得起来。他几乎停在撅字边上的屁股，远远看去，冒着浓浓的傻气。老况带我们到另外一个狭窄的房间，空空荡荡，看起来很像询问室。往前再走一步便是开放的食堂。老况当仁不让坐了下去，一面长桌这边也有一把椅子，不够我们三个坐下，因此我们谁也没有坐下。老况坐偏了，吱吱地挪挪位置，才说："情况呢，我都听老邓讲了，这样事情也不是没办过，只是有些麻烦。"我再次递烟过去，老况再无客气，吃了一口烟，继续说："说起来不算大麻烦，就是需要一份保证书。作为档案材料，要留底保存。"

四婶听罢，便从包里掏出一份材料，递给空空荡荡的桌面。我也趁机扫了一眼，是一份证明材料，结尾有村委会盖章。这是以村委会的名义出具的证明，证明四叔是四叔身份的材料。黑色签字笔写得铿锵有力，力透纸背，不用说就是三叔的字迹。三叔的字又精进不少，而四婶也算有备而来。

老况扫了一眼这份材料，仿佛读得很吃力，简直读不下去，嗤了一声，便丢桌上："这个东西不行，这是身份证明，身份我们都清楚，这事也跟你们村委会没什么关系，不需要什么证明不证明的。我们这里要的是保证书，保证是亲属主动把人领走，不做他用。也保证事后与我们没有干系。谁领走谁写保证，必须是直系亲属。"

四婶说："武队长能同意？"

老况说："只要是家属意愿，甭说武队长，就是局长，我们也无权干涉。"

四婶说："这个没问题的，只是我不识字，可该怎么写？"

老况说："亲属代写，摁了手印就成。"

几乎是一瞬，我与三叔互看一眼。三叔歪着脑袋，皱着眉毛，让我就写。而且三叔推我一把，我脚下踉跄，已经将我摁进椅子里。我边写边不自信，"这样写对吗？""是这样吗？"几番询问老况，因此换了几次新纸，重写三次。怪不得这房间叫做询问室呢。直待末尾，我写下问明的日期，也替四婶签字。四婶就摁了手印。老况看了看这份保证书，也递给我们早已备好的证明。看到证明纸条的公安局印章，我松了口气。我们终于可以名正言顺领走四叔了。

老况说："你们带着这个证明直接去殡仪馆去领人就好了。"

四婶说："殡仪馆？人不在这儿吗？"

老况说："原先是在殓尸房没错，但是超过十年的悬案，都会移送殡仪馆存档。"

不知道你去没去过火葬场。我第一次来，比外边的人间透亮，各处泛着白光。脚下意外地平坦而宽阔，险些令我滑倒。三叔与火葬场的工作人员相熟，递过证明书，很快我们便进到存放冰库之地。从冰柜的抽屉里拉出来，四叔也就默不作声地出来了。四叔无法呼吸了，全身冒着白色的冷气。很明显，四叔整个人都冷透了，似乎周身也刮着冷飕飕的寒风。他们把四叔制成了冷冰冰硬邦邦的冰棍，脑袋也有一个血窟窿，好像四叔刚刚才头破血流。也多亏四叔冻住了，不至于全身都偷偷溜掉了。四婶也说话困难，沉重地呼吸。四叔模样未变，精瘦的身体，肋巴清晰可数。但是，四叔浑身赤裸，很不像我印象里的四叔。四叔是干净清爽的人，细心、沉稳。如今，四叔沉在密不透风的死亡里，毫无醒来的压力。四婶忍不住出去了，就在门口的太阳底下，呕吐起来。回来以后，四婶再次出去了，说是要去买衣裳。我和三叔等了半晌，四叔也等不耐烦变软了，四婶才空手而归。原来死人衣裳，并不像活人衣裳那样平常，各处有卖。冰库看管员早不耐烦，因为就要下班了。三叔厚着脸皮找来一块厚厚的塑料布盖上，便抬了四叔出来。四叔的脑袋和双脚不肯就范，比他活着时还要活跃，几乎是蹦了出来。现在我终于明白，四婶为何叫了我和三叔两个人。不得不说就这方面，四婶从来就十分精明。三叔从他的火化车里抽出带滑轮的担架，抬四叔出来。我与三叔，一个在前，一个在后，抬着四叔跨过一道栏杆，跟着排队。我没想到，死人火化也要排队。我们这样的小小城市，一天竟然会死这样多的人。轮到四叔的时候，四叔赌气似的，侧翻倒地了。也不怪三叔，三叔抬在后面，不自觉走快了。我抬在前面，又不能退着走，只好使担架顶着屁股。三叔每一步都显得快，他的快顶着我的步子，叫我也快走，致我走路跟跟跄跄。就到火炉边了，火炉工近在眼前，似乎我比四叔还要着急，我就绊了一跤，抢先把我的灵魂跌出去了。

本来我没打算再回老家了，玉珍正好打电话催我，马上就要晚饭了。一愣神的工夫，我与四婶业已坐上了三叔的火化车。这是一辆救护车改装的火化车，我坐在一侧，四婶坐在另一侧。四婶膝上枕着四叔的骨灰盒，安安静静，像个玩具棺材。火化车拐弯的时候，已经出了市区，我扶着车壁，不致歪倒一边。火化车吱吱嘎嘎带走了我和四婶，也带走了四叔。透过车窗，我看到车外带不走的平原，统统就地生根、发芽了。

傍晚已降，圆月也攀附墙头。

三婶正待开饭，看见我来，显然预料之外。停车妥当，三婶招呼进来，四婶鼓着嘴，尚未坐下，赌气似的与三叔说些我听不见的话。三叔与三婶说了两句我同样不明白的话。

三婶不想做生意似的，略略踌躇了一下，说："烧也烧了，再买衣服有什么用呢？"四婶说："总不能光着身子吧，总归要冷的。"四婶怀抱四叔，跟三婶便进到前院的花圈寿衣店了。三婶与四婶拿了最贵一套寿衣，金黄的丝质锦衣，一并排开元宝、噙口钱，一应俱全。四婶问多少钱。三婶忌讳似的不好开口，只是说："委实不该要钱，委实不该要钱，只是这样的生意，与别的生意不同，没有不要钱的规矩。卖给外人要五百块钱的，咱们一家人，就给个进价九十吧。"四婶掏出一百块钱，与了三婶。三婶找出十块钱找给四婶。四婶推搡不要。三婶生气了："这样生意不能不给，但也没有多给道理。"四婶铆足了劲不要。三婶拉开抽屉，气鼓鼓把个一百块钱与十块钱放进去。便从桌上捡出一摞钱，每一张面值百元冥币，约有冥币十万元。大概终于理清了人民币与冥币兑换的汇率，是1：10000，四婶这才放心收下钱数。

我感觉我受到了虐待。我们绕过村子，蹚进泥路径直向北。远远看见两个巨大的水泥涵管，无奈地在河边滚动（看起来在滚动），没了用处。走过这座新建的拱桥，便是打了不少补丁的沥青路。与拱桥遥遥相望之处，便是进村的石板桥。显然，所有拱桥的桥圈，都有一个完整的圆。不止只有圆形三分之一的弧形部分撑在外面，还有三分之二的水泥桥圈埋在河底之下，确保桥体坚固（后来，我将这个理论，说与玉珍时，玉珍也认可了这个真理）。沿沥青路走了约莫一里，因为天色黛黑，我没看见电线杆。偶然遇见一丛风刮进竹林，我们也便进去了。凉爽的竹叶，簌簌发抖，嗡嗡地颤。出了竹林，蹚过这块广大的田地，再往前是另一块广大田地，四婶不知要去哪里，我也有些认不得了。四婶已去南疆五年，找不到自家麦地，情有可原。多亏三叔也来了，看见圆圆的机井便好办了，边上是四叔家的田地。机井里面竟然有水，一轮圆月，毫不客气，掉了下去。不但四叔家，我家的田地（爸妈年事已高，难再种地了），也统统借给三叔种下了。三叔家的田地就在中间，左边便是四叔家的，右边五亩责任田便是我家的。爸爸当年栽种的五十株核桃树，依然枝繁叶茂。很可惜，一颗核桃也没结过。有一年过年回家，我买了核桃回家，剩两颗没吃，妈妈也种进北地了。再过几年，两颗核桃，也发芽长大了。这两株核桃树枝条孱弱，叶子也没那么绿。没想到竟然结了果，缀满枝头，爸妈高兴没几天，这两株核桃树被人偷走，整株剜掉刨走了。这块北地，是二等地，没有一等地那么好。麦子也向来不结实，紧邻的机井也常常干涸。离沥青路远着呢，不承想也会被偷。

年年过年，我也会来家一趟。看看麦田，走走这段沥青路。下了沥青路便是尘雾蹚起的土路。每每走沥青路，均能路过一根电线杆，还没报废，就歪倒路边。电线杆的水泥断裂了，钢筋没断。电线杆很温婉地肩着两条电线，只是到它这里的时候，适时地凹一下，再抬起来，传导电流去了。电线杆杆顶，歪倒以后也就一人来高，伸手便能摸到了。我不确定电线传导的是不是220伏的电流，就算这是电话线，我也不敢摸。有一次手痒，我折了一截枯枝，确认是干燥的，一伸手便把枯枝插进电线杆里去了。

因为就带一把铁锹，趁着月光，我与三叔轮流挖了深深的坑洞。刚刚翻出的新土，能够看到麦粒，还没拱破地面，业已发芽了。手机铃声在空旷的野外，显得又小又脆，果然又是玉珍。我只好将手机关机。每每轮到我不挖土，我的双手无所事事地抄进口袋，四处乱看。我们必须挖到足够深，以免犁铧翻出四叔旧账。三叔看来很累了，拄着铁锹的木把，下巴磕在上面，像是把三叔整个身体都挑了起来，随风飘荡。因此，就起风了。四婶将四叔的骨灰盒埋了进去，并且没有忘记，烧了四叔来不及穿上的寿衣，和十万冥币。冥币比寿衣烧得快多了，随风摇摆的小小火光，映到原本明亮的旷野竟然黑隆隆了。末了，四婶从兜里摸出张纸条，上面从左向右写着"海山"二字，也烧给四叔了。火从右下角点着，先烧掉"山"字，继而烧成灰才烧掉"海"字，纸灰先是整个一张，风声过后，便轰然碎裂。"海山"是个名字，但是，不是四叔的名字，四叔叫另外的名字。四叔死前半年，四婶曾找瞎讼算命，瞎讼说四叔想要好运，不要待在平原，会出事端。四婶问要去哪里。瞎讼说要去依山傍水的地方啊，靠山靠海好长远。四叔听罢才不信。瞎讼说，不想走也有办法，改名就好。四婶问，那改什么名好呢？瞎讼说，这就要另交一千块钱。四叔嫌贵，没舍得让四婶花这个钱。四叔出事以后，四婶再次找到瞎讼，终是买来了这个名字，交与四叔了。一切烧灭妥当，连同骨灰，深深埋进大地了。我们没有给四叔刻名立碑，坟包也没起一个，平平地埋好，这里的一切平平坦坦，好像什么都未发生。

嗣后，四婶由兜里摸出一块月饼浅浅埋了进去。我这才突然想到，今晚是八月十五，该是阖家团圆的日子。四野空旷，远处竟然清晰看到二三坟茔，像一丛跃出水面的鱼。我抬头看天，灰灰的蓝天，稀薄的白云，还有那轮圆月，不知什么时候从井里漏了上来，偷偷掉在天空，戳得凉飕飕的星星乱动。我许久没见过这么大这么圆的月亮了。

再次回到菏泽，再次回到丽苑小区，还不算太晚。本来三叔要留我吃饭，再说还有四婶，"不就添双筷子嘛"。四婶一路没说话，到了屋里，身子几乎抖了一下，像把四叔挤出体外，变了一个人。四婶自顾自说："明天还得去南王店政府签字盖章，得找基建办再开个证明，又得求爷爷告奶奶才能把证明开出来。"我插嘴不上，三叔恐我发窘，唤我喝水，见我惊讶四婶今晚要睡三叔家的东房，解释说，四婶这次来了，除却安妥四叔，还有新房要盖。两个姑娘日渐大了，原先的房屋也不能住人了。四婶名唤刘凤霞，没人记得，话起盖房的种种难处，一桩接续一桩。

要盖房，需打井。刘凤霞找到吴庄一人过来打井。现在打井不像以前要五六人，带电机和水管，一个人就好了。刚刚打出来的井，需要用电机立时洗井，否则便会作废了。与刘凤霞共处一场院子的赵立本不给她电用。刘凤霞说我给钱行不行，现钱现结，你说多少钱我给多少。因为赵立本是四叔的亲兄弟，赵立本说，不行，这钱我没法要，电你也不能用。刘凤霞只好搭了一条长长的电线，穿过前院邻居的堂屋，走了一条远远的电流，扯过来打井用。

打完了井，也买了电机，拢共花费四百块钱。吴庄打井人走快了，水井没出水人就走了。刘凤霞打电话人家不接，她就再去吴庄找人家来修井。刘凤霞一早借了邻居的电瓶车骑到土地庙，电瓶没电了。刘凤霞只好推着走，走着走着看到路边地里的红薯，就想着搂点红薯叶回家做菜吃。刘凤霞下了车，蹲到田里正掐叶子呢，因为没拔车钥匙，又是电三轮，电瓶车自己突然跑起来。电瓶车大撒把，不懂得把握方向，愣头青一样拐进沟了。原来这一段路是长长的很缓的斜坡，刘凤霞一下车，电车轻巧起来，坡度轻易拽电车就跑。刘凤霞没多大力气，也怪深沟够深，推不出电车。碰见个人就帮帮忙吧，人说我力气太瓢了推不出来，刘凤霞便给三婶打电话，三婶骑上电瓶车过去，把四婶的电瓶车拉上来，也就拉了回来。到了家天也黑了，晚饭大家吃了一顿上好的红薯叶菜汤。

三叔见三婶久不上菜,便去厨房催催。我用不惯三叔家的茅房,便去门外,门外横亘一条马路,马路对面多了一条干涸的河流,河流对面则是延展到天边的麦地。要出去需要路过厨房,我听到三婶抱怨三叔,怎么又多来人了,是不是今晚还要睡家里啊。今儿多一个明儿再多一个,一天天这么些嘴,你能耐把全世界的人都搬到家里来吧。做饭是我,伺候是我,吃罢饭刷锅刷碗也是我,累死累活都是我,与你赵立人没半点干系是吧。三叔压着嗓子说,你小声点小声点,死娘们你大过节的想死不是。我听不下去,匆匆过了马路,冲干涸的河流,汩汩撒尿,没完没了。好像我这一通撒尿,要把这条河尿通了水了。

我左手叉了这边的腰,回转了身,第一次以这样的距离望见三叔的小院,仿佛正在缓缓地变小,因为小院似乎正在以一种我无法觉察的速度缓缓向后倒退。临街的前院是花圈寿衣店,门边摆设一只纸扎的金山和摇钱树,像是招财童子正在招徕顾客。沿着沥青路,我向东去了。原本我需要花一小时才能走到砖庙镇。我根本不着急,因为已经想好托词,手机到现在也没好意思开机。没想到好心的拖拉机司机顺路捎了我去。从曹县开往菏泽的大巴,站站停在砖庙。令我担心的是,这样不到半小时我便能离开村乡,返回菏泽了。

刚坐下我便察觉不对了，拖把椅子坐进来。道泉北人南相，圆咕隆咚的，乐呵呵说出不好笑的话："呦，跑哪儿发财去了。"因为没人发笑，他也便干笑两声。今天人到得齐全，玉珍自不必说。不知道玉珍与我较的什么劲，兼有些愠怒和愧色，与我相距足有十万八千里。慧珍与道泉之间恰当是乱动的乐乐，看到乐乐我惊讶起来，好像为昨夜的惊讶不值，因为乐乐是慧珍名副其实的女儿。宝珍与宏图则像刚刚挨着肩坐下。丈人与丈母端坐首席，丈人坐姿古怪，板板正正的太师椅略略撑不起了吗？自从搬到济南，每回见到丈人，我已没了压迫，好像打从我离开财政局，他替我谋划进到财政局这事从来就没有过，好像我与玉珍结婚也不是相中了他当初的官位。道泉和宏图喝了不少吧，争着喊我："罚酒罚酒。"三杯白酒下肚，我的胃里拧紧了几股力道。我正想夹一口黄瓜，发现手里空空，没人想起添副碗筷。宏图晃着半瓶酒，替我斟满，我抬起刚刚坐下的屁股，与宏图客气："我来我来"。丈人干咳一声："一瓶子不满，半瓶子咣当。"丈人虽然威严还在，毕竟已经退休，何况我现在的单位是凭自己本事重新考进去的，与他没了半点干系。这个时刻，我弓着腰，低着头，不知道该不该就座。满桌菜品吃去了七七八八，杯盘乱糟糟，唯有中央摆的六只螃蟹，都放凉了，没人动筷。我数了一数，我们拢共九个人，不够分的。我向来不会吃螃蟹，也没那个命，蟹黄吃多了拉肚子，腿脚和钳子以牙咬碎了，吃到的肉，不够塞牙缝。道泉与宏图喝多了吧，过于讲究的分酒器也不用了，顾不着老太爷，扯红了脖子。他们两个男人，有说有笑，娘们一样咕唧什么呢。我举手就了半杯酒，温温的。原来他们在考虑加盟智能家居的生意，只是钱不凑手。劝我也参一股，能靠谱吗。丈人一口一口吃酒，不过湿湿嘴唇，有些强人所难地看到慧珍与道泉，脸色铁青了。不知慧珍见到丈人正待开口，还是看到乐乐，急吼吼拍了乐乐后脑一掌，啪的一声："说你多少次了，别把筷子插在碗里别把筷子插在碗里，给谁上香呢你。"慧珍也觉察不该说最后一句，因此，不自觉地瞄了眼丈母，声音也劈裂了。道泉不顾怏怏欲哭的女儿，就着酒胆说："爸妈，我再敬您二老一杯。"丈人拿眼一瞪，我和宏图也为之一颤，如雷掣顶一般："你们也甭费劲，我知道你们都惦记我那块院子，刚刚我已经说得很明白了，趁大华来了也正好，我还是那一句，我还没死呢——"丈母认真地惶急了，顿足道："你说这个干什么！"丈母眼下颧骨的一块脸皮微微抖动一下，好像她不是怪丈人不近人情，只是单纯忌讳这个"死"字。我突然神经紧张，惊诧地望向玉珍，与我何干呢，仿佛受了天大冤枉。丈人话未说完，不知谁捅了一句："知道了。"很长一会，场面一度十分安静。为了避免难堪，慧珍过分夸张地又打乐乐："知道了知道了，回回就说知道了，说完就忘，你干什么吃的，能不能长点记性，脑子长哪儿去了。"乐乐哇的一声大哭起来，委屈巴巴地说：

"我没有。"仿佛也受了天大冤枉。

乐乐比去年年长一岁,也才十岁,去年她的身量几乎就有慧珍那般高了。去年除夕之前,我与玉珍提前过来菏泽,在慧珍家小住几日,丈人和丈母也还没在。道泉还在上班,身为研究所副所,过年他也要值班的。玉珍和慧珍出门置办年货,我则坐在客厅看电视。慧珍临走叫乐乐写寒假作业,那是老师布置的十篇作文。叫我监督她作业,不准出门玩耍。乐乐妈妈前脚刚出门,她就不听话,噔噔跑了出来。她这样的年龄,这样的壮硕的身体,委实不相称,关键是地板很难承受。我叫她轻一点轻一点,不要吵到楼下了。她脸子一撇,要看动画片。我允许她看半小时电视,然后去写作业,不然妈妈回来又要骂她了。四十分钟过去了,乐乐毫无离开的觉悟。我问她作文写了吗。她说早写完了。我叫她拿来我看看。作业本上歪歪扭扭写着文字,题目叫《大自然的鸟》:

一天,我和弟弟出去玩。
我们发现地上有个笼子,
笼子里有只鸟。
弟弟问:"这是谁的鸟。"
我说:"这是大自然的鸟。"
弟弟又问:"什么是大自然的鸟?"
我没有回答。

我犯了傻气，气呼呼质问她：这叫作文吗？稀稀拉拉，一句话占一行，浪费不浪费。五十个字也不到。况且，你有弟弟吗？她说没有。我说这不是弄虚作假吗，她便百般抵赖。我也不该严格规范的。孩子嘛，尚是贪玩的年龄，多看一会电视又不会死。怪我私心作祟，足球比赛业已开始了，而我还在看动画片。我动之以情，晓之以理，乐乐就不挪窝。抗着个脸，说，你以为你是谁，哼。乐乐成功气到了我，以致吼了她一句。

待到玉珍和慧珍归来。不待我开口，乐乐抢先状告我凶她。慧珍和玉珍听完笑做一团，玉珍怪我比乐乐还要小。慧珍巴不得有人管管她的女儿呢。而我竟然愚蠢至此，与乐乐讲起道理。我与乐乐，正与慧珍说理，不巧道泉下班归家，外套也还没脱，拖鞋也还没换，便说："我的宝啊怎么了啊，老远就听见你大喊大叫了。"乐乐正说到激动处，看到爸爸，小脸一皱哭将起来，眼泪吧嗒吧嗒掉。乐乐趴在爸爸肩头，不忘指到我："他骂我，他还骂我。"仿佛受了天大委屈。乐乐说了许多骂她，使我怀疑起自己，是否是气头上真就骂她了。我一个年近半百之人，儿子也比乐乐大上十岁，我竟然骂她，自己也忍不住骂我无耻了。我分辩不上来，只会机械地重复，我只是叫你写作业，没有骂你。我越是辩解乐乐越是哭得凶。我左顾右盼，无力、心虚到不知如何自处，脸也不知道要搁哪儿了。

玉珍要与我一块接儿子。我说儿子说了，待到开学直接从爷爷奶奶那儿坐火车回学校，就不回家了。玉珍意外地没有说话，常理她又该抱怨没有早告诉她。我开上中华路，她突然开口说走错路了。我没走错，我确是要走一趟福庄。福庄现在不是一个小小村庄了，八十年代菏泽城区还没扩张的时候福庄是村庄没错，四围种满庄稼。沿着水泥路开进来，停在一间小小门诊边上。再走一步路，拐进一条胡同，踩着咣当的石板路走到底，便是二叔家。我对这条胡同熟悉到还未下车就看到这条胡同从胡同口不自觉地溜了出来，像一列火车打我眼前开过，而且，我看到二叔家也一并被抽了出来。我总觉着门诊边上停着一辆桑塔纳，那是九〇年二叔开出租的桑塔纳。二叔不会开车，二婶是司机。又怕不安全，每每出车，二叔便坐副驾驶。那辆桑塔纳早就没了，一下车我便看到停桑塔纳的地方，停着我们的奥迪 Q3。

往常每次来，我从不空手，带些小病小灾问诊，配副药回去，不几天便痊愈了。

我疑心我害了心慌病，如此，我却像个疑心病患者那样拨开塑料门帘进来了。门诊的外观是个四四方方的匣子，内里的一切均是白色，白白的瓷砖，白白的墙壁，白白的顶子。染了二叔也是白大褂了，连累二叔的脸色、嘴唇也苍白，统统失了血色，好像二叔是刚刚从墙漆里剜出的薄薄一张纸片。实际这是二叔过去落的病根，每每坐车，他便如是，因为第一次坐上桑塔纳车他便掌握了晕车技术。有几个人，或坐或站。我与玉珍坐在靠门的长椅等待，引来二叔既亲切又公事公办的神情，不及与我说话，又低首下去了。我惊讶于门诊多了一样冰箱，嗡嗡作响，仿佛里面躲着一个人，冻到浑身咯噔咯噔。二叔抽冷子问我："有事？"我回："没事没事，你忙你的。"待了半晌，二叔才缓一阵，逮着歇空叫我。我与二叔长长的距离之间，摆着一张不该待在那里的椅子，走过去已经花费了我巨大的力气。挪开椅子委实不是我的必要任务，好像这张椅子是一张更巨大的椅子，足以撑破屋子。我避开椅子，多走了两步，绕了过去，来到二叔面前。我提了两瓶茅台放到诊桌上，又将玉珍手里的两筒茶叶咣咣敲到桌上。二叔的笑容登时盖住了他的脸，说："这是做什么。"我说："么事，大过节顺路走一趟，值当是走亲戚了。"二叔仍然笑着，嘴里仿佛含了一颗冰糖，我不确定他能否听出话里话外的怨气。我听到椅子吱哇吱哇噬咬瓷砖的声音，才注意到他极大方地站了起来。我下意识挺直微躬的背，仿佛也跟着二叔重新站起来一回。

二叔一扭身拨开布帘，进到似乎刚刚挖出的门洞。这里别有洞天，说是从墙壁里重新开辟的一方宽敞的房间也不为过，靠墙设一张行军床。与之相对，则是长桌方凳，桌上摆着一架电话机和一台电视机。二叔扭亮电视，随便放出一个电视台。二叔鼓励我有事就说。我一如当初开口借钱，吞吞吐吐，张不开嘴。

二叔惊诧莫名："啊呀，我说过这话？"

我说："二婶与我妈提的，我就在当场啊。不然我妹妹来这里一年做什么呢，玩吗？"

二叔说："兰心不是来学扎针吗？"

我说："扎针，什么扎针，扎针还做保姆吗？那会子二婶刚刚生下小宝，因为要忙工作，不能身顾，就提了这样建议。我妹妹才来照顾小宝将近一年，冲抵借的三千块钱。这会子怎么再提还钱的事呢？"

二叔坐在凳子上，跷着二郎腿，单手挠头："是这样吗，我居然不知晓。我知道兰心来学护士，将来好去西关医院上班。至于照顾小宝是兰心心善，见我们忙到顾头不顾腚，不过搭把手，没说三千块钱的事呀。"

我想当然地说问问二婶便明了的。二叔则说无论问谁，"欠账还钱，天经地义嘛"。我再问二婶可在家。二叔又说："亲兄弟，也要明算账的呀。"这时我还没明白，又不知道该说什么，总觉哪里说错了抑或做错了，又不知如何补救，茫茫然看了好大一会子电视节目，竟然忘了自己屹然站在哪里。

三十多年前，爸爸载着我骑四小时自行车，来找二叔借钱。爸爸也是走投无路，谁叫我不争气，是村里第一个考上大学的大学生。孩子中了举,总不能因为缺钱耽搁孩子上学吧。三叔刚刚结婚,正自顾不暇。五叔正在大连当兵,尚不知钱为何物。为了给四叔盖房娶亲,爷爷也已卖了老黄牛。家里磕干倒净,再无一件值钱东西变卖。思来想去,做哥哥的没出息,求到你这来了,作好作歹,也该拉一把。本该面带愧色的爸爸,一副盛气凛然的姿态,逼债一样与二叔借钱。还是这间门诊,爸爸携我蹲在门边,二叔坐门口的石凳上,脸色阴沉沉的,沉默半晌,动也不动。二叔的瘦胳膊瘦腿,多么干瘪啊。当时我不明白,爸爸借钱为什么要带上我,后来我明白了,我是压倒二叔的最后一根稻草。

二叔手头没有这么多现金,带我们去附近的农业银行。二叔一个人在前,爸爸与我两个人在后。你若看见,我们两个像是押着二叔,逼他去银行,把三千块钱还给我们似的。路边的梧桐缓缓升到头顶,二叔也走投无路了,低头走路很慢,像个老头,每一步都像在仔细寻个地缝钻进去,逃脱我们。

我与二叔出来,看到玉珍正与二婶话叙家常。我心内一动,身体则像出了机械故障,愣了一愣神,正待要问二婶关于妹妹抵账事宜,本来该是那把原封不动的巨大椅子挡住我路,却是二婶彰显的样貌比二婶本体要大一倍,越过椅子,浮到我的眼前,挡住了我的路。才短短一瞬,我已丢失质询的勇气。二婶个子高挑,头发做了时髦的烫染,脸庞充满鼓励的温柔。话说当年,二叔二婶,并非明媒正娶,而是私定终身，偷偷私奔的。

夜奔那晚，二叔摸进李集的戏楼，蹲到树下的墙根等二婶翻墙出来。说实话，一路他都有点打退堂鼓，终究是来了，他也知不道是谁推他来的。说也奇怪，天不是很黑，因为二叔肩上扛着月亮，寂静的夜，蛐蛐儿啾啾低鸣，腿蹲麻了，二婶没有来，月亮也不下来。凉风习习，落了几片槐叶，吹来了二婶的影子，卡在不远的墙头下不来。二叔调换位置，挪挪身子，以另一条肩膀，接二婶下来。二婶两条粗壮有力的小腿，稳稳站住了，身上的泥土，蹭了二叔一脸，噗也噗不掉。二叔反倒踉跄一步，顾不上寒暄，突然的犬吠使二婶浑身一颤。坏了坏了，这条狗是二婶爸爸的宝贝，一定发现了。他们慌不择路，拔腿便跑。狗叫愈凶，他们奔跑愈快。黑狗叫汪汪地追，并没有紧紧咬死。隔上一阵，二婶说她的腿像木桩了，抽不出一丝力了。他们跑慢一阵，想要停下歇歇时，狗便远远叫三声。如今想来，一气追了一百多里，那应该不是一条狗叫，大概是多米诺狗叫。每每路过一个村子，他们陌生的脚步就惊扰了当地的土狗。原本二叔想到了定陶再想辙，一路奔袭，穿过了定陶，跑到天亮，眼前一片花海，竟然误闯牡丹园。牡丹园敞着门，公园一样，随意出入。大门门楣上题有武曌的"曹州牡丹甲天下"，曹州便是菏泽古称。他们进了园，好容易亮的天，突然降下白色大雾，犹如巨大怪兽，堵在他们眼前，截断了许多砖铺的小径，不知通往何处。

这桩事体爸爸只是私下与我讲过,从未说与外人。显然,这是他们兄弟间的私下秘语,难怪这般详细。爸爸当笑话讲与我。只有我知道,爸爸并没有表面上那般调笑,反而妒忌得要命。

我与玉珍正待上车。二婶追了过来,手里拎着两瓶茅台:"来就来了,还拿东西做什么。"

我说:"都是单位发的,拿给二叔尝尝。"

二婶扭头看了一看二叔,再扭身回来,好像比刚刚轻了一分,因此她也轻易做到十分不安。干脆什么话也都能说了:"你不知道,你二叔戒了酒了。"

玉珍:"戒了酒好。"

我们还没坐上车,就来到高阳之下。但是羊群的突然出现令我意外,一大群羊,慢慢腾腾从边上的河里涌上岸头。我们的汽车像一把锋利的菜刀切开了羊群一条宽大的缝,粉色塑料袋摇摇摆摆,很快羊群在前头迅速合拢了,占领了长长的水泥路。我现在终于记起,好像刚刚发现,这水泥路另一面竟然是一条河,从宽度上我认出这是龙引河。河里水草丰茂,确实没有多少水,跳进去不济腰深。后头的冀B机动车猛按喇叭,却没有牧羊人出现。我不知道牧羊人去哪儿了。河里不知哪里蹿来的一只黑犬,也是势利眼,对着大众汽车汪汪狂吠。啊,这是一只牧羊犬吗?这只我从没见过的黑狗,拥有黑夜的颜色,像弄丢了羊群的牧羊犬,不知所措,没头没脑。

我已经坐进驾驶座。玉珍与二婶还在较真茅台,她们别扭的架势好像是在争论茅台真假。二叔站在边上,怀里抱着两筒茶叶,不知道该劝两人,还是递还茶叶,只是尴尬地笑着。玉珍终于上了车,累到喘气,忙忙摇下窗玻璃透出一条缝,传播声音,教训晚辈一般,与二婶说:"快拿回去,送出手的东西哪有退回的道理,就是不喝备着送人也好啊。"我慌里慌张启动发动机,临开车,突然想起来了什么,冲二叔喊:"我爸那人,你也知道,年纪大了,耳朵不好使了,不见得能听见话,有什么事与我说就好了。"二叔很不好意思一样,说了一声"嘻!",猛一挥手,大概叫我快走吧。我听不清他后面说了什么,因为车已开拔。二叔怀里的两筒茶叶适时落了地,而二叔的挥手却擎着什么,开出老远,透过后视镜我才发现二叔手里擎着的不过是他自己的那只手。车开得好快,已是离开了菏泽。我的脑海始终挥舞着二叔那只大力挥舞的手臂。好像我们的汽车之所以发动与发动机无关,是被那只手臂大力挥走的。

汽车启动不久我突遭耳鸣,可能因为刚上高速突然加速,我摇荡脑袋,像只呆鹅,想将轰鸣甩出车外。开了车窗,很大风进来,窗外一块一块的平原也一同掉进车里。有段时间,我找不到哪只脚是哪只脚了,不知道哪个是刹车哪个是油门。

有一段时间我们与一段铁路平行，有一阵我想与火车比赛，最终还是败下阵来。铁路道旁均是电线，电线杆两根两根向后跑动，好像是我伸手扳到后面去的。我想起来了，我坐火车才会有这样的耳鸣。这样，我把耳朵贴到火车内壁，就能听到车轮的况且况且，况且这还是一列绿皮火车。火车没有空调，没有暖气。像个筛子，不但各处漏风，车窗也大开。有几个人试图关窗，却关不上，无论怎样，我都能记得车外的寒风和冬天毫不客气地进来了。我的对面是一男一女，他们互不相识，既离心离德又相敬如宾。每过一站他们从行李架上拿下一件棉衣裹在自己身上。他们太冷了，出于陌生，他们的身体又间隔一条缝，像两条带鱼。半个时辰以后，他们睡着了，也终于相依相偎。女人的脑袋搁在男人的肩膀上，男人的脑袋搁在女人的脑袋上。我知道他们终于有理由假寐了，唯有如此才能消除尴尬。这时候我双脚也冻到冰凉，毫无知觉了。我慢慢将我的一只脚插在他们中间，获取双方的温度。他们非但没有阻止我，反而夹得更紧了。我这才获得了我的这只脚，这样珍贵的温度也重新叫我回到奥迪车内，继续开车。

今天大风。各处都是黄沙，黄沙吹到天上，沙沙打中车身，车身也随之晃动。许多枯枝、塑料袋、黄土无不旋到天上去了。路边开始出现河沟了，河沟各处又是一小片一小片水。河的两岸有许多芦苇，在风的吹拂下，一起一伏，很大幅度地高上去，又低下来。远远的地方有很多坟包。坟包跟坟包不同，有的两三个聚在一块，像一家人。有的散落各处，甚是飘零。很少见到有墓碑的，偶有几株柏树缠绕。

虽然天雾蒙蒙的，太阳还是有的。只是很虚，也很黄，跑得应该比汽车要快。太阳很快地跳过树梢，跳过屋顶，跳过高压线。要是汽车遇到坑坑坎坎，太阳就会一下触底地平线，又弹了上去。远处有地面放烟，白蒙蒙被风吹出很远。大概是在烧垃圾或者树叶。在更远处，是硕大的烟囱和庞大的圆圆的工厂，冒着白烟，随风飘荡。

我不知道我们开车多久了，应该很快就到了吧。但我有种错觉，我们永远也到不了了，只能永远行在路上，而且是在以刚才的速度倒退。有句话叫，道阻且长。我这一路都在阻，也都在长长。好像这条高速公路是我们越开越快地开出来的。每次路面不稳，我都觉着我要掉下车去，再也上不来。这么长的路我该拿它怎么办呢。

上了日兰高速，我们一直不停。不知道开了多久，油箱报警，汽油用得真快。到了下一个服务区不知道要多久，我们只好在梁山就下了高速。这个县城好灰。各处都很灰。我们在这里加油。我们加了四百块钱的油。95号汽油。每次加油，我都嫌油价太贵，要好几大百。我需要下车去，店里交钱，毕竟还要开发票。从店里出来，我看见我们的车不见了。我一阵惊慌，难道玉珍偷偷抛弃我了？环顾一圈，我发现熟悉的车影，已经拐了出去，停到马路对面了。我即刻意识到，我刚刚不该停车在油罐前的，因为后面还有很多车排队等着加油呢。

我需要走到不远之处的红绿灯才能过马路。两个环卫工人，分别在道路两边打扫，扫扫树叶，扫扫烟头，便停下休息一阵。他们隔着马路聊天，中间川流不息很多车，他们的声音也不大，车声大过他们的说话声很多，但是他们却能在车辆的间隙准确地捉住对方的话，扔来扔去，就像在打羽毛球。不过，一阵风把这边这个人的话吹偏了，挂在铁栏杆上下不来了。这么多人，他走过去捡回来，塞进耳朵里，多么尴尬。跟我左边的是个瘸子，我们并排站在路边等待红灯变绿。过往的机动车辆，飞快而过，带动的车风，一阵一阵想要把我掀翻似的。绿灯亮了，我们开始过马路。虽然我很着急，我很想快速穿过马路，穿过斑马线。但是我没有那么做，为了尊重他的瘸腿我始终没有超过他，我始终跟在他的身后，直到穿过马路，我们分道扬镳，一个向东一个向西，我飞也似的逃脱了。

我们重新上了日兰高速。不知道是哪个方向，阳光开始从左面照进车里，打在玉珍脸上，玉珍从驾驶座上打开遮光板，折到九十度，只能挡住半边脸。玉珍叫我帮她拿出太阳眼镜。她也忘了放在哪里。我拿开倚在扶手箱的手肘，掀开了盖，从杂物和抽纸之间没有找到。我又打开前面的手套箱，里面也满满的东西,竟然还有两罐啤酒,一罐可乐,我没有翻出太阳眼镜,啊呀一声,惊到玉珍,这么久没找到,以为已经丢了,竟然意外找到我的钱包。我瞄了一眼玉珍,玉珍耸耸肩膀一副"我就说吧"的模样,我却像是在责备她冤枉妹妹。后来,我在车门内侧的储物格摸到眼镜,仿佛什么也未发生,帮玉珍戴上。戴上太阳镜的玉珍,竟然高大威武,换了一个人似的,她自己好像也发现了这一点。她就像闲聊一样,问我:"你还记得兰心的那件事吗?"

玉珍没有说哪件事,但我立时明白便是那件事,因为我和玉珍从来没有说过这件事。

于是我说:"怎么了?"

我看不到玉珍的眼睛,好像她的脸都有什么挡着。玉珍说:"因为你们是一家人,我说话你也别嫌难听。那样的事本来就不好处理。兰心根本没搞清楚,事情闹大了,不只是不好看,兰心丢了工作也说不定。别看那个女人一脸呆样,开始是捉她老公和兰心的奸没错,事到临头她可精明得很,她的目的很明显,不过是要讹钱。要想息事宁人,只有破财免灾。"

我说:"那男的也不是什么好鸟。"

玉珍说:"看看你的好妹妹做的什么事吧。"

我说:"话也不能这么说,也不能全怪兰心这事。"

玉珍说:"说是这么说,但是人家可是一家人,是两夫妻,回家还是要穿一条裤子。兰心性格你也知道,要不是我及时给了钱,不定出什么幺蛾子。关键是做就做了,别让人抓现行,逮住把柄啊。这人有了第一次就有第二次,不定多少次呢。"

我突然喝住她:"住嘴。"

玉珍也知理亏,后悔说了最后一句。声音有些软了,也轻,但又不甘心就此闭嘴,失了脸面,撅着下巴说:"你们一家都这样一个德行,不是一家人不进一家门。"

我也觉着我有些严厉了,毕竟玉珍说的也没错,只是不该说出口。有些话是不能说出来的,于是我没有说话。然而,玉珍也很久没有说话。过了一会儿,我听到了什么声音。我以为安静了,竟然是玉珍抽泣的声音。"每次都是这样,动不动就凶我。凶过以后还冷暴力,我就活该受你气吗?受你气也就罢了,还要受你们一家子气。就说兰心的事,他们狮子大张口,开口就是十万。最后还不是我讨价还价,末了兰心没有钱,还不是我掏钱垫上。我问兰心要过一分钱吗?我跟你说过一个字吗?我为这个家做了多少你记得吗?你又做了多少呢?整天回到家,不是往沙发一躺就是往床上一躺。就知道窝里横,也就是欺负我,你欺负别人试试。你从来就没问过我,我喜欢什么,我想要什么,打结婚你带我出去玩过一次吗?"

我说:"你又来了,我们怎么没出去玩过啊。不说前段时间去大明湖去游乐园。几年前,我们去坝上草原,去大理,还去过平遥古城，我们还拜过城隍庙，还有很多很多啊。"

玉珍："是啊是啊我们去过，我们都去过。样样都没落下。但是，这些地方没有一次是我们两个去的啊。哪一次不是陪你妹妹就是陪你姐姐，还有你就陪你爸妈这儿也去那儿也去。陪儿子去的也就算了。你好好想想，我们两个单独去的，有哪一次？一次也没有，更别说去看海了，结婚前你就说有机会带我去爬山带我去海边，到现在哪个实现了？一次也没去过。每次去个公园还都是顺便带去的，我就是一件行李，永远是一个捎带手的附属品。你从来没有主动为我想过一次。"

我想了好久，有点词穷，有点呆愣了，好一会脑袋没有反应过来，不知道该说什么，只好加大音量，以此掩饰我的心虚："你住嘴，你怎么能这样说。我那不是没时间。"

玉珍："你又凶我。"

我说："我没有。"

玉珍："你还说没有。"

我承认道："我就声音大了点。"

玉珍："你每次都这样，凶完人就狡辩说是只是大了一点声。只会教训我，把你的耐心都给了别人。对我从来没什么耐心，动不动就吼我，总是对我大呼小叫。"

我说："我没有总是啊，只是偶尔才大声了一点。那么我问你，我们心理上，是快乐的时候印象深刻还是伤心的时候印象深刻呢？看，你也知道是伤心吧，我十次里有一次大声,你感受都是那一次大声,那么我那九次没有大声的也成了大声了。我平时都是很温和与你说的。你老是记住我们吵架的时候,然后把我吵架时候的大声分配到关于我的每件事上,把我塑造成一个总是吼你的人。我冤枉啊我。"

玉珍:"哪有。"

我说:"你有啊,这是一个感性的事情,科学家都说了,这是有科学依据的。"

玉珍:"啊啊啊,反正我吵不过你,你总是有理,你赢了你赢了,啊,啊啊啊,你闭嘴,不要再说了,我再也不想听见你的声音了。"

我们的空气立时安静如果,好像时间呆在这里头,呆呆的,变做了一块石头。

过了下一个服务区,我们就该到济南了。玉珍一气拐进了服务区。我没有问她这是做什么。她也没有义务回答我。玉珍去卫生间的时间,我也跟着下了车,我站在车边抽了一根烟就没了,玉珍还没回来。我将烟盒团成一团,扔进垃圾桶,到便利店摸出确凿无疑的钱包(钱悉数未少),买了一包烟。抽完了两根烟,我给她打电话,也没有接。我不可避免,再次想象玉珍死在了里面,发生了意外。每当吵架以后,我联系不到玉珍,找她找不着的时候,我便会想象各种可能。每种可能纷纷若恶兽归笼只能归结到最后一种可能,那便是玉珍突然暴亡。我常常想象玉珍死后的情形,我应该怎么做。

我会想象，我应该做的各种情形。通知丈人丈母，还是慧珍宝珍？交代各类后事。这些事都是我无力承担的。前面两个人正在隔着一辆车吵架，他们应该是一对夫妻吧，吵架都这么熟练。配合默契，该凶就凶，该哭就哭，毫不手软。我看不下去了，回到车里，趴到方向盘上不自觉地续上玉珍死后葬礼的种种细节。我正想的时候，玉珍远远走来了，她的突然复活，使我有些手足无措。玉珍看我坐在她刚刚离开的位置，一言未发，得体地坐进了副驾驶。

我正开车，手机突然响了。

玉珍："你来信息了。"

我说："我知道。"

玉珍："你怎么不看看？"

我说："我正开车，没法看，再说这时候来信息不是10086就是各种广告。"

玉珍："你不看我帮你看看。"

我说："你看它做什么，能不能不要闹了，我开车呢。"

玉珍："开车怎么了，又不叫你看，叫我看看。"

玉珍说着就去摸我的大腿，我的大腿肉几乎撑着裤管，紧绷紧绷的，玉珍掏不出来，便说："在哪儿呢？"

我伸进上衣内里的口袋里一只手摸出同样一只手一样，扔给她："你什么毛病啊你，你看你看，给你看个够。"

玉珍看了一眼便还我了，对其他信息也不感兴趣。好像其他信息本不足信，只有这条临时发来的信息才真实可靠。我没有接手机，手机就在仪表盘上面搁着，嗡嗡发颤，没多一会便转半圈。我瞟一眼那则信息，努力摁住自己一言不发。太阳也偷偷瞄了进来，正道之光突然照进手机里，使尚没熄灭的屏幕暗了下去。

手机屏幕自动熄灭之前，前面开始有鸟飞过，见过几次的，大概是喜鹊吧，好像它们都是从昨天路边的鸟窝里飞出来的。现在的雾气都散了，平原和房屋都极清晰，清晰得像多带了一双眼睛。但有些电线杆很奇怪，因为看不到电线，好像是一根一根电线杆，奇怪地站在那里，失去了传导功能，那些电流需要从一个电线杆跳远一样跳到另一个电线杆吗，跳不过去怎么办？有点可怜，那应该叫做水泥杆子了。玉珍看着窗外的水泥杆子说："他们在说什么呢？"

我说："谁，谁们？"电线杆吗？

玉珍："就那俩人。"

隔了这么久，我鬼使神差，竟然立时明白玉珍说的是服务区的那两个人，我为我的及时回馈隐隐觉到某种不安，于是说："谁知道呢，可能在谈情说爱吧。他说你喜欢我吗她说我喜欢你他说你为什么喜欢我她说就喜欢。"

玉珍："他们真奇怪啊，我觉着他们在吵架。"

我说："他们没有吵架，他们只是在说话。"

玉珍："他们在吵什么呢？"

我说："也许只是在比赛谁的声音大。"

玉珍："他们会跟我们一样大吗？"

我说："真是可惜啊，他们的个子一般高欤。"

玉珍："跑起来就没有一般高了。"

我说："他们为什么不跑呢？"

玉珍："他们……也许因为分手了吧。"玉珍看着外面，接着说："为什么呢，你喜欢别人了吗？"我没有听清，问她说什么。她说："但是我不喜欢你了，我们分手吧。"

从这句话便能看出，玉珍虽然年纪不小了，虽然儿子业已上了大学，可她还是个少女。于是我说："我们都这样年纪了，不要闹了，要分早分了。"

玉珍说："那我们离婚吧，我想好了。"

我不知道该不该同意，也不知道该说什么。于是我就没说话。我继续开车，我双手有些发颤，又没有严重到妨碍把准方向盘。玉珍说完那句话，好像把前半辈子都放下了，突然一阵轻松，不一会竟然打鼾了。玉珍坐在那里睡得很不安稳，身体想要醒来几次，都未能从沉重的身体里醒出来。待到玉珍从睡里冒了上来，不自觉地"嗯"了一声，好像在替我回答她睡前关于离婚的事情。她真正醒来好像真的忘了关于离婚的话，突然说：

"啊，真是累了太久，我睡了多久？"

我说："也没多久。"

玉珍说:"怎么还没到家,现在到哪儿了?"

我说:"刚过莱芜。"

玉珍再次"嗯"了一下,说:"几点了?"

我还没顾得上看手机上时间,玉珍突然便说:"过了济南啊已经,你开过了。"

我说:"我知道,趁假期还有今天一天,我们出去玩一下吧,就我们俩。"

玉珍"哦"了一下,好像时间不重要了,地方也不重要了。没问要去哪里,我也没说要去哪里。因为我也确实不知道我要开到哪里去。我单手取了手机,随便摁了 Home 键,屏幕的亮度几乎是弹射了出来。本来我想替玉珍看看到底几点了。刚刚惹怒了玉珍的那条信息出其不意再次杀了出来。它来自爸爸:"少了的那个枕头套在洗衣机滚筒的二夹皮里了,很少出现这种情况,一千次不能出一次,在甩干的那个洞里。"

我继续一路向东,今天天空很蓝,还有很多小山似的白云停在天上,好像我要把车开到云上去。

远方地平线升起的一小片山峦,好像飘落的云彩。我一路追着山跑,不知道在哪儿下的高速,不在意穿过哪座城市,上上下下,很不平坦。也许因为近山情更怯,隔不多远便有减速带,叮叮哐哐,破费轮胎。没想到,华北平原的边缘,竟然藏着这样一座小山。听说山的另一边便是大海了,我不知道，也看不见。我们已盘山向上了，我还不自知。山路狭窄而崎岖，一边壁立千仞，一边深不可测，不时有警示牌"小心落石"的路段，这一侧有很大一片尼龙网兜爬在山上。我努力向前，不想半途而废。汽车因为颠簸，蹦蹦跳跳很是频繁，显得过于轻浮。我也很怕不慎翻了车，摔落山涧。因此，遇到路口的三角停车区我便停了车。

边上是座山村，不外五十人。村里向上的水泥路，既窄，坡度又大，只能步行。走在村子继续向上，有一个小水库，储蓄了水源，并用铁皮盖住。穿过村子几乎无不是脚踩的小径，杂草丛生，石头磊磊。间或一爿农田。这些农田很随便，像散落的人骨。农田很快消失了，取而代之的是干涸的河道。很明显，这是雨季由山顶冲刷而成。河道布满硕大的石头，无棱无角，像巨大的恐龙蛋。玉珍跑上去大呼小叫，在枯叶间，费劲巴拉，挑出三块罗汉模样的石头。玉珍学会了袖手旁观，支使我一块一块搬下山。下到村子里，我怕村民喝住我为什么偷石头。然而他视若无睹，正从他家接了一根长长细细的管子，浇一块菜地，好像我不配做小偷。我几次跨过水管，将三块石头一一放进后备厢。车子起码下沉了一厘米。汽车发动之前，我看到这座山似乎猛然轻了一下，因为它不为人知地动了一动。我还看到天还是下午的天，山郊的天气出人意料地好。很白的白云，很蓝的蓝天，都飘在空中。

继续向上盘道，汽车稳健许多，我们尚未疲惫，柏油路抢先到了头。我们下车走路,道路又窄又陡,好像被我踩中,前方突然翘了起来,几乎拍到脸上。未有多久,小径也没有了,累累石块多硌脚呀。待到下山,几番抬头均不见汽车,我们以为汽车被偷了,走了一段,再走一段,汽车好端端待在原地。没想到我们竟然走了这样长的路。

好容易下山,临进城我们却遭遇堵车。排了长长的队伍,喇叭此起彼伏,根本就寸步难行,还没道边孩子走得快。我们的前进如此脆弱,吹弹可破。可能刚刚爬山走累了,玉珍再次睡着了。我只好呆呆地看车外有飞鸟飞过。这时候我想我要变成一只鸟该多好。我想要的不是飞行,而是储存飞行的动能。比如煤块,是一块储存热能的石头。叫我背后长出一双翅膀行不通,但我有胳膊,是最有可能储存飞行的东西。我想过很多办法,就差那么一点,要是再能堵一会说不定我就能想出使胳膊储存和释放飞行的方法了。一切功劳当归交警,及时疏通道路,送我们进城。路过这个三岔口,叫我领会堵车的原因。我看到了一只巨大的翅膀。很早我远远见过风车,三个翅膀缓缓转动,发动电力,并没觉到有多大。好像这只翅膀因为落了地,才变得巨大,并且更为巨大。一辆运输风车的卡车,后头挂三节车斗,才勉强装下风力发电的翅膀,后面的尾巴露在外面。卡车拖着翅膀转弯的时候,既迟疑又累赘,吞吞吐吐,困难重重,几乎就要卡在三岔口了。我不知道其他两只翅膀去了哪里,难道飞到天上去了。你看天上的飞鸟哪只不是两只翅膀就翱翔飞天。一只翅膀只有被人拖运的分，而三只翅膀更飞不了天。不但是你，不久之前，我还见过那三只翅膀的风车，就是风力发电机，牢牢栽种在大地的风口，不急不缓，慢慢转动。

回到城区，我才发现我们竟然到了青岛，许多道路沿海铺设。道路不像道路，高低起伏，窄里窄气，像街道。街道干净有趣，错落有致。第一次见到大海，我们并不急着看海，而是不慌不忙，行在这条路上。公路的这边是楼房，我并不刻意去看海，我觉着路的另一边，不是涌向道路的大海，而是与道路平行的河流，一条只有一条河岸的河流。

偌大一个庭院，名唤丽苑花园精品酒店，竟然不收停车费。我们另外找了一家馆子，不进门子，便坐门口吃海鲜，我嫌贵没吃多少。待到傍晚，靠海的一家烧烤我们又吃了一顿。比常见的烧烤，多了烤鱿鱼、烤虾等等。这儿铺就人字形红砖。价钱还算中肯，椅子也不是廉价的塑料椅子，铝制的金属椅子，刷着黑漆，竟也十分轻便，举过头顶，那是毫不费力。吃到半途，隔壁一桌可能喝大了，吵闹声甚大。可能是谁不慎踩到了狗尾巴，突然就在谁的椅子底下，叫了一声硕大的狗叫。我四下看去，没有一只狗，是他们中一个身体过度肥胖的人。他太胖了，要不是因为椅子勒住了他，整个人都会掀翻的。他们说了什么样的笑话，他因为笑的幅度太大，溢出的肥肉，一条一条挂在椅子上，挤了椅子向后滑去,"吱哇"叫了出声。

去海边须穿过一条马路。过斑马线总是很多人待到绿灯一齐走过。于我迎面走来的,是穿着捷利安装工装的工人,一手捏着拳头,一手托着手机。我没注意他到底是什么样子,突然低下头去了。不过是须臾,我便惊诧,以为他的头突然掉了下来。实际掉下来的是一顶帽子,那是顶工帽,软塌塌的,各处无不陷落,只有帽檐是硬的。这人呢低头就找,我看到他知道自己掉了什么东西,又纳闷不知道掉了什么东西。他向后看,什么也没有。他向前看,也没有。同时,他也正走,一脚叼住帽子,踹到前面去了。他便这样踩中帽子,脚也软了一下,低了头下去。当他再度抬头,头上已多了一顶帽子,就像头上长了角,而他的那只脚印正轻浮地踩他头顶。

沙滩上人潮汹涌,脚印比人多出许多。我们路过长长一段沙滩,倒是空空荡荡,早早管控了起来,据说是留待领导疗养。

没想到海水竟然一阵一阵,挂靠岸边,挂不住便落了潮。玉珍浑不在意她的鞋子很快湿透了,我则小心翼翼地走,不使举棋不定的海水濡湿了我的鞋。很快我们的鞋子都灌满沙子,蹚进海水,也不会溶解。青色的海水漫过脚脖,击打礁石的边缘翻出小小的白色浪花。落潮过后,出走的沙滩回来了,我们拎着鞋子行在沙滩上,深一脚浅一脚,来来去去,玉珍从没这样高兴过。满脚的沙子,像是爬满的蚂蚁,很不爽利。

天已傍黑，远处一角的天空，有收敛的光，映照稀薄的云。海边诸多礁石，浮雕一般，漂在海面上，若隐若现。玉珍想要下水游泳，因为我们临时来的，没带泳衣，我便劝阻玉珍。我们只好走到不远的偏僻无人处，独独有一块巨石矗立海中，四四方方，纹丝不动。仿佛它长一百年，宽一百年，高也一百年。

总有人零零散散走来，玉珍只好将裙摆系在腰间下了水。她在浅滩处蹚来蹚去，总有游向深处的企图。她的裙子松松垮垮，在水中泡开。玉珍想趁夜色脱掉衣服，潜进海中。我紧张到不行，担惊受怕，低喝道："来人了来人了。"催她上岸，好像她正在裸泳，实际上她一件衣服也未脱下。玉珍因为我的胆小，败兴而归。

玉珍浑身湿透了，我们没有替换的衣服，夜风一吹，玉珍冷到直打哆嗦，却也不忘埋怨我拉她出水。因为发冷，她说话的嘴有点抖，好像每个字都过了滚锅，烫嘴，让她说不清楚，有时候说出的话，要重复一下。

我们赤脚走在柏油路上，虽然扎脚，也很舒服，因为柏油路白天吸收的热量暖了我们的脚。过斑马线之前，我便听到蛙鸣了。四下里看了又看，什么也没有。

为了省钱，当晚我们没住进临海的宾馆（出门便是海滩），而是找了与大海隔了一条马路的宾馆。我们就住一楼，晚上待到很晚，我们没开灯，玉珍也还睡不着，有那么一会儿她走到那里，面对外面的景色发呆。外面的景色漫过绿色的草地，等待红绿灯，行过马路，踩进黄色的沙滩，留下杂乱的脚印，咚咚跑过伸进海里五米有余的木栈，一头栽进无尽的海水。附身海面的是与之颜色相近的黑沉沉的天。只见玉珍横着两只手臂，俯身过去，张开的手指撑在景色上，将景色压在身下，怎么也不能倒下，仿佛她与景色之间隔着一道无形的玻璃。不用我走她背后，真去摸景色，因为刚刚进门我便发现了那确实是一道巨大的玻璃墙。

通常夜里都是玉珍先睡下，今天也不例外。待到半夜，我也不知道我是一直没睡，还是刚刚睡醒。趁玉珍正值熟睡，我偷偷从她枕下轻而易举摸出她的手机。刚刚得手，我蹑手蹑脚，跪在床上，蒙住被子，以免手机屏幕的亮光，泄露出来。我试了几次，手机密码都不对。可能玉珍翻身，她的大腿压了住我的脚，胳臂搭住我的脑袋，胸脯挤压我的后背，我不敢稍动，忙将手机翻身盖住，心脏咚咚直跳。耐到玉珍呼吸平稳，将玉珍的生日排列几种方式，其中一个，"啪"的一下，就像拆解了手机。我已经打开信息箱，翻阅众多信息，尚未查出一样，玉珍翻了大身，她再次平躺睡了。后背——整个身体的重量——都压住了我的手，手机也拍在下面了。我从被窝钻出头颅，透过窗外的月光，我看到玉珍闭着眼睛，眼睫毛颤动着。玉珍从不裸睡，今晚竟然精赤光光，好像就是为了方便她淹透在被窝。我试了几次，在不弄醒她的情况下抽手出来，想要带出手机，已是不能了。

我已下定决心不睡了，伸直了腿，精神百倍。我睁了许久眼睛，几乎陷进半睡半醒的漩涡。委实撑不住，我竟然醒了，醒来才确定自己睡着了，却不知道睡了多久。外面的天实在太黑了，因为屋里亮到发白——我竟然很长时间不知道已经开灯了。但我又不住地困顿，我已经闭了很长时间眼睛，眼前竟然不是黑色。一面白色的墙快速向我撞来。"咚"的一下，拍扁了我的脸，五官像是白纸，薄薄一片。脑袋海绵一样，也不疼痛，不过瘪了是瘪了。我一定流了许多血，但是没有血，一定是我的大部分的脸，替血流了下来，滴到白色被子上。

这个房间忒白了些，一切均是白色的。

我大吃一惊，猛一提劲，从身体里挣脱出来。我真正醒来，侧翻转身，床铺的另一半空空如也。我挣扎着坐起来，口干舌燥。看着巨大的黑色玻璃，映着我的黑影。我看着呆呆的我，突然想起什么，掀开这边的枕头，我的手机正完好无损，一片静默。也正因为此，我找了卫生间和床底下，知道玉珍真从房间里凭空消失了。

刚刚跨过草丛，我再次听见蛙鸣，循声望去，透过下水道口的铁箅子发现一只被困的青蛙。想了一想，我没有救它。并非我没有办法，我的借口是，找不到趁手的树枝拨它出来。

更何况，万一青蛙出来，不长眼睛，蹦到斑马线上，怕过路汽车早把青蛙轧扁了，过不几天便要晒成干干了。月亮照我走过人行道，就我视野所及，没有一个人，好像世界都蒸发了。只有另外一个我，跟在我的后面。除此以外，我还发现，这条公路的一侧也栽有电线杆。这些电线杆不像我开车抑或坐火车路过的电线杆跑得飞快。这里的电线杆，呆呆傻傻，纹丝不动。一截三叉枯枝架在电线上，电线估摸着是电话线吧。因为电线的外层包有黑胶。因为电流甚低，便是一把抓住，也不会电死。事先讲明，现在正值枝繁叶茂的季节，那截三叉枯枝，应该是去年的枯枝。

来到海边，我赤脚走在沙滩上，一步一个脚印。潮水怯生生来，尚没漫到脚边，便滑走了。走没几步，我以脚做铲，挖出几只空的农夫山泉瓶子。来到四四方方礁石的不远处，就在沙滩边上，我看到一叠熟悉的衣裳。一件衬衣，一条裤子，叠加整齐，仿佛不是玉珍穿过来又脱下、叠放下的。而是玉珍事先叠好，光着身子，平平端到此处的。

我环视四周，均不见玉珍。只有无边无垠的海洋，静静地蠕动。尽管是夜晚，因为月光明净，我能看到海洋尽头地平线之上波澜起伏的云彩，黑压压，像层峦叠嶂的山脉。仿佛海的那边是山，隔着山的那边才是华北平原，而海的这边，帮我站住的地方，不过是另一块平原。

就着月光，大海泛着粼粼波光。我好像看见玉珍正向海洋深处游去，我大声呼喊玉珍的名字，毫无用处。眼见玉珍越游越远，脚下的潮汐也一次比一次靠近玉珍的衣裳。潮水浸湿衣裳之前，我抱起衣裳向后退去。手机意外跌落，半截埋进沙里。我捡起玉珍的手机，握在手中，还留有我的余温，因为这只手机并非由衣物里滑落，而是衣物从我手中分走了力量，导致手机脱力掉落了。因为从宾馆出来，我就一直攥着玉珍的手机。我之所以醒来，也是被玉珍的手机硌醒。我第一时间，输入密码，打开手机，看了进去。我翻开许多信息，终于给我翻到一个备注名叫"男人"的可疑人物。这个人给玉珍发了许多信息，每条信息都很长。我仔细翻看每一条，都是极尽所能打压玉珍，力劝与玉珍离婚的。这些信息里，不能说每条涉及离婚，大多是一而再再而三谩骂玉珍，批得玉珍一无是处，就差毒杀亲夫一条行径了。

愈翻这些信息，我愈疑惑。我渐渐明白，这个人可能是谁，竟然知悉如此清楚。我点开"男人"的电话号码，虽然我早心知肚明，最后终究验证了我的猜想，这是我的电话号码。原来这些信息是我发给玉珍的。

但是，我从来没有给玉珍发过这些信息。这些信息，我死死捂住还不及，怎会亲自发给玉珍呢。我从兜里摸出我的手机，在与玉珍的信息框，我并没有给玉珍发过任何信息。看着空空荡荡的信息框，我也突然想起来，自结婚以来，我再没给玉珍发过信息了，有事向来打电话。

这些信息，每一条我都看过，跨度长达五年。因为这些信息是兰心，一一发送给我的。兰心不遗余力，一条接着一条，历数玉珍的种种劣迹，劝我离婚。我并没将兰心的话当回事，因为我知道兰心就是这样人。我懒得回她，也说不上出于什么心理，可能仅仅是懒得删掉这些信息。

念及此刻，我更怕了。两只手机双双掉进沙滩，我顾不上捡起手机，也顾不上脱掉衣裳，扑进海里，大呼小叫玉珍的名字。海水冰凉，已经截去了我的腰身，很快又削去了我的胸膛。我不敢向前了，因为不会游泳。就在海洋深处，我看到海水已把天上的圆月扯碎了，像是银子一样，散尽海里，发着星星的光芒。然而，月亮明明已经掉进海里，却还挂在天上。就在远处的大海，漂着月光碎片的地方，我看到玉珍正奋力向我游来，很奇怪，那只玉珍的头颅看上去更像离我愈来愈远。

而就在玉珍很矮很矮的上方，稀薄的云彩空出了一块地方，让给月亮，散发明亮的光芒。今天的月亮看起来比昨天圆，尽管，今天并非八月十五。毕竟，十五的月亮十六圆嘛。

我与玉珍第一次相亲见面，也是十六的月亮，不过那是正月十六的夜晚。我们已经不走柏油路，也不走砖铺的小径，而是走进土路里。因为刚刚下过雨，前面散布着一洼一洼的水凼。我们跳着水凼分开又靠近，始终不能相偎。玉珍也始终不说话。而我早把话说完了，我知道我完了，再次相亲失败了。只好低头，看月亮从一个水凼跳进另一个水凼。月亮一点也不费劲，轻松而流畅。关键是那时候的月亮好好的，便是掉进水凼里，也囫囵一个，还没学会破碎。而水凼则分门别类，有很多，大水凼小水凼，散散荡荡。这些水凼，就像扯碎了的地面一样，是戳穿了地球的大大小小的窟窿。

于十里堡
2021.1.16 至 2021.1.20 草拟
2021.1.21 至 2021.2.27 二稿

日 游 神

抽出枪来，挡住那追赶我的。

——《圣经》

1. 是谁来偷枪

少佐被一声巨响惊醒，以为自己刚从耳朵里吃力地生出来。

时间刚刚好。儿子早早上班去了，老伴也买菜去了。少佐套上过时的警服（虽是破旧，却很整齐）站到镜子跟前，一个老头，干瘦干瘦，惊异地望了又望，把少佐从镜子里望了出来。他今天的个子比平日矮上几分，大概因为警服垮掉了，像没有穿进他一样。他安安静静往外走，一个人也没有，安静得地球都悄悄溜走了。他那样的走，真像孤孤单单一峰驼。太阳那样的大，白云飘到楼后面去了。"咚——咚——"的声响，间隔漫长，节奏缓慢。枝叶间酷热的阳光如白马翻蹄，落上肩头，微微抖动。好一会儿才再"咚——"的一下，像是飞走了，再也不回来。声音消失许久，他闭上眼睛，找不着篮筐了？"咚——"的一声，太阳斜挂着，太阳上掉下一个篮球。少佐走了过去，阳光正好，阴影拉得好长，脑袋的部分停在篮球上，篮球停在墙根下。抱起来没多久，硕大的篮球像一团掬不起的水从指缝间漏了下去。他便抬脚稍稍一踢,把篮球还给了那帮少年。

这个世界,这才算有了人。

时值除夕,少佐终于再次回到这里,公安局的门口挂有两只喜气的红灯笼。公安局已经不再是过去的公安局了,里面的警察也都换过几轮,一个不识了。

今天很奇怪,一个人都没有,好像整个世界都迟到了。院场太空了,静谧得像一块从未开启的冰,长长的走廊像逃不掉的兔子。进了二门,他才看到人。他问了好几个,才有端水的小警察叫住他:

"哎,那个老头,你干嘛的?"

少佐怕羞似的,小声说:"我……我是一个警察。"

小警察瞄他一眼,说:"别捣乱,快家去。"

少佐望他一望,四处看看,小偷一样凑到小警察耳边说:"我跟你说,我……我杀了人,我是一个杀人犯,你们看是不是应该把我抓起来。"

小警察摁了摁少佐:"哎哎,干嘛呢,坐回去。"

少佐前倾着身子,唯恐警察没听清:"我不是一个杀人犯。"

警察敲敲桌子:"你刚不还说自己是杀人犯吗?"

少佐说:"对对,我不是一个杀人犯,我是三个杀人犯,因为我杀了三个人。"

警察说:"你能不能大点声?"

少佐说："我偷跑来的，我怕老婆儿子看见了，拽我回去。他们总说我记错了，说我没杀人。他们不知道，我年纪是很大了一些，很多事也都记不住了，但我清楚记得我确实杀了三个人。"

警察说："谁，你都杀了谁？"

少佐说："我记不得了，所以我来找你们帮帮忙，帮帮忙，帮我找找我杀了谁，找找我杀人的证据，帮我证明证明，证明我确实杀了三个人，找着证据，就能把我绳之以法，毙了我的命了。这样我可以死了，我就安心了。求求你们速速判罚，该杀则杀，了结了结我吧。"

警察说："你不要激动，案情重大，我需要上报。"

少佐说："光天化日，和平年代，我这样一个货真价实的杀人犯；朗朗乾坤，法治社会，总不能叫我自行了结吧。"

"你放心，"警察安慰少佐，定要还他清白的语气说，"我们不会冤枉一个好人，也不会放过一个坏人。"

少佐握住警察的手，怕他跑掉似的说："拜托拜托，我死有余辜，我但求一死。快点枪毙我吧，一枪不行就打三枪，我甘赴黄泉。发发善心，快快执行，毙了我吧。"

事情发端于二十年前，一个太阳老高的下午。未到下班时间，少佐过早地回了家。到跃进塔他绊倒过一回，狼狈的样子像刚从土里爬上来，少佐马上将身子抖了一抖，似乎要把整个华北平原从身上卸了下来。"少佐，少佐。"一群孩子冲他喊了起来。快呀快呀，谁跑了起来。自行车铃声像一根长长的竹竿把行人都抡到道路两边。天上的一块白云突然动了一下，变重了一点似的，天色跟着变暗变黑了，少佐找不着眼睛了。他的后背猛地感受到胸腔的震动："猜猜我是谁？"有一双手突然从背后蒙住了他的眼睛。少佐掰不开这双手，说："撒开。"那人说："猜猜我是谁？"黄立本马文曜李贺杨赵天高？少佐猜个遍都不对。少佐说："别闹。"黄立本马文曜李贺杨或者赵天高撒开了手。少佐像刚刚装了一双新眼睛，世界晃晃悠悠，不大稳当，很大一块乌云飘在眼前，他看到太阳已经落山，天还是亮的。一个人也没有，好像整个世界突然掉下去了。少佐不知道是谁突然蒙住了自己的双眼，也不知道他用什么办法逃得这样快。

这时候，少佐还不知道丢了枪。

第二天晌午，接到报案说，有人称丢了自行车。少佐尚未出发，他们自己便破了案。原来是粮所边上代销点的店主酒后偷盗。这位酒徒早是惯犯了，喝了酒便偷人东西，不顺人家一个手电筒，便顺人家一只羊，酒醒以后总是纳闷家里多件东西，死活记不得自己偷了人家东西。因此，他们又打电话来说，不必立案了，酒徒已经私了还车，又陪了钱。不报警也该要出警呀，少佐一气之下出了门，便往粮所的方向去。走到半路，他被一泡尿憋住，下了车，便尿路边草丛里。

少佐也不以手扶着鸡巴，只右手叉腰，尿得很不利索，尿线一截一截地断掉，竟然无辜腰疼起来。少佐也因此抖了抖，腰上的疼痛仿佛掉了一块肉。他悚然一惊，右手掐住腰间，食指一阵抽搐。坏了坏了腰折了？——妈了个巴子！枪套子空了个尿的。

一切都很安静，他什么也听不见，大脑一片空白，似乎这一切都早有安排——怪就怪今天那泡尿，不然也不至于丢了枪。枪丢得一声不吭，安静得像个熟睡的孩子。一定是谁，一定是谁趁他不备偷了枪，也带走了头顶的一块云。别要我逮着他，不然我一定会一枪打死他，呃……枪里头有三颗子弹，再补两枪，少佐想。

公安局，以及家里，少佐恨不能翻个底朝天，哪里也没有。便是从家到公安局的路上，他也走了不下十趟，恨不能蹚出一条沟，照样毫无收获。

少佐脱掉了警服，局长骂他废物，警告他找到枪才能穿回去。少佐找了二十年，屁都没有一个。少佐走街串巷，步履不停，脊背弯了一天又一天。走远了被儿子找回去，第二天他又驼了背走了，走得再远一点还被儿子找回去。天天如是，儿子不管了，任他去。

这一天，少佐不知道走到了哪里，前面总雾蒙蒙的，像进入了满是硝烟的战场。前面好像有只狗，也不吠叫。他便跟着狗走，一会儿狗不见了，又来了一只羊，他便跟着羊走。

羊不见了，少佐乱磕乱碰，就绊倒了。他趴在地上摸到了一具枪的尸体，接着是第二具第三具……地上满是枪的尸体，空气里满是硫磺的味道。一颗颗子弹钻进肥沃的土地，来年秋季就会长满枪支，喜气洋洋，林林立立。人们再次发现了暴力的秘密，人人手里无不拎把镰刀，静待丰收的季节，收割一捆捆的枪支。再看枪口个个朝天，统统还子弹给上天，把老天打了个筛子。天上空无一物，待到夜晚任无数星星坠落纷纷。

少佐把这事告诉老婆，老婆却带他到医院。老婆挂完号，正替他排队，少佐就坐在满是福尔马林味道的长椅上。一个小破孩，四五岁光景，不知道谁的儿子，也没人管管。给每个见到的病人打针。他打针不过是把他的食指扎进人家皮肤。裹得很严实的也要撩开人家衣角扎进去。医院里的每个人都病得要死了，等他救命。轮到少佐了，你猜怎么着？少佐从腰头端出一把枪冲他喊："不许动，举起手来，再动我就开枪了。"

当然，少佐还未疯到真的杀死一个小孩子，不过也用食指吓唬吓唬他。老婆回来哄了孩子好久才好。

枪终是没有找到，少佐很快垮掉了。二十年时间转眼过完，少佐的疯病也没好转。少佐死后第二天，天高云淡，鸟飞狗走，跟平常没两样。少佐死的头一天，太阳无限温柔，他穿着厚厚的衣裳，过度苍老的手拢在一处，像是在等一把枪回到他手上，抢在明天到来前一枪把自己给崩了。

一　如果今夜有雨

马贼不叫马贼，马贼叫做马赋。马贼打小想做英雄，长大了处处被人叫作贼。马贼学习不好，高考三次，走了个师范专科。考不到教师资格证，马贼妈妈托人到局里，到曹县范蠡西区派出所先做辅警，勉强算是接了爸爸班。

报到第一天，马贼走错了地方。户籍员说："这里呢是户籍室，你身份证呢，办理还是注销？"马贼知不道报到也要身份证，登时有些心虚。户籍员说："大老清早的，报案呢要到隔壁室，喏喏，出了门左转，开了玻璃门，闯个卷帘门，那便是了。"

闯进这扇玻璃门，茫茫一阵烟雾扑了上来，使人头晕目眩，大概吃烟的缘故，也才四五个人的模样，看上去却十分热闹。马贼不知该问哪个。最是体面的警服，给他们穿得强词夺理，脚不点地的有，簌簌抖腿的也有。穿皮夹克的那个人反倒精神抖擞，可惜有些驼背了，精瘦的脸转过来。他一手掐腰，敞着怀，衣襟别在屁股后头，把个手枪从腰间别出了头。他是讲笑话好手，唬得警察们不住乱晃。他们则拍手说："道长再说一则。"马贼不知道他们为什么叫他道长，也不知该如何自处。道长看到马贼则说："嘿嘿，你是哪个？"马贼慌忙说他是来报到的。道长再次叼了一支烟："你有火没火？"马贼很是上道，不但上了火，一并掏出哈德门散烟。

虽然一干人没一个认得，许是因为道长的缘故，他们一一接了烟，点了点头，算是认识了。道长坐在桌子上，两只腿晃荡，说："老胡，今儿个羊皋那儿，三缺一呀。"老胡说："一定一定。"接着，道长替马贼问了句："欸，所长呢？"

所长不在，马贼第二天见到所长，把他安排在户籍室边上的接待室。

所里见天忙，那也不能放松学习，见缝插针搂上笔记本和笔，几个人坐进吉普就往局里奔。学习不过半年，再没有那么轻松了。因为六·一二特大残忍杀人案（案犯将受害人剁了九截，分别抛尸菏泽市九大区县），市局领导紧急召开动员大会，抽调大批民警地毯式排查，要把（据说）逃亡曹县境内的三名杀人犯缉拿归案。一个雨天，他们所有人刚刚摸排回来，弄了一身泥浆，当晚归马贼值夜班。

骤雨未歇，马贼从办公椅上醒来，不过三更，柏油路又硬又长不随便走走便浪费了，一走远便到了路的尽头，不过是曹县的尽头，再走一步马贼便到定陶了，好像到了世界的尽头，再回来要花了一辈子时间，天竟然还不亮。回来路上要跨过一条河，来的时候没见着，好像是突然从天上掉下一条河。这条河是菏泽境内唯一一条大河，横穿曹县，到达定陶，名字也怪，叫做龙引。街区很安静，一声狗叫也没有，马贼像一只游荡的鬼魂，好像下了好久的雨，一滴也没下到他身上。派出所亮了25瓦的白炽灯，亲切地敲开了大门，马贼进了所里。原本要撒尿需要穿过露天的院场,全是泥水,一汪一汪的水,泥浆溅到身上就麻烦了。天色好黑,没有星星,没有月亮,马贼站到走廊很自然地咳了两声,没把走廊灯震亮。"咳什么咳,喉咙里有你娘不是。"马贼吓到脑袋嗡嗡响,高高大大的鬼影咚咚跑来,震得走廊灯咣咣乱晃,"几点了不知道吗,有没有公德心"。这只鬼把马贼吓坏了,五大三粗的块头,大他一倍,一根指头便能捏死他。待到这只鬼穿过马贼的身体,马贼差点跪了下来。这不是马贼很快投降的原因,刚刚不过是他硕大的影子穿透了马贼。这个影子的主人毫无廉耻地精赤条条便出来了,好像他的房间就是他的衣服,他顾不上带着他的房间来到走廊,便这么光秃秃地来到马贼面前。马贼低着头像个认错的小学生,很不情愿地看得一清二楚他黑糊糊的裆部,还有他那精致的小鸟。他的小鸟与这副身躯好不相称,一点精神也没有。临走他好像意识到了什么,说:"咱都是同志体谅一下不好吗?"说完他拍了一下马贼的肩膀,打个哈欠回去了。啪的一声关门好久,走廊灯忘了灭了,马贼没认出他是谁。

第二天,与同事一齐扎进芦苇荡,他也没想起来。一个月以后,案犯归案两个,他们也没那么紧张忙碌了,又到马贼轮值夜班。马贼路过走廊,突然脑门一亮想起来这个精赤条条的人便是道长,没穿衣服马贼竟然没认出他来。马贼十分抱歉道长睡在里面吵到他,他没有家吗?这一夜月朗星稀,云彩也好,马贼站到走廊正犹豫要不要掏出鸡巴尿到院场里,因为感不到凉风习习他打了退堂鼓,他把所有衣裳脱干净了,跳进空荡荡的夜空,尿也尿不出来。重新穿好衣服,掏出鸡巴,合抱廊柱,押着蛙鸣,睾丸一鼓一鼓把尿尿做一截一截。马贼数着呢,根本不成线。

可是,道长为什么拍我肩膀呢。叫马贼纳闷。

许是为了弥补马贼,第二天,道长胡乱塞给马贼一张表格。这是道长好容易弄来的一份入党申请书,命他好好写。

2. 失踪者

他们甩给我一宗失踪案。一家子报的案,他们仿佛丢了自己,争先恐后,一面喊,一面伸长了脖子,像要淹死的人向上挣扎。他们可能觉着我是新人,初来乍到,很多事都不懂,椅子也经常坐错。我宁愿去看一具尸体,尽管胆子小。我从没见过尸体,好像人类从来不死。

两天前,老赵带人到西城郊外去看尸体。人们都说是被谁杀死的。老赵说是淹死的,淹死他的不是柳林河,是路边的水洼。他被人剥净了衣裳,趴在地上,脸的部分泡在水洼里。只有双脚穿了鞋,没有磨损过。这双布满污渍的新鞋,一步没来得及走,他就死掉了。尸体一定不甘心死掉,一定要站起来走几步才不辜负这双新鞋。

北城边区的一个村子,没有柏油路,尽是泥泞。道路蹦蹦跳跳,跳过有水的地方,我也跳来跳去,皮鞋进了水,赤脚拐了许多弯才到地方。院子干净利落,大概都给水冲走了。找不到任何有价值的线索,堂屋里都是水,前几天刚下过暴雨,想必暴雨是从他们屋顶落下的。他们在吃饭,赤脚泡在水里,很多鱼游来游去,两个孩子正往外舀水。我问他们老头失踪几天了。一个老太婆,两个儿子,一个瞎眼媳妇,他们七嘴八舌,说不出具体时间。走访了几个人也都废话一箩筐。没人关心我问什么,个个颠来倒去一句话:"要想富,先修路。"说完嘿嘿一笑,像野人。

失踪的老头我见过几回。他是个走路很急的人,仿佛后头有死神追赶似的。每个认识不认识的人见了他都会忍不住说:"赶着投胎的人来了。"他戴着个破破的草帽冒出来,是我见过的最难看的人,一笑跟哭似的,远远走来,很多的哭挂在帽檐上。认识他那会儿我整天在街上晃荡,他好像是第一次到城里,边走边说:"楼房,汽车,大山,轮船,飞机。"他看见什么说什么,大山贴在墙上,轮船挂在天上,我也看见了,那是房屋上高高挂起的广告画布。他那么认真,大概是第一次见楼房、汽车、大山、轮船和飞机。他丑得弯下了腰,草帽挂在背后,双手支在膝上,令我恶心。他吐了。喉咙尅尅啦啦响,似乎食道里有一把钢锯不停地锯骨头,同时他的脑袋摇来摇去。他还在吐，吐不完似的，刚才的楼房啊，汽车啊，大山啊，轮船啊，飞机啊，统统是他吐出来的。对酒鬼我向来躲得远，我不知道他怎么看到我的。他抬头的时候，嘴角挂着口水。我看不到他了，公交车从我身旁驰过，我看见他了，好像是公交车突然放了我下来，他突然冲我敬了个军礼。我被他吓着了，拔腿便跑。

第二天一早醒来我起床穿衣，找衣裳的时候发现昨天的衣裳还穿在身上，这是父亲当兵时留下的旧军装，膝盖打了两个补丁。

我没再找老头，只是和另外一个姑娘约会的时候偶尔看看河水奔流，很多酒瓶、家具和绿苔漂在水上。姑娘是护士，很乐意问我警局的尸体，仿佛她能起死回生。我们离河很近，她每一步踩的小坑都迅速被水填满。我说是啊我天天都能看到。姑娘瞪大了眼睛要我帮她看一看尸体，好像他们医院从来不死人。说来我觉着我是为了我，那是我第一次看尸体。我们来到停尸房。尸体很礼貌，打扮也精致，仿佛随时准备起身走人。我比我想象的胆大，姑娘比我更胆大。当晚我和姑娘脱光了，躺在家里冰凉的水泥地上谈情说爱，我要她别脱高跟鞋，我高举她的双脚眼望头顶，四叶吊扇轮流旋转。姑娘说她只想沉在河底永不冒头，我说我也是。河岸的芦苇荡来荡去，只有一双高跟鞋漂在水面上。

第二天我和老赵把死者的儿子叫来,他对骗局供认不讳,承认报假警。老头失踪以前已经死了，他们还设了灵堂，没承想一场大水冲走了。儿子喏喏说，因为找不到尸体，怕时候一长老人腐化了，就想到报警找人，又怕警察不帮着找死人，便谎称人是活人。老赵骂了一通，恐吓说要关他到号子里。我和老赵开吉普车送死者，路上老赵说："年轻人做事要多想想。"我看着死者的儿子不说话，意外发现儿子是个欢脱的人。距离村子两公里吉普车陷进泥里出不来。我们下了车，轮流背尸体。到家之前我们都累坏了。过门槛的时候我绊了一跤，摔掉了尸体，摔断了死者的双腿。死者很坚强，没有喊疼，并在我们的帮助下站了起来。当天夜里因为太晚，道路泥泞，加上雾雨蒙蒙，我们住了下来。他们重设灵堂，可能为了赔罪做了一顿丰盛的鱼宴招待我们，吃饭的时候我突然意识到屋里的水舀干了，喉咙里卡了两根刺。老赵与两兄弟打麻将。小孩子早睡了，老太婆在外面忙忙叨叨。我睡不着一个人守着尸体抽烟，电压不稳，白炽灯一亮一灭，好像老头用手从棺材里面扒了上来，又掉了下去。

第二天一早离开的时候我走得很快，仿佛突然发现我是用腿走路的。在此之前，太阳刚刚冒头，他们都还没起床，鸡鸣响在狗吠后面，我睡眼惺忪，但明明看到一只手像一把枪一样捅了进来。

二　上邪

马贼有很多纳闷，马贼最纳闷的是他女朋友竟然叫闷闷。好像他的女朋友不是他的同学，是他平日闷在屋里闷出来的。

马贼一路心痒难耐。到闷闷家楼下，她问马贼要不要上去，她爸妈不在家。坐在自己的床上闷闷比马贼还要羞涩，马贼局促地知不道该怎么办。窗外的桑葚树伸进屋里来了，白色的门竟然虚掩，透过门缝马贼一眼看到客厅里蓝色的沙发。闷闷的脸皮抖动着，说："你见过你爸妈交媾吗？"对，就是这个生物词汇，叫她一往无前，粗暴地使用了"交媾"这个词。然而，隔壁房间一阵电话铃声吓到马贼突然跳起来。

马贼今天本该休息。从闷闷家回来，下午已是过半，他还没觉察异样。待到道长开车找到他家，他没有纳闷道长怎么知晓他家，只纳闷道长怎么来了。原来城北分局打电话到所里要找马贼，只因为爸爸无端扯进一桩意外杀人案件。马贼这才惊觉，爸爸再次不见踪影了。好在爸爸的境况分局也都有耳闻，加上道长又在，很快调查清楚，人可以先带回家。

道长载着两人回家，马贼一路就气鼓鼓的，他似乎受够了。这么多年，爸爸就没安生过。到了家，马贼几乎是大喊大叫才使爸爸安静下来。安顿完毕，马贼几乎忘掉了闷闷，他更不想面对爸爸了，本想透口气，刚刚出门，道长还没走，不管三七二十一，马贼上了道长的车。

这是个大雾弥漫的下午，能见度不过三米。道长驾驶着所里的吉普车，三米开外的大雾像是热气腾腾的羊群老不动换。他们不知道走了哪条路，开了许久，前面的路口，马贼没认出来，返回去从另一个方向再过一趟，马贼才认出这里。马贼以为要回所里。待到出了曹县城区，进到一个名叫李进士的村子。这么古怪的名字，不愧是大清朝的漏网游鱼。甫进村子，吉普车古怪地颠簸起来，他们两个相视一眼，也古怪起来。这里的房屋，树木还有人，包括鸡鸭狗鹅，像卡在另一个世界，统统没有影子。刚刚过了一个十字路口，车子便熄了火，道长拎一把粉色的塑胶袋便下了车。马贼没看到道长的影子，道长也没看到马贼的影子。这一幢红彤彤的房子，歪歪斜斜，好像失了火。道长应该不是头一回来，整整衣领，扎了进去。房间里头夹枪带棒，菜刀、案板一字摆开，伸手便能够到。就在堂屋正中央，还挂有一幅伟大导师的画像。宁三秀嘴巴凹陷，神经兮兮地望着道长，陷到沙发里站不起来。宁三秀约莫九十了，身着绿色外套，瘦若一根竹竿，罕见地裹着小脚，整张脸看上去笑嘻嘻的，双手举着铁锅。道长帮她把铁锅靠到肩膀，以便省力。马贼正要进屋，道长立马道："你待那儿别动。"马贼心虚到不则一声。道长问："出了什么事？"宁三秀说："我这屋头有人，好些日子了，吵到我吃不下睡不着。"道长说："家头短了什么东西没有。"宁三秀说："不短东西，就多了人。"果然是进了贼了，道长将衣柜门撼了撼，又检查床底，一个人也无。道长说："没有人呢。"宁三秀说："有人，就藏箱柜里头。"马贼循声望去，便靠墙看到一张茶案，黑魆魆茫然不知有甚。道长走将过去，仿佛要挪什么东西挪不动。沙发拦住了他，道长踅脚走来另一边，堪堪发现一只很大的箱柜，大到像一只伟大的箱柜，为一件绿大衣压着，似乎闷着一只东西拱动。这是一件老式箱柜，装衣物用的，很有些年头了。红色的油漆几乎剥落尽了。道长使了好大力气，把箱柜挪到屋头当央。宁三秀急黄了脸说："别开，有鬼。"道长道："没事，有我在。"道长拿开大衣，掀开箱柜，里头空空如也。道长说："现在就赶走他吗？"宁三秀以锅盖脸，闭着眼说："赶走赶走，这只男鬼，我赶不走他，快帮我把他赶走。"道长突然亲切起来："你就信我吧，我是专业驱鬼的，保准赶他一干二净。"说着道长解开粉色的塑料袋，马贼正纳闷里面是什么东西，只见道长掏出一件衣服，囫囵套到身上。道长腰带系了兔耳结时候，马贼发现这是一件红黄相间的道袍。

便是须臾，道长仿佛着了魔，骨骼统统折在袍子里，肉身不动，犹似真神附体。马贼盯着他的脸，感到了冰凉和威慑，几乎要哭了。道长明明没动，却绕动箱柜转圈，速度愈来愈快，念动不知什么咒，快到马贼听不清念字，明明在哭泣："上邪，促天门，归地户，促鬼路，归入门。促万里为千里，促千里为百里，促百里为十里……上参碧落，下透风泉，四方八面，尽皆收到。所在之处，万神奉迎。急急如律令。"道长手掐五品莲花印，抖出一张先天一炁炼朱砂画符，催动朱砂笔便作鬼画符，念念于兹："一作天清，二作地灵，三作人长生，四作鬼邪灭行。此笔洋洋万丈豪光，吾今落笔万煞归灭，将笔点符头上三下步三台罡。"然则，稍待一忽儿，如有鸟冲鸡厌之鸣，或自风旋起。道长突然掀开箱柜，晃动黄符，引动空空如也从门口走了出去，马贼不自觉也跟了去。路过吉普车，马贼发现车门竟然没关。道长脚步不停，大雾持续弥漫。马贼开大了车门以便重重关好车门，跟到道长后头，也至十字路口。便见道长引燃了符咒，犹似天神降临，掉头回来。

宁三秀心绪大好，不然不会站到门口大声喊叫。道长怕她身子撑不住，劝她回屋，她也不动，颤颤巍巍的，好像猛然抖了一下，激动到大喊："你跑啊你跑啊，你快快跑起来啊。"

3. 显灵

结婚以后很长时间，我都不习惯自己是女人。我不想做男人，是奶奶一直把我当男的养，我也以为我是我弟弟了，不过姐姐终究是姐姐。

昨天是我结婚的日子。今天一早，太阳很大，昨天喝酒太多，喉咙干到冒烟。昨天吐了一身，我胡乱套了一件T恤，去年北京旅游买的，说起北京我再次高兴起来，因为我看了长城、故宫，还有毛主席的水晶棺。每打开一扇门就像新盖了一间房间，新家具嫩得恨不能发出绿芽，我找不到水杯，水龙头比毛巾还要干，拧不出一滴水。我出门之前他早醒了。他问我干吗去。我说去死。他尴尬地笑笑，我这句话仿佛要把婚房布成灵堂，要他等我死后归来。

公交车很快来到，因为没有零钱，我被赶了下来。我多走了一站地买一瓶矿泉水，换了硬币等下一辆。车上很多人，后面的女人冲着我笑，白白的牙，似乎想要害人。进了地下通道，我又看见了那个女人，那颗痣跑到右脸上去了，因为我是从黑糊糊的车窗玻璃再次望见她的。再跑一段，像是突然掉进了平原的陷阱，无边无垠，一切都停了，也把时间拖住了。看见高大的烟囱弟弟知道快到家了。公交车一直开，烟囱又巨大又高耸，朝公交车一点一点倒下来。不知道为什么，烟囱向右偏了一偏，砸了下去。公交车还在开，我才明白刚刚是车向左拐。车越开越快，车后烟囱又立了起来，过程缓慢，车越开越快，站直了的烟囱一点一点沉了下去，但是没有消失，还看得见。道路变窄，车上的人少了，大概都给颠掉了。有个怪怪的人好怪，老是看我。他满满花白头发，坐在后面，与我隔了几个座位呢，他的手抖抖索索，总有根手指指我，像在指认罪犯。

爸妈不在家。我喝了一口水，我在三棵槐下没等来公交车,驶来一辆摩托三轮车,开车的是三叔,他冲我招手:"这不我大侄女吗?"他开过去了,他又开回来了。三叔瞅着我,"你表姐也老大不小了,也麻烦你多给她长长眼。"光斑在他肩上跳跳跃跃,叮当作响,像闪光的硬币。我眯着眼点点头,三叔突然恍悟似的说:"啊呀呀,我要去药房买点樟脑丸,啊呀呀,我会忘了买樟脑丸的。"一面说,一面走了,走出老远他又喊:"有时间去看看你奶奶吧。"三叔早年在奶奶手底下唱武生,最怕奶奶了。

公交车刚出村我便下去了。我在田里找到爸妈,只剩一枚硬币了。他们在浇地,河床皲裂,没有一滴水。机井好深,电压太低,水泵不出水。许多人从供电站扯电线,电压上去了,还是不出水。十亩西瓜还没熟,都烂在地里,苍蝇处处飞。爸爸后悔不种麦子种西瓜,棉花最棒了。他们回家了。妈妈与我说:"你三姨的病好像更坏了,抽空看看她吧,不定哪天就没了。"

自行车半路掉了链子,我停在河边岔路口,十里之外的河床一样干涸、皲裂,让人想抛硬币,好像那样就能有好运。我决定掷硬币去哪儿。奶奶的房间溽热,黑漆漆的,好像夜晚忘记走了。奶奶躺在临窗的床上,白天透过窗户打到她脸上,她的脸像猝然跌落的瀑布。有一口窗棂是塑料布糊的,窗外竹林憧憧。我叫一声奶奶。奶奶身上发着鱼干的咸味,满脸是汗,我在床边摇来摇去。奶奶呃巴呃巴找不着嘴。

我咳咳地觉着能一口喝掉太平洋。我舀了半碗水,给奶奶喝了。又舀了另外半个太平洋给奶奶。奶奶歇了半晌,一矬一矬想要吐出一个死人来。奶奶很像死人了,很奇怪,奶奶为什么还不死,好像她是个大地都不收留的人,是即使下了葬也要交出来的死人。床头的桌上供着苹果和馒头,观音菩萨的塑身像是突然的下凡。奶奶看到我,便抓住我一直说,我知道她又把我当做弟弟了。我也假装是弟弟,劝她别说了,我说:"我知道我知道。"我假装弟弟吐字不清,带点鼻音:"我知道我知道,我是奶奶求来的,没谁不知道。"风从外头进来,把门扇吹得摇荡,克啷克啷推拉难挡。哐当一声弄响了另一间房,像是有相框从墙上掉下来。大伯在另一间房睡觉,床像浴缸,胳膊和腿溢出来。好像真有弟弟的影子刚刚过去就绊倒了,一下没个踪影,就像突然跌进相片里,牵着年轻的奶奶发笑。我走过去的时候,只剩一枚硬币翻了个身滚落在地,好像绊倒的是这块硬币。大伯给风吹醒了,捡起脚边的硬币,划拉一阵。整个房间空空荡荡,应该是相框自己跳下来摔碎了。大伯乏乏地站着,有太久想要捡起相框的想法,他侧着身子,艰难地走出一步,踢了相框一脚,出了门去。相片里的我差点被挤掉了,我攀住相片的边沿摇摇晃晃。大伯临门一脚,好像把我从相片里震了出来,掉进屋里头。我不再装作弟弟,这才以自己的身份在房间里转了几转,很多次看到墙上一枚生锈的钉子,已经没我高了。我一低头来到院子,什么也没有。出了院子,远远见到屋后那条干涸的河流,想到自行车我又折了回去。大伯正在舀水,作势泼我一身,他"啊——巴啊——巴"地比划。一阵傻笑。哑巴也会笑。大伯又黑又瘦,像一根干柴,浸在水缸里,浮不上水面。他很开心,脸上笑的部分比不笑的部分小,令我想笑。我的皮肤绷得太紧,笑的时候使出了头部以下全部的力气,却使反了方向,使我哭了起来。我边哭边喊:

"你就知道笑我。现在笑,过去笑。我泡了衣裳笑,我挨了打你还笑。你这哑巴,听不见,竟然会笑。我捉鱼捉石头,一抓一把,全都打水漂。一转头,后墙都有一扇窗户。窗户每一回都像第一回看,陌生极了,又高又小,像一枚钉子一样高高地挂在墙上。不用看,奶奶一定又拜观音娘娘了。求求菩萨赐个小孙子给我吧。每次我从窗下走过,奶奶拜完神好像故意咳出来,呸一声朝窗外吐一口唾沫。我摸准了她的脾气,每次走到窗下都会停下来。有一回我等不到奶奶吐唾沫,走也走不动。我脚不能动,手能动呀,要不然我怎么捉石头。一块小石头,它不是鹅卵石,丑得要命,扎得我呀手疼。我向来扔得准,扔出去的石头,打碎了玻璃。听见奶奶一记尖叫,我很快跑掉。第二天,没人知道我逃了,我也假装不知道。奶奶正兴奋地大喊,恨不能昭告天下,她要抱孙子了。她说不晓得哪儿飞来的钉子穿透窗户,钉在了对面的墙上。那面墙原本光秃秃一片,什么也没有。

"'一定是菩萨显灵了。'

"'钉子钉子啊这是菩萨要给我们家添丁啊。'

"我很多回看钉子,早生了锈,一次比一次怀疑是自己扔错了石头。一年以后弟弟出生了。你这哑巴,什么也听不见,竟然会笑。"

我很后悔,昏昏沉沉的,好像是我刚刚使劲生下了弟弟。大伯"啊——巴啊——巴"地比划,给我一枚硬币,像是为弟弟付的费。看你笑得多开心。他的力气很大,几乎是投了三倍的硬币,够买一听可乐了。我不知道为什么告诉大伯,期待他去告诉奶奶似的。无论他们怎样默默,故事都在流转。想想两个人,每天面对面坐着,一句话说不出,却在讲一件双方都不知的事,多好。

自行车链卡住了,我修不好,便推着自行车走了俩小时,到爸妈家天已经快黑了。大门开着,他们不在家,只有磅秤留在院子里,磅秤空空如也,我走了上去,称一称重量,53公斤,猜测自己够不够分量。走下磅秤,我仿佛轻了53公斤。也不在西瓜地,月亮又大又圆,地头的机井跟下午一样深,水泵撤走了,他们应该刚刚浇过西瓜地。光秃秃的井沿,只剩下一根粗大的麻绳,仿佛要把地底翻上来。好像也能翻上来弟弟一样,因为弟弟当年就是贪玩淹死在这口井里的。但是,没人知道,弟弟玩的时候我就在他的背后,我只是伸出食指轻轻一指,便碰到了弟弟的后背。我发誓我没用多大的力气，我的手指弯也没弯一下。像往常一样，我对井口说话，井口传来雾一样的回音。井口跟月亮一样大，井底刚好装得下月亮。我从口袋里掏出剩的钱，还有硬币，竟然还有没喝完的矿泉水，我统统倒进井里。我一点一点用向上爬的力顺着麻绳下到井底，没有小鱼，也没有青蛙，也捞不到月亮了。麻绳不够用了，开始我要把自己使劲往下摁，等完全浸在水里，很多条胳膊要抓我，喝了几口水，我不知道自己竟然这么渴。我想上去，身体在下沉，五脏六腑拼命向上浮，我抓不住井壁，也躲不开水，好像今天碰不到的水一股脑都来了，一股一股的水仿佛许多个水龙头直插进嘴里，水龙头的水又多得像电钻一样绞紧、有力。很多令人放心的力量把我往上托，可我还在向下坠。无论下到多深，我都看不到弟弟，好像我来晚了，弟弟走得太远，我再快也追不上了。也许等我死了，一闭眼就能看到弟弟了。到此——我像一个死人，急切地想要复活一般淹死了自己。

我死前脑后竟然过电影一般，闪过我的一生。最后一幅画面浮现的，竟然是今天公交车上有个古怪的人竟然也用手指指着我，他的指头碰也没碰我，离我还有很远，起码隔着三个座位。这个疯子，竟然想用一根指头杀人。他说我一根指头就能捏死你，真是可笑。

三　日游神

爸爸待家的时候老唉声叹气。回回叹气马贼便想起这么一个故事。

很久以前，猴子刚刚学会变人，还没学会说话。有一个人，纳闷他的脚底抹了一片乌云。这一小片乌云，踩在脚下，寸步不离。未过几年，他认出乌云是他的影子，他跑啊跳啊，老也甩不脱影子。再过几年，他终于也知道太阳了，也知道了太阳来自他的影子。他又纳闷太阳为什么老悬在他的头顶。他拼命地跑啊跑，太阳也跑得飞快；他伫立不动，太阳也即刻停下。待他长到头发花白，可以老了，便弯下脊椎，两腿也走不动道了。望望太阳，太阳好像也老了，像一条老狗，走得很慢。有一天，他走着走着无来由叹了一口气，便死了。这口气便是他的鬼。他不是世上的第一个人，作为世上第一只鬼，他还没学会是鬼。还以为自己只是个"唉"字，像一小片乌云，飘在半空。

于是，爸爸总结道，人啊别没事老叹气。

这也是马贼的第一只鬼，因为这是马贼小时候爸爸讲的第一个鬼故事。爸爸说："这第一只鬼，知不道该去哪里，整日游荡太阳底下，便是叫做日游神。"爸爸出事以后，马贼也长大了，这时候马贼宁愿爸爸也是一只鬼。这样爸爸就不用天天想方设法出门了，家里多亏还有妈妈镇守，马贼则几乎不愿待在家里。

要么就去找闷闷。

闷闷通常很忙。闷闷家道殷实，大学毕业托了长辈关系，进了中国人民银行。但凡有机会，闷闷就叫马贼过来。马贼一进门闷闷就像一只恐龙，骑他腰上。他只好坐进沙发。他说："你别这样。"她从来不听，就不下来。很快他们便交媾起来。沙发好像起了很大的风暴，两个人是浮在海面上的一叶扁舟。坐进这样蓝色的海洋里，马贼看得到她卧室，粉色的墙壁，映在门边，使白色的门害羞一样。门把上白色的T恤上画的恐龙挤做一堆，像是杂乱的稻草。想到这里，马贼再次感到有一只阴茎慢慢长大了，这只阴茎好像是从闷闷的阴道里长出来的。

马贼觉着这是他的第二次生长。

第二次给宁三秀驱鬼，照旧大雾弥漫。好像李进士村的雾从来不散，大雾犹似羊群行走很慢。道长像是怕把羊群轧死一个或者两个，开车更慢了。道长与上次一样，如法炮制。在此过程，宁三秀很不放心的样子说："你快走吧，不要留在这里了。"驱鬼仪式已毕，宁三秀心满意足，站到门外，霜降濡白了她的眉毛。马贼能够看到，她分明看到了沙沙流动的雾沙，缓缓流淌。

回去路上，马贼很是纳闷，想问道长这老婆子怎么回事。刚开口却说："他们为什么都叫你道长啊，因为这件事吗？"

道长好像知道马贼想问什么,没有说话。下个路口左转就该回所了,道长看看天色,直接开了过去。待到跃进塔的红绿灯,他看看红灯,问马贼:"今儿个你有事吗?没事去我那儿吃趟酒,都认识这么长时间了,别嫌寒碜。"

道长甫一进门,便遭一阵谩骂。道长赧然一笑,说:"我家老头子。"马贼当先看见一个老头,邋里邋遢,坐在轮椅里,像是深陷泥潭。待到晚饭,老头先让马贼坐好,再命道长给堂屋当间供奉的小小三清造像上香。道长回来扒了两口饭,则说:"现在都社会主义了,您那套东西早不时兴了,按理都是封建迷信,没把您老关起来回炉您就烧高香吧。这么些老黄历,拿出来谁信呢。"老头说:"混账东西,狗嘴吐不出象牙,辱没先祖,你是看我揍不动你了是吧。我可正经八百受过冠巾,教下十方丛林,那都是老祖宗留下的好东西。"道长道:"成成成,我不跟您老争。您是名门正派,不也照样逐出山门,返俗婚嫁。"老头子把眼一瞪:"你懂个毛毛。"转脸则与马贼温和以待:"招待不周招待不周,你多担待。"

马贼终究忍不住,问道长宁三秀是哪回事。道长道:"这事呐说来话长。"

甫看宁三秀干巴巴一个人,搁不住骨头硬,算起来很老很老了,到底多少岁,怕她自己也忘了。宁三秀年轻时候,许过人的,她丈夫名唤李郇城。那般战乱光景,不是国民党打共产党,便是共产党打国民党。还有小小一撮日本子,简直闹了天了。李郇城与宁三秀结婚前一个月，她的嫁妆都备好了，遇着了保乡抽丁。按"三丁抽二、二丁抽一、独子不上线"的制度，论理李郇城是个独苗苗，该不着他。待战事吃紧，抽到别人家，交五百光洋赎人也成，就算不是财主，那也凑齐七担小麦赎走了人。李郇城家无钱无粮，管你独苗不独苗，一抽恰好抽走了。李郇城走后，还来过几封信，后来便杳无音讯了。那时候打仗，走了再没回来的人不止他一个，大多不顾廉耻地死外头了。宁三秀认死理，他不仁我不能不义啊。一直相信她丈夫没死，总有一天会回来。不但家里人，便是李郇城家人也劝她另嫁他人。尽管他还不是她丈夫，她只是要等他回来。终于有一天，她说李郇城来信告她了，他南下解放全中国去了。她不懂政治，那时候明明是被国民党的兵抽走了，她的丈夫怎么变卦了，摇身一变，变作了共产党。她说他信里说淮海战役他被共产党军队俘虏，很快投诚了。她竟然知道淮海战役。没人信她。待到十年动乱，有人检举李郇城跟了国民党一去不回，她则作为家属被批斗。只是她说话漏洞太多。且不说她斗大字不识一个的妇女，能不能看懂信件。问她信在哪里，她竟然拿不出来。她说前几回运动的时候被抄走了。没人信她。她却没关系，为了丈夫名节，她高昂了头颅，坚强不屈。十年过去，很多人都平反了。她丈夫的问题还是不清不白。她天天穿戴整齐，找到相关部门去讨说法，誓要恢复丈夫的党员身份。谁又能给她证明呢。

不说有没有她说的信，便是有，时间都这么久了，想要找出来也几乎不可能。事情就是这样，说你是你就是，说你不是就不是。你想要证明你是，那就难如登天了。不过，宁三秀这辈子很是清贫，她一个小脚女人，吃了不少苦，为了活下来，箱子里准备结婚的嫁妆早就卖光了，独独留下了一只红色的箱子。她每天都会擦一遍，以免落下灰尘。自己生活是无趣，且苦闷的。特别是晚上，睡不着她便偷偷抹泪，好容易睡着了，半夜醒来才想起来她也还是一个人。长久的孤独生活，使她学会了捉迷藏。很多个晚上宁三秀都以为丈夫回来了，宁三秀便会躲到箱子里，与丈夫捉迷藏。丈夫终于回来了，她想到这里便恨，因此，她没有开门扑到李郇城怀里没出息地哭，她偏偏躲到箱子里让他找不着她。叫你这么晚才回来，就叫你找不着我，看你着急不着急。待到丈夫跳窗进屋，她便也突然开盖跳出箱子。有时候躲时间久了，她半夜从箱子里醒来，忘了自己在哪里。想了好一会儿，腰背疼了许久，她才想起这个游戏。然后她便装作丈夫突然回来打开箱子，吓丈夫一跳。她便说："吓着你了吧。"然后便哈哈大笑。

马贼听罢这篇话，"唉"了一声，说不出话。而老头子的脑袋竟然磕到碗里，可耻地打起了呼。

4. 马王爷三只眼

　　这老头哪儿来的？人不是他杀的，更不是我咯，是横三杀的。横三要杀我也不是一天两天了。我见他才三回，不记得结了什么梁子。他身量不高，黑且结实，像一台马达浑身发颤。听闻他学过武，劈过砖。脸上有一道贯到下巴的伤疤，好像要把脸翻过来。据说这刀疤是他自个划的。我见过他使刀子，熟练至极，刀子灵活得像一匹马。我头一回见他他不认识我，但我认得他——在菏泽无人不识横三的鼎鼎大名。横三穿着熨帖的西装，打着领带，浑身紧紧绷绷，活像把自己穿在了西装的外面。他穿西装因为他只想穿西装。横三每到一处，都有人议论纷纷。少不了自诩跟横三碰过杯的人靠上来："三爷，去杀人呢？"横三说："不给点厉害瞧瞧，不知道马王爷三只眼。"你看他两手空空走出了很远，确认了风也不能吹进他耳朵的时候，人们说："看那个杀人的来咯。"仿佛他要杀光菏泽所有人。谁都没见过他杀人，打架也没有，只见他把受伤的人送到市立人民医院，报销医药费，好像他是个见义勇为的好汉。他在我心里一直是这样的英雄好汉。

　　头一回见他，是在公交车上，人人都站着，我一眼便认出他了，他比公交车抖得更厉害。他手机掉地上了，或者一把短刀，随便什么吧，我不在意。他捡起来的时候手心半握，手心里的阴影就像一个黑糊糊的东西被他提了起来。我看到那是血。他手里都是血污,一滴一滴的血淌下来,就像有人从地上慢慢爬到他手上。他提腰起来,手也藏在后腰,他正在腰疼。我想再看看他手里的血。盯了很久,他纹丝不动。公交车晃了一晃,艰难地停了一站,他几乎是身子蹦了一下,摊开手掌,什么也没有,一丝血也不见,一双白净的手真干净,干净得就像从没杀过人。

忽一天大雪纷飞,我正合着眼,李颂来送钱,也送来了横三要杀我的消息。仿佛横三杀完了所有菏泽人,轮也轮到我了。其实,他要杀我的原因很简单,只是因为我在路边见到他的时候,多看了他一眼。我只是想确认这是不是横三。可能横三心情正不好,横三说:"看什么看,再看把你眼珠子挖出来当泡踩。"我没敢吭声。横三像是跟旁边的人解释,也像跟自己解释,说:"要不是我今天有事,非杀了你不可,不给你点厉害瞧瞧,不知道马王爷几只眼。"本来这只是横三唬人的手段,坏就坏在我的爸妈知道后吓坏了,托许多人去说情。不说情还好,一说情横三面子上搁不住,横三更坚固地要杀我了。我不敢出门,坐在椅子里一边打喷嚏一边啃萝卜,直到夏天,萝卜啃完了,横三还在杀我的路上。他走得真慢,就算爬也该爬到了。我确实有点急,不是急着死,而是想快点活。我越急,横三越慢,大概给什么事耽搁了。许是一件再小不过的事,小到比不过蚂蚁,横三走太快了,差点踩死蚂蚁。蚂蚁就要回巢了。横三蹲下来看它们,只是因为有趣,他像个孩子一样用樟脑丸画了一个圆,把蚂蚁圈在里头。蚂蚁爬到圆圈的边沿,触角探了一探,砰砰,又爬了开去。它们一次一次地都很坚决,砰砰,较劲一样,似乎永远出不去了。横三瞧着蚂蚁圈在圆里兜兜转转,生生死死,砰砰,砰砰,再也挪不动脚了,甚至杀我的事也忘了。

不晓得有多久,我也忘了横三这人。三年一小抽,五年一大抽,政府发狠严厉打击犯罪。再见到横三,他刚出狱,发皱的西装,松松垮垮的领带,扣子永远缺失。好像穿惯了囚服,早忘了西服的穿法。他穿西装是因为他只有西装。我曾设想多种原因,要么杀人,要么打架,想穿脑袋也想不到横三因为嫖娼进号子。我忘了横三,没忘了横三要杀我,我认为我有义务提醒他是时候了。他出狱那天,我穿上我最干净的衣服去他家,路程很长,长得有些漫长,差点走过了。横三比我晚,他爷爷接待了我,他爷爷是个患白内障的瞎子,坐在凳子上拉二胡,刮下来的声音像是把他的嗓子掏出来,晒干、捣碎,撒在膝头。屋里徒有四壁,灶王爷不足一尺远的地方有把短刀悬挂。为了掩饰又长又乱的胡子,横三瘸着腿回来,手里拎着土豆和黄瓜。他好像只是出了趟远门,看见我问:"吃了吗?"不等我回答就做饭。他切刀时会丢一片黄瓜到嘴里,黄瓜片浑圆,老是滚下台。他好像知道我来干嘛,吃完饭他取下短刀往外走。爷爷啊呀一声,好像一记关门响。

我们坐了很长的公交车,我要替他刷卡,他抓住我手投了硬币。他带我到永定河边一棵柳树下。现在，他有足够的理由杀我了，也该杀我了。他没动手，出了许多汗，两腋湿透了。他说："你来过这儿没有？"他好像在问自己，"我第二回来。头一回还没这么多柳树，地儿也没这么大，一水的洗头城。说了你可能不信。我想大战三百回合来的，给他们坏了事。我算是看透了，都没来得及看她一眼，我想多看她一眼。她蹲在墙根，头发披着脸，呜呜地响，我看不到她的样子。在我的再三恳求下，她脱光了衣裳，骑在我身上，我抱着她，也抱着这样的想法，蹲在她对面，快到看守所，我忍不住了，以为把自己弄丢了。她把头摇得像筛糠，我又从她体内一滴一滴漏了出来。我算是看透了，都没来得及看她一眼。"说完他抽出短刀，过一过刀身，留下满手铁锈，转身走了。走前他扔刀进河里，好像有条鱼穿过我的身体。河水不深，我潜进水里，趁结冰之前摸出短刀。

一路我十分沮丧，更沮丧的是王同涓和李颂，一个从梁山赶来，另一个则要远赴上海，邓健和李颂载我去喝酒，喝到一半又要去洗脚，仿佛洗完脚我们该重新上路了，我又能去哪儿呢。

龙宇洗脚城的店员告诉我们，因为过年放假只剩一位技师了，在上钟。等到凌晨两点，李颂上去了。王同涓也上去了。他俩一同下了来我才上楼。穿过长长的走廊，我被 23 号带进房间。我说："听口音你四川人吧？" 23 号没说话。我说：

"就你一人为什么不叫1号？"她说："我一个顶俩。"我问为什么。她说："我一个人顶得上2号和3号呀。"23号迅速地扭头，偷偷地忍着笑，好像一笑她的脸就炸裂开来，簌簌掉落。我伸手想要抓住她的脸，她突然一笑，抓了我进去。我出来时李颂和王同涓已经走了，也已经付过账。

天快亮了，也更冷了，黎明快要冻裂了。一个人也没有，到十字路口，我等候红绿灯走了过去。另外的方向突然走来一个人，他拎一袋西红柿，走路很怪，断断续续，很不爽快，每走一步都像在找自己的腿。他的脸的五官也都卷作一团，没睡醒似的，仿佛费了好大劲才把脸撑开。他奇怪地看我一眼，仿佛我杀错了人。我一阵恼怒："看什么看。"他竟敢顶嘴："你不看我怎么知道我看你。"我觉着他的回答很没道理。我说："再看我再看我就把你吃掉……"这不是我说的，是我儿子说的。他说："看你怎么了，死瘸子，就看你，死瘸子。"我一激灵，脑子里23号柔情蜜意地说："别闹了。"我攥紧拳头挥了过去，我攥不住的拳头撒了开，手指还在，拳头已经给了出去。他的身体坚硬，倒下去像一块大的石头。他飞快地看我一眼，好像不相信自己会死。我怕他讹我，跳得很远，如此清凉的一把刀早早地扎进了他的胸膛。他直瞪着我，就不闭眼，仿佛能以眼杀人。他还没明白怎么回事，我照准心脏一刀捅了进去（不是我，不是我，是横三扎进去的），再把刀子从胸口拔出，我发现自己又重新站了过去，好像正在救活他似的。血液像谁也挡不住的狼群汩汩往外冒。踩烂的西红柿泡在血里比血液更鲜亮。他的双眼还直愣愣地瞪着，像两条鱼困在缸里，想要逃出来。我哭着把他的双眼挖了出来。我双手满是铁的锈和鱼的腥。我越哭越狠，总不流泪，只有哭腔。我不停地走来走去，不知干什么，两颗眼珠丢在地上，像两口黑井，我一步一步踩上去，双脚一软，跌了下去，两步之内，我的双腿突然就瘸了。我像是突然跪下，脑袋差点掉了下来。

后来，就是那样了。围观的人越来越多，我竟然一时没想起来要跑。中间有个老头，竟然笑嘻嘻地挤进来，他怕不是傻的，他从怀里掏出一把枪，对，没错，一本正经地掏出他的右手，比做一把枪的样子，照准死人便是一枪。

你们别走哇，我还有话说。不不不，不是我，不是我啊杀了他，是横三。谁能告诉我，这老头是谁啊？不不不，他不是凶手。根本不是枪伤嘛，明明一刀捅的窟窿。他也确实朝死者开了一枪，他眯眼瞄准，以手作枪，手上哆嗦一下，砰的一响，他的嘴巴配的音。真逗，这么大人了，他以为七岁小孩吗？可怕的，我竟然看到尸体哆嗦了一下。

四　人去死留痕

自爸爸退休以后，马贼不知道找了爸爸几次。最后一回找到爸爸，是在一块瓜田里。这时候，马贼已经不像前面几年那样十万火急了，马贼是慢悠悠坐公交去到这块村子的。回去的时候，他们也是坐公交回去的。今天公交车硬邦邦的塑料椅子上坐着的农民也使马贼想起，那天爸爸的泥脚和湿漉漉的裤脚。

然而，回乡的农民也稀稀拉拉，乱晃的老王与老李聊工人阶级和农民阶级。老王很不高兴后座的老高凑过来的脑袋，与老李说："咱俩拉呱很久，这老兄弟偷听呢。"老李指着老高说："老高，这是老高啊。"老王与老李又聊《西游记》，老李转脸问道："哎，兄弟你叫高什么。"老高说："李劳动。"老李哦了一声，听老王继续说："孙悟空的金箍棒奏是个障眼法，美国总统也是个障眼法，"他突然小声，像密谋杀人，"其实根本没有美国。"老李一脸钦佩："还是老哥哥你行，咱们三兄弟都要围你转。"老王问老李："你叫什么，怎么没见过你。"老李说："我叫高燕翔。"老王已经下车了，老高扒扒窗户："下回下回，再遇着咱们就都认识了。"

老王下车的站点名唤南王店。今日阳光盛好，老王一下车手里便突然多了一把绿伞，像是挂着一根竹竿。

今天早晨，道长给了马贼一份牛皮纸档案袋，叫他找空跑一遭屠头岭镇政府，把组织关系转到曹县范蠡区。这事意味着马贼的入党申请已获批准。待到召开党代会，当众宣誓，他便是一名光荣的共产党员了。

范蠡区党委办公室几乎没有人。接待马贼的这位胖胖同志，戴着乳臭未干的眼镜，也戴着发自肺腑的鼻子，老也合不拢的嘴巴，该是怪他节外生枝的门牙。不过觑了马贼一眼，他的脊背便肃然起敬了。问起来，果然他也曾动过想做警察的念头。他正整理资料，抱歉叫马贼稍待一忽儿，并取了纸杯帮他接了一杯水。胖胖同志正劳动工作，一摞一摞档案待他编排，体积浑大的会议桌一阵局促。终究还是难耐，他忙的时间忒长了也，慢条斯理，也分不出门类。马贼几次提出帮胖胖，都断断不肯。水喝完了，纸杯捏扁了，马贼坐立难安，两只手不知道往哪儿搁，便起身踱步了。胖胖又怕简慢了马贼，直直叫他再喝点水。一扭身，什么东西轰然塌了，但见一摞一摞的纸张搞砸了，全是历届党员备案。四叶风扇三档过大，纸张纷飞四散，簌簌发抖。这要不帮把手就狼心狗肺了。马贼没想到曹县这样大点的地方，党员众多，稍不留神便都噗噗鬻锅了。他们两个双双跪地，恨不能八只胳臂，纷纷揭起档案。忙不迭的，很快就好，就剩几笔档案，手到擒来。意料之外，竟然有好些年头很久的档案材料，纸张发黄发脆，就要碎掉了，也没有照片。马贼突发奇想，想看看有没有李郇城的名字。

第二天晌午，所有人已然回了，除了道长。最后一个逃犯因为持械拒捕，就地枪毙了。"六·一二"表彰大会胜利召开，人人长出一口气。道长是唯一受伤的警员，不是因为追捕杀人犯崴了脚，事情发在枪击过后。大毒日头下，一朵云撒下一朵影，道长突然耳背，以为谁叫他，一扭身绊倒于地，脚脖子肿大如桃。

马贼奔到市立医院，道长正预备回家，简直是当机立断，打死也不住院。到了家，老头子正坐门口晒太阳。马贼搬把躺椅给道长。他们两个，泾渭分明。老头子坐在轮椅里，腰背直挺，像是茅坑里的石头，又臭又硬。道长好久没坐了，坐下便禁不住考验，恨不能骨头化进躺椅里。两个瘸子同坐在院中，谁都不瞅睬。马贼搬个凳子与他们排排坐。然而马贼是个不会晒太阳的孩子。阳光盛好，有鸟从天上飞过，像一只过路飞机。飞机太少见了。道长叫他别乱动，党员该有党员的样子。

马贼问："党员应该什么样子。"

道长说："好的样子。"

马贼突然问："李郇城不好吗？"

道长扭头看了马贼一眼，很是纳闷。

马贼自顾自说："今天我在档案室，看到很多老旧的党员材料。"

道长说："你看见李郇城的党员材料了？"

马贼低头说："没有。"

道长说："我以为你找着了李郇城，我就说，哪能这么巧。不过，就是有李郇城的党员材料，证明了他是党员也一样。"

马贼说："怎么能一样，这样下来李郇城就是烈士，宁三秀就是烈士家属了，年年补贴，起码她一个孤寡老人日子没那么难过些。"

道长说："如果李郇城党员不假，是烈士，那她宁三娘也不是烈士家属。他们毕竟没成婚。事情就是这样，说你是你就是不是也是，说你不是你就不是是也不是。你以为宁三秀年年去民政局是为了李郇城的党员？跟你说吧，不是不是，从来就不是。她最在意的是要民政局承认她与李郇城的夫妻名分。你宁三娘可以与鬼结婚，但是民政局怎么可能给一个人和一只鬼颁发结婚证。她要单单为了这件事，根本就不会有人理她。但是，涉及党员就不同了，就要备案，搜索查证，是要倍受重视的。这样就不能敷衍塞责她了。这个女人，知不道谁教她这样做。所以，她想给李郇城要的不是党员的名分，而是她的名分。你知道她这么些年最高兴是什么时候，就是那挨批斗的十年，那些批斗她的人，是唯一承认她与李郇城有夫妻名分的人。无论要她跪那里，还是剃阴阳头，还是天天极尽言语骂她辱她，她照单全收。别人看她受了好大罪过，然而，她受罪越大越是坐实了他们的夫妻之名，每每说起来她都满脸幸福，于她而言那是她最好的十年。"

"况且，"道长接着说，"宁三秀还有另一种说法，她说李郇城一天也没搁国民党待过。"

按宁三秀的说法，李郇城逃跑不是因为国民党抓壮丁。

李郧城一出村便不知道去哪儿，东躲西藏也不是办法。他是被王司令抓走的。当初，王司令是我们这哼最大的土匪，因为杀了不少日本子，日本子恨他恨得牙痒痒。后来，杨得志将军率领他的白马团黑马团过了一趟曹县，把王司令收编了。李郧城也就一步登仙，做了共产党。

而李郧城逃走是因为日本子抓丁筑炮楼。捉去的男丁，没几个回得来。那是雪天的夜晚，月黑风高。日本子突袭村子，挨个搜查。为了检验藏没藏人，拿刺刀扎棉被，扎麦秸垛，扎玉米秆。李郧城得到消息准备跑，却鬼使神差，想见宁三秀，来敲她家窗。宁三秀既惊且喜，攥着他的手撵他逃命。李郧城心愿已了，也知凶多吉少，跑得是一步三回头。小日本迫在眉睫了，因为他们听到了枪声。那不是盒子枪，也不是勃朗宁，那是三八大盖的枪响。但听一声枪响，像是贯穿了这夜，甭说戳穿夜空，便是明天也戳穿一个血窟窿。宁三秀跺跺小脚，焦急死了，压着嗓子说："你跑啊你跑啊，你快快跑起来啊。"

道长脚伤未愈，说多了话，很快睡了。待到天将就暮，马贼将道长和老头子安置完毕，就回了。回去路上，夜风习习，马贼已经忘了宁三秀和李郧城。他需要筹划将来了，因为道长临睡也不忘谆谆教诲："既已入了党，那就准备看看能不能考取一下警察学院，毕业回来就不再是辅警了，也该学会独当一面了。"

5. 少佐很能打

爸爸结婚晚，更晚才生了他。爸爸疯了二十年，也折磨他二十年。二十年太长，二十年也太短。爸爸丢了枪，他不想回警局，也不想病好，只想找回枪，仿佛只要找到枪，他就能死了。就算找不到，三颗子弹都打出去他也能瞑目。爸爸已经杀了两人。一个老头，老死的。一个路人，给人捅死的。爸爸兜兜转转，找到他们，手比作枪的样子，身上一抽，子弹打了出去，让死人再死一次。爸爸死期没到呢，还差一枪，子弹没打完，他怎么说死就死了呢。

他死前一年，可能老了，老也记不住很多事情。趁马贼和妈妈不备去过公安局自首好些次，他说他杀了人，杀了三个人。要公安局赶快毙了他。公安局又不是小孩过家家，说杀就杀，怎能听他信口胡说。马贼受够了，光是记不住事情还则罢了。都说老小孩老小孩，爸爸则完全分不清真的和假的了，别说杀了三个人，便是那两个人也不过做做样子，就像小孩子滋水枪。每每去总局领爸爸回来，马贼恨不能亲手杀了爸爸。

他既想爸爸死，又怕爸爸死。爸爸死的那晚，家里莫名其妙干净了，他成功地躺在床上一动不动，好像死的是自己。爸爸死掉以后，他才发现自己还有妈妈，好像之前他从来没有妈妈，直到爸爸死了，妈妈才从他的眼睛里走出来。很久以来，家里的角角落落都弥漫着猪屎的臭味，院子里栽满了竹竿，竹竿与竹竿之间晾满了床单和衣裳，飘荡着肥皂的臭味和布料的颜色。风一吹哗啦哗啦响，从不见妈妈的身影，好像竹竿是它们自己从土里长出来的，床单和衣裳是它们自己洗的，全然没有妈妈。

爸爸死后很多年，妈妈和马贼才有勇气把爸爸的书、衣裳、保温杯什么的都装进筐里，巷口收破烂的青年站了很久。妈妈躲在煤炉后面，冬天的一切都冷得够呛。青年一件一件掏出来，抖搂抖搂才塞进蛇皮袋里。有什么东西掉下来，"啪"的一声拍在地上，沉得几乎砸个窟窿。又老又丑的笔记本，纸也泛黄发脆。先前整理那么久怎么没发现，藏在衣裳还是枕头里？马贼怕妈妈看到，偷偷塞进怀里。青年走了，马贼关好门，门外寒风号叫。煤炉边上还空着两把椅子，马贼坐进爸爸坐过的那把，妈妈的双手烤着火，通红的手指粗糙弯曲，关节过大，青筋暴突。他突然想到妈妈不识字，大胆掏出日记来看。妈妈快要睡着了，还在跟他讲她自己。风声呼呼大响。妈妈讲自己的故事，已讲了几天了。

他打开爸爸的日记，涂改的地方很多，也很乱。突然看到爸爸的这么多字，他有些意外，几乎不敢认字了。这不是所有生平，只是一些记录。他不想抄录爸爸的日记，但可以讲讲透过日记看到的故事。

那阵子日本子还在。征途漫漫，大军向南进发，所过之处，麦穗上的露珠霍然下落，犹如头颅齐齐割下。日本子投降前几个月，国民党和日军于定陶交战，只有浓密的烟味和血的腥味残留弹坑。爸爸与人打赌，傍晚到战场挖宝藏，他过度发育的手半夜挖出一支枪来。赌输了就饿着，因为饥饿他上山落了草，这一年爸爸十四岁。不久，匪帮给杨得志收了编，爸爸也做了一回游击队。好像有了枪就有了理。爸爸多了一支枪，手心才充实，像是池塘将他淹没。爸爸喜欢打枪，打枪总使他兴奋，每打一枪都快乐得暗自颤抖。爸爸很会打枪，一次伏击战，交战混乱。战后统计，爸爸说他打死了一个少佐。相信的人夸他很能打嘛，叫他少佐。不信的人笑他很能打嘛，也叫他少佐。他们都迷信——把自己的名字改成打死的第一个人的名字，才能免遭厄运。世道骤变，交枪上了去，少佐还是少佐。五〇年朝战爆发，发枪下了来，给谁呢？他们说少佐嘛，少佐很能打。少佐第一个顶了上去。六五年，组织怀疑他是日本人，起码与日本有瓜葛，差点给枪毙，多亏杨得志救了命。少佐要改名，从来无人听。他们说少佐多好听，少佐又能打。一九六九年，运动很厉害，要枪毙许多人。杀人是个技术活，没人敢接茬。找谁呢？少佐嘛，少佐很能打。有人溯本清源，怎能找个日本人，出身要干净。领导大手一挥拍了板。少佐枪毙许多人，一枪也不放空，一个也不放过。少佐不在乎这些，好像与他无干，只喜欢打枪，更喜欢打中人的感觉。持枪的人不该有杂念，开枪总是快乐而纯洁的。少佐不记得他开了多少枪，也不记得很多人，到后来，该不该死的人，都死差不多了，没人可打了，枪也给收了去。枪没全走，手感还在。枪大概一点一点悄悄溜掉了，右手的食指一阵抽搐。有一天，他给队上送粮食，回来路上实在无聊，站在马车上，把手比作枪的样子，没有目标。马车颠啊颠一直走，好容易看到一面墙，墙上一幅画，他马上指了过去，端稳肩膀，瞄了准，食指一阵抽搐，砰的一下，击中目标。他这副样子，给保卫科看了去。人保组一看，这不少佐吗，少佐很能打嘛。少佐噗通一声跪了下去，即刻下到大狱里。墙是好墙，画也是好画，偏偏画的是伟大革命导师。这还了得，恶毒攻击革命导师，判了十年刑。"文革"结束后两年，他刑期未满，不但平了反，还给他公职，配把枪做了警察。做警察十几年来，他总不上心，什么人都没抓过，什么案子也没破过。平日就看看报，打打杂。他总枪不离身，也一枪没开过。过去的事情，只留下少佐的名字。虽然他总是性急，脏不离口，遇见人还可能是可笑的，可他从不杀生，蚂蚁也没踩死过一只。

这么厚的日记，不过几分钟的故事，他有些替爸爸不值。后面十几页全是空白，好像少佐还有十几页的命没来得及过。马贼看完一遍又看一遍，风声越来越大。妈妈讲完一遍也讲一遍，门开来关去，好像少佐走来走去。

他熬不住，关门去睡。他蜷缩着身体，越睡越清醒。华北大旱，蝗虫像累累弹痕乱颤。他从梦里渴醒，来到客厅，白炽灯还亮着，妈妈坐在椅子里睡着了，脑袋低垂，几乎磕下去了。他给妈妈盖了毛毯，换上新的煤球，水壶架在煤炉上。坐下以后，弓了弓腰，从屁股下面抽出日记本。一张一张撕下来烧了，烧旺的火很快熄灭，重新冒出十二只发红的火眼。隔那么多空白页，最后一页还有字。三则日记，按时间排列，每则都不长，不过三四行。日期是少佐丢枪以后。第二第三则记录两个死者。第一则马贼宁愿从没见过，抄录如下：

今天，我走在街上，看到一个女人。她很漂亮，像画上的女人。很奇怪，她的 T 恤画的是革命导师像。我跟她坐上公交车，车上颠簸，我的手搭在椅背，哆哆嗦嗦成了枪的样子，朝向她后背，车拐弯的时候手指突然动了一下，走了火。我浑身哆嗦，差点跪了下去。到了陌生的乡下，我很不习惯，很快迷了路。

不到一半，水烧开了，马贼接着看。看完他想把日记从头到尾细细读一遍，后悔烧了前面的部分。他记得这一天。他在第二天找到少佐。回城路上堵车三小时，因为前面有车三连撞。爸爸的耳朵蜷缩着，紧贴着脸，害怕掉下来似的。爸爸湿漉漉的裤脚终是不干，遮住了两只发青的沾满泥土的脚丫。爸爸一直盯着窗外的麦田，一眼望去，平原很阔，也很远，有些地方拱出许多小包，像是一个一个临时的坟墓，仔细再看发现它们真就是坟墓。

他还记得，那天晚上他从地里找到爸爸。爸爸正趴在瓜田里。要不是有西瓜迸裂，听到响动。他真就错过爸爸，找不到他了。

现在，马贼终于能够看见爸爸那天晚上看到的西瓜了。

马贼找到爸爸的时候，爸爸就坐井边，边上广阔田地，并且混着一块瓜地。一座坟茔，驻在瓜田中央。坟包长了一些野草，开着白色和黄色的小花。周遭的夜包围着他，坟里好像有一只手召唤他。那晚的月亮好大好圆，月光华华，爸爸没有动，他却出现了幻觉，这一天风尘仆仆，他一定是累的。瓜田起了白白的雾汽，注入天地。人类灭绝了，恐龙就要卷土重来了。西瓜占领了高地，所有麦田缴械投降，西瓜们纷纷噗噗露头，像散乱兵勇的脑袋。映在月光下，一颗一颗脑袋从地下长出，没一个不笑，笑嘻嘻地合不拢嘴。西瓜们没有悲伤，没有难过，只是开心。些许西瓜笑过了头，嘭嘭就绷裂了。更有西瓜像被西瓜刀开了瓢，劈作两半，嘀嘀嗒嗒，露出血红的瓜瓤。这样的事情惯常发在半夜，叫人发狂。爸爸突然乱吠，像一只咬人的疯狗。哈哈大笑，嘴巴裂到头盖骨。狗娘养的，你就是一条狗啊。我操我操，畜生畜生，什么佛经尽放狗屁，什么鬼神尽皆屎溺。起来！你们这帮畜生！起来！你们这帮猿人！谁他妈也甭想死，谁也他妈甭想活。够了够了，我活够了，死吧死吧。爸爸大放厥词，又呜呜哭起，微微晃了一晃，好像地震。月光以下，坟茔好似熟透的西瓜也咔咔裂了口子，一只白惨惨的手伸出坟茔，泼洒了些许泥土。令人不明就里，脸儿发烫。另一只手也扒了裂口更大一些，挣扎出一副白骨蜷缩着抽出来，简直是滚下坟头，两只脚生生折在里头没扒拉出来。那也无妨，这副人的白骨爬起来坐好，整整仪规，伸手掏出两只骨脚，穿鞋一样，把两只脚都穿到腿上了。他的两只手空空荡荡，仿佛没有鞋带去系，好生失落。然而，这座坟茔没完没了，抛上来第二具白骨，还有第三具。一座坟茔怎么可能埋三个人呢。但见白骨的动作，不十分流畅，僵硬得有些滑稽。朗朗月下，这副森森白骨，浑身都是巨大的关节，真叫个形销骨立了。白骨很不干净多少，仅剩的几片血肉，像是几块布片，斜搭肋下。没过多久，就在圆月底下，这块田地的每只西瓜，噗噗嘣嘣裂开了。马贼不知道这些圆滚滚的西瓜，每一颗裂出鲜红的瓜瓤，统统都是死在爸爸手里的枪下之鬼。

然而，他们离开西瓜田之前，一只冬瓜绊倒了爸爸，冬瓜无辜地躺在瓜田，体格巨大，遍体白绒绒的毛，像结了一层白霜，抱起来刺挠手心手背，老是痒痒。

真是古怪，马贼有种错觉，好像三颗子弹才刚刚打出，颗颗追上少佐。岂止少佐的，还有别人的，过去的，甚至第一支枪，打出的子弹，都嗖嗖飞来。

马贼醒来，可能是第三或者第五天。妈妈不在，也许躲去哪床被单里了。锅里炖着蛙肉，水蒸气掀动锅盖，像在跟他说话似的。西红柿、青椒和葱白切到一半，给什么事耽搁了吧。他关了火，吃一片西红柿，掏出手机给梦里的女人发信息。他从冰箱拿出牛奶，倒了半杯，喝尽了，又倒半杯。她叮叮回复了，以"哈哈"结束。马贼清楚，这些不过是回光返照，因为不久之前，他们已经结束了，那是一种不言自明的无疾而终，他们现在不过是掩耳盗铃。因为她爸爸是市林业局局长，她已经表达过她爸没有同意他们俩，不会让他阶级跃迁的。小小的埃菲尔铁塔冰箱贴贴歪了，"把门关紧"的贴纸也歪了，大概是溢出的冷气吹歪的。根本没用，天气冷得比冰箱里面还冷。窗外的孩子该堆雪人的，银杏开始落叶，他们剥了一只狗。今天他们拍扁一只猫。他们把毛皮挂上枝头，躲在巷口听人尖叫。

马贼以为要困在屋里一辈子了。门像个叛徒，一拉就开了。他走去相反的方向，拐了几次没能走出巷子，仿佛地球不是圆的了。走累了还得走。"膝盖除了能让人下跪，还能让人走路。"他想。在应该是高墙的地方，一边是废墟，一边是在废墟上临时建的铁塔。越走越荒，他有些怕，怕一拐弯会突然遇到月球，或者火星。原来的蛋糕店和欣欣发廊拆除了，一夜夷平。哨声像竹竿那样高，被他听到，一进来大吃一惊，平坦得不像话，仿佛一个窟窿。要不是杵着个几乎报废的篮球架，这里应该是足球场或者火葬场吧。他找不见吹哨人，人群杂乱，东奔西突。有两个篮球，在抢夺同一个篮筐。一个篮球统领一拨人。他按了按口袋，无论时间早晚，公交车不等人。他站在白线外，不知道应该加入哪一拨，无论谁进球都叫好。有人失手了，篮球滚过来。他一只手接不住，两只手拨来拨去。他突然摸不定地球是否跟篮球一样圆。他建议他们合成一伙。又问他们能不能加个人。他把帽子戴在篮球上，上身的制服脱下，小心叠好放在帽子上，滑稽的样子活像一个倒长的矮子。皮鞋是个麻烦。

马贼借口妈妈病了请假半天。他在高她一层的楼梯口躲到她爸妈离开。一进门，他有一种偷情的欢愉。她去洗澡。他看一会电视，咬着饼干打开浴室门。她想躲，只有浴巾躲在她身上。他们上床前，他去了一次厕所。他们并排躺着说话，窗帘大开，他竟然睡着了。他被她弄醒。他像是头一次睁开眼睛，也像是头一次看到她，她的裸体不白，干净得一尘不染。起床以后床的不洁和皱褶使他硌硬，他又口渴了。早上打完球，他走出很远，找到小卖部买了一瓶可乐。冷风一吹，他才知道衬衫湿透了。他突然往回跑，好像后面有谁追他。到球场人已经散了，帽子压着上衣老老实实地待在地上，亲切得像个愚蠢的哥哥。穿好制服，帽子夹在腋下，两手空空得令人起疑。回到小卖部，老板一笑，从冰柜拿出可乐，好像这是另一瓶新的可乐，"我就知道你会回来"。已经过了渴劲了，他没赶上公交车，仿佛为了安慰自己，他拧开瓶盖。他不知道哪里晃到它了，可乐喷出来，好像第一次接吻找不到女孩的嘴，好几个嘴都用不过来。他坐在马路牙子上，满手满脸的可乐很快冰冻，看看天，这个冬天不会下雪了，看看车来车往，小时候没这么多的车。

马贼想要站起来，想要站起来就跑。但是他纹丝未动。他一丝站起来的动力也没有。他不知道他为什么想跑，他宁肯以为是他偷了爸爸的枪，然后转身就跑。好像有人在他身后端枪大喊："再跑，再跑，再跑我就开枪了。"

五　三枪

不做警察真知不道人间尽是多事之秋。

今年秋收，现代化农业嘛，大家都雇来大型收割机收割玉米。也就前天下午，冯庄有一家收割玉米，吩咐已毕，主家悄没声地扎到一人高的玉米地里了。有说他捡漏去，有说他去偷人家玉米，莫衷一是。收割机开到他那里把他这个农民杆杆也当玉米秆秆搅到牙槽里头去了。司机是马集的，看到死了人，把拖拉机往玉米地一撇，便打电话报案了。马贼赶过去，这人正挂在收割机上，两条腿铰断了，脑袋铰去半拉，血赤糊拉。马集司机报完案便跑了，这样事跑得了和尚跑不了庙，家头还有老婆孩子。马贼骑了电瓶车过去，不过是走走形式，调解一番，两家便以钱私了了。

马贼一个人很久了，独自办案也很长时间了，什么案子都有。这不就有人报警说家里有鬼，要警察去捉鬼，这样事体依然是稀罕事。不用问，一定是宁三秀，以往这事体向来是道长的看家本领，如今道长早已退休许多年，事情便落马贼头上了。

马贼该走跃进塔的，再过玉龙桥，这样便不会多走三公里路了。怪就怪马贼今天感冒更重了，头昏脑涨，浑身酸软无力。人真是没用，小小感冒便能将人轻易撂趴下。马贼电瓶车车把上挂着粉色的塑料袋，晃晃荡荡，遇着拐弯便蹭到马贼的膝盖。每到路口便要等一阵红绿灯委实叫人发烦。过了一中便是小小的天主堂，一个人也无。教堂左面是黑色的花圈寿衣店。右面改做小小的粉色梅梅发廊。样样东西都不唐突，很是相得益彰。路边杨树的枝条擎着，方便一根根阳光软绵绵搭下来。虽是寒冬，路边一切的红色、蓝色、粉色散着有棱有角的光泽。一切都喜庆洋洋，准备过年。快过年了吗？现在过年一点年味也没有，马贼还没听过一声鞭炮响。出了停刀口很快就要到了，马贼摁摁喇叭拐进人行道上。不知怎么，马贼觉着他像永远不到，一直骑车，突突前行。洒水车毫无征兆地隔着剪裁整齐的冬青做的绿化带追踪上来，马贼哆嗦了一下，便弄湿了裤管和鞋袜。开出很远的洒水车，着实缓慢，很像消防车，却放过了宁三秀的房子，不务正业地，就为浇透阳光似的。洒的水则像无数细碎的银子，个个都很坚决。

宁三秀的房子照样红得似火。马贼刚刚跨过门槛，无端想起李郇城，忍不住挺直了背，好像还没适应他的新身份。她家没什么变化，收拾得井井有条，菜刀、擀面杖放在案板上，铁锅放在煤气灶台。能看出来，一个人生活多少有些拮据。因为闹鬼，弄翻弄乱一些，还算妥帖干净。红红的砖墙，没有粉刷白石灰，水泥地也阴凉，房子大小未动，一进来马贼竟然尝到了嘶嘶凉意和难掩的压抑。

宁三秀好像忘了前面许多次的报警，说："我家有东西。"

马贼说："什么东西？"

宁三秀说："就是有东西，快帮我赶走。"

马贼说："我知道我知道，你甭慌。"

宁三秀说："这东西就在箱子里。"

马贼说："我知道箱子里装的鬼，稍安勿躁，我就是帮你驱鬼的。"

宁三秀说："不，不是。"

马贼说："那箱子里是什么？"

宁三秀说："箱子里是我。"

马贼说："那你是谁？"

宁三秀说："我——我是我丈夫。"

猝不及防，马贼呆愣一边，半晌未答。

宁三秀接着道："作为丈夫我很对不起老婆，离家过长，刚刚到家，便看到老婆躲到箱子里吓我。这么多年，每次回家，老婆都躲箱子里吓我。你知不道，这么多年，我已经死了，我等得太久，把自己等死了。我都死了，还躲箱子里吓人。你把我赶跑吧，叫我快快跑了吧。我已经死了，就不要躲这里了。叫我去追，去跑，死远一点儿。不要再等了。这样我也安心。"

马贼头昏脑涨，坚守职责："你放心，我就是帮你驱鬼的。"

马贼将宁三秀请到门外，关好房门，站到屋里正当央，掀开红色的箱子。马贼正知不道如何办，暗骂自己一句，粉色的塑料袋还挂车把上呢，里面装着道长早早就备好的道袍和纸符。拿来又该怎么办，马贼根本不会用。马贼终于意识到，这件事比其他刑事案件更加棘手。红色的箱子张开着，里面黑洞洞的，空空如也。马贼想要出去一趟，将道袍拿进来，应该是警察制服的力量捉住了他，像是穿了钢铁盔甲在身上，使他根本动弹不了。他在犹豫是不是脱掉警服，转动脖颈，环视一周，一动未动，好像他怕脱下来以后再也穿不回这件衣服了。

马贼走过去拎起来擀面杖，抡了一抡，像在驱赶空气，又像在击打空气。马贼又拎起铁锅，挪了很多位置，最后才盖在胸口，大概是要挡住空气的进攻。马贼一手拎着擀面杖，一手拎着铁锅，犹如一矛一盾，走火入魔一般，四处乱走。而且他嘴里乱说乱话，说什么牛头马面快快收殓，电灯电话不要银钱。还因为堂屋正中墙上挂着伟大导师像，香炉边上供奉着一盘小小的红辣椒和饺子。因此，马贼又说，辣椒饺子一个不留。马贼说完嗯哼一声，身体忍不住颤抖，像做错了事一般。马贼用擀面杖敲打铁锅，模拟枪声。因为作为小小的民警，马贼还没资格配枪。敲击三下，便是三声枪响。一声枪响，荡涤尘氛；二声枪响，肃清云路；三声枪响，日月昭昭。三响一过，马贼浑身火辣辣烧起来，感冒也好了。他像得了另外一种病，一种无神病，一种唯物主义病。马贼只觉自己就要死了，仿佛是中了三颗带着辣味的子弹。死前大喊一声，不是从嘴巴，而是从耳朵里喊出去。马贼似乎把自己的灵魂也喊出体外，穿透房门，站在宁三秀三尺之远，俯瞰人间，与宁三秀一同呼喊。宁三秀则站门口，向着东方："你跑啊你跑啊，你跑得再快点就能追上他了啊。"

就在宁三秀呼喊之际，马贼尚未睁眼，但是，马贼看到了茫茫大雾，发着白色。他不知道到了哪里。是这白茫茫一片，帮他睁眼，睁了眼仍然是白茫茫一片。这是雪，上下天地一片，竟然是雪，并且依然顽固地下着雪。马贼看见了爸爸，也看见了妈妈。然后他看见他们载着他。他正躺在地排车里。这是很小时候的他，看到这双小小的瞪得很大的眼睛，他登时被这双眼睛收了进去。然而，小时候的雪很大，比他后来见的都大,他不够知道雪多大,也不够知道自己多小。北风呼啸,雪下得纷纷扬扬。他高烧不退,爸爸怀疑他是结核,妈妈的结核刚好。爸爸好容易借一辆驴车,没借到驴子。妈妈抱着他,裹上厚厚的棉被,偎在车里。雪格外深,爸爸拉着车,艰难地走。爸爸经常停一停,吃几口雪。他睡不动,眼看着天。他没见过这么大的雪,仿佛其他地方和未来的雪都下在这儿,下在今天了。没有重量的雪,又大又多,很慢地落个不停。仿佛天上出了很大乱子,不分贵贱的东西统统掉了下来。除夕将近,是谁点个炮仗,双响炮。砰的一声巨响,崩到天上,孤零零的向上的力冲了上去,仿佛在抵御一切下落的东西,仿佛要把茫茫大雪顶回天上去。看不着蹿上天的家伙,他一直在等——等第二声巨响从空中爆炸。

于北京十里堡
2017.7.7—2017.9.4
2021.7.15 修订

人间

一　小路

路飞二十一岁了，过去的日子算是白过了。今天妈妈死了，他突然就发觉他今天刚刚出生。一生下来就二十一岁了，穿西装，打领带。然而，最先打娘胎里蹬出来的要数脚上那双锃光瓦亮的红头皮鞋。

爸爸带妈妈一路向北，给刮折的大槐横亘路上，把定陶分在两边。爸爸只好揭一块地皮，起一幢小屋，活像一座庙宇。定陶不大，样样俱全，庙宇照例落不下。庙叫观音庙，没得和尚，栽了后院两株槐树，掩着俩姑子。一个高，一个瘦，高的是妈，瘦的是女儿。女儿不叫女儿，叫徒弟。妈也不叫妈，叫师父。师父很老了，是庙里的当家，当家不是住持。女儿太年轻、漂亮，眼珠子含笑，叫万红。师父姓万，人人都管她叫白寡妇。娘俩不像娘俩，师徒不是师徒，不穿僧衣，也没有皈依，像冒名的租客。

每去观音庙，妈妈早早起床，头发梳得纹丝不乱。昨晚突来一场大雪，像巨人的梦缓慢降落，使冬麦和道路也显得可疑了。妈妈踩过的脚印新且乱，一长串深深的脚印紧紧追赶，赶超妈妈了，过身的脚印像鞋子，小巧、清浅许多，迫不及待地转啊跳啊。小路老跟不上，妈妈丢弃了他似的，布鞋都湿透了。

庙门大开，狰狞着四样金刚。庙宇褪色褪得厉害，摆了香案和炉台。妈妈跪了进去，小路也可耻地跪进另一扇蒲团。脑袋抵着啥东西，是一双小脚，光滑温玉。菩萨也赤脚？他晓不得求神什么，听到神在偷偷嗤笑他，银铃一样。他衔一根稻草，四处乱看。菩萨肩上落了灰，细细地眯着眼，抹了一抹嘴唇。他的棉裤太厚，跪不实诚，又顶了回去，他像个弹簧站不稳，就从侧门跑了。这是另一处院子，两株槐树高高地栽在前头，晾衣绳上跨着雪，风嘶嘶地响。压水井冻着了，井杆高高抬上去。一把毫无用处的椅子老也等不到谁坐上去。竹竿绑在椅子后头似的，支着一盏灯，钨丝真黑啊。灯盏吊得如此之矮，仿佛抬头就把灯光碰弯了。

过一里地，太阳升起来了，道路也拱个包，是谁卧倒路边吗。妈妈跨走的脚又退了回来，小路就踢了踢那人，尿了上去，冒汽的地方现出一块硕大的石头。石头把路压崴了，妈妈掉进了夹斜路走了。莫不是许多人走累了，歇一歇？白天和晚上歇在了这块石头上，一周以后雪几乎化净了，人来车往也很快过去，石头上又歇下了七个日子。第八天，石头绊了一辆车。也许只为报复，下车的老头搬石头上了车。老头牵车回家，卸下石头。老头是个枯瘦的老头，腰总也直不起来，白发几乎掉光了，人人叫他作灯绳。小孙子攀他肩上，抓他脑后拖的小辫子，灯绳也就亮了，孙子哇哇大笑起来。灯绳仿佛清朝不小心漏下来的人儿，抱了孙子坐在墙上，踏一踏石头，刻了五个字进去，再把石头砌进墙里。孙子摸摸那字：泰山石敢当——稳稳正对一条笔直的大道。

  灯婆出了门，也摸摸那字，踅足走了。月亮一蹬一蹬爬上路家的瓦垄，灯婆慎重地进来。新石灰呛翻了鼻子，他们却安心吃饭。范丽娜当先瞧见一双细小伶仃脚探进来，生怕扎破了地球。灯婆张开的腿颤颤巍巍，灯光蟑螂似的梭一地。灯婆搁下篮子，说："你们吃，你们吃。"吃过饭，灯婆掏出好些红薯给小路，拽下范丽娜说话。灯婆有时笑岔了气，以为讲了个好笑的笑话，范丽娜不得不笑弯了腰。后来，范丽娜打个哈欠，脸皮几乎挂不住了。灯婆毫无领会，说："都是给孩子的，也别嫌弃。"灯婆自顾自倒满桌子，把空气也都筛掉了。灯婆终于要走，到门口又退了回来，像头一回站到灯下，说："瞧我这张嘴，实在张不开嘴。"说了一番难处。范丽娜紧张地看她，扣子都扣错了扣眼，替她斜着肩膀。范丽娜决定困下了，咳嗽几声，始终没撒口借钱。灯婆看看桌上的红薯，红薯皮上的泥干未干？小路手里半个红薯给范丽娜张手打掉，灯婆咂咂嘴，挽住空空的篮子走下了。

  爸爸入伙做了泥瓦匠。小路夜夜听妈妈缝纫机的扎扎入睡。他们很努力了,日子总是拮据。快入冬了,妈妈购置煤块,借来煤球机打煤球。小路蹲在院场,玩泥巴,太阳从他的脊背上滚了下去。黑透了天,妈妈就着门口的灯光打煤球,小路趴在椅子上写作业。小路从床上醒来,听到妈妈哭。爸爸说:"叫你欺侮我。"椅子翻了,桌子饯了墙。爸爸抓着妈妈的头发,把妈妈拖出老远,又拖过来。妈妈胡乱蹬了腿。小路去咬,给爸爸劈了个趔趄。妈妈哭着对小路说:"小路快跑。"小路轱辘爬上爸爸肩头,咬他耳朵,爸爸把小路撕下来,也踹翻了妈妈,妈妈滚一滚,爬起来护住小路。黑色的皮鞋蹬不停,踹了空。爸爸抽出皮带,妈妈扑了,皮带都抽给了妈妈。他们三个,哭着,喊着,骂着,没个次序,滚去滚来赛打雷。爸爸威武雄壮,掉到膝盖的裤子铰断了步伐,爸爸一头栽下,竟打了呼。小路帮妈妈把爸爸撅到床上,不放过爸爸的皮鞋,咬啊咬,很是耐嚼。爸爸梦话不断,老说:"这世盖不好。"妈妈抱走小路。小路睡不动,透过门缝,好怪啊,妈妈的笑像泪一样从脸上泅出来,也全都冒到头发上。他也该哭一哭,伤一伤心多好。妈妈归好桌椅,扫去玻璃,站到穿衣镜前,整整头发和衣裳,镜子裂了三条纹,把妈妈分成四份,咳嗽也多切出三份。灯灭了,今夜没有月光,黑压压的夜从妈妈那边滚过来,压给了他的左肩。

待到八月十五,妈妈带小路回爷爷家。他走了两步:"我不要饼干,我要白球鞋。"妈妈兜脸给他一个耳刮子。他走在妈妈前头，一抽一抽。院门反锁了，小路翻墙进去，打开院门。屋里黑洞洞的。妈妈递了一碗蒸肉给小路。小路进了屋，伸手不见五指，椅子的一角啃了他屁股一口，他看不见爷爷，"爷爷许是死了"的想法突然占据他，喊："爷爷，爷爷。"老鼠吱嘎吱嘎，在地底訇訇跳动，小路搁下东西，逃出门外，说："爷爷，我们走了。"屋里突然大亮，冷不丁把好大一块光芒撞飞出来。"谁啊？"屋里哑哑苍苍。小路说："爷爷，是我，今儿个八月十五送些肉给你。"没有爷爷，谁也没有，也许爷爷真就死了。灯光罩下，一张方桌，一碗蒸肉，咕咕冒着热气。两方椅子对桌而坐，不急着饿，像在谈天。灯光颤得有点可笑，桌子跟着颤，蒸肉噔噔噔咬桌面，像饿急的狼。也几乎是饿狼说话："牙都掉光了，送劳什子肉做甚。"妈妈像狼外婆，说："炖烂的肉，没牙也咬得动。"回家路上突然下雨，雨水从头发里冒出来，滴到脖颈子。裤子粘着腿，鞋里都是水，脚踩两窝烂泥。妈妈往东，小路偏要往西。妈妈说："听话，今天下雨，明天再买。"妈妈站那儿不动，小路可劲跑，总不过一丈，他扑地一倒，放声大哭。他往任何方向跑，过一丈就到头，一到头就倒地，好像没有新鞋不会走路了。妈妈站在那里，任他转圈打滚翻跟头。

逃归逃，跌了好几跤，小路的鞋子从没丢过。第一回进观音庙，他偷偷翻了墙。李高潮追上来，他躲到门后，又到神像后头，又到了后院，伏在粗壮的芋头田里。硕大的芋头叶子，掩映繁密。吃几颗龙葵儿，露珠紧张地挂到脸上。一张大脸掉下来，没想到V也藏在这里。小路说："喂？"V说："我就是V啊。"小路说："你躲这儿干吗？"V说："你不也躲着。"小路说："你听到吗？"V说："什么？"小路说："是谁走过去了？"V说："明明是你肚子在叫。"他俩可笑地威胁要告发对方。直到太阳落山，是谁的一串儿笑，银铃一般撒在田埂边。小路簌簌爬去，田埂上覆满矮草间或铁蒺藜，一双小白鞋像两朵小小白云突然掀翻地皮，拱进草丛，鞋上吊着两根葱白的脚颈子。小白鞋拐一拐，趄到别处去了，但留一串细碎的银铃儿。小路像给大地出卖了，三只硕大的吊颈白鹅嘎嘎嘎追来。灯婆正在殿前叩拜，临走她投几个毛壳进功德箱，V早不知躲哪尊佛后了。小路有样学样，满手是泥磕掉两个头，菩萨笑得银铃一样清脆。第三个头磕下来，他奇怪菩萨的脚多踏了一双小白鞋，鞋上吊着两根葱白的脚颈子。俯身的当儿，衣兜滚出一颗头来，沾满湿泥，滚出大远，永也停不下似的。硕大的芋头，一径滚到菩萨脚边，给菩萨一脚踏住。

灯婆从观音庙回来，一团糟。儿媳灌一瓶"敌敌畏"，儿子看她喝下去："你去死，死了干净。"灯绳叫人送到县医院。儿子蹲在医院的廊道，瑟瑟发抖。折腾一夜，好容易抢回一条命，查出儿媳染了另外要命的病。幸亏小孙子干干净净。回了家，儿子不与媳妇同床，把家具被褥全扔掉，单独配了碗筷与她。儿子发了疯，但凡老婆碰过，甚至看过的东西，无论石灰墙、水泥地都刷洗三遍，一天用掉三块肥皂，四块板刷，到处查缺补漏，愣愣欠下一屁股账。灯婆刚刚进家的脚又给刨了出来。

　　灯婆来得不巧，他们在打麻将。路保义打麻将好怪，范丽娜坐在丈夫后头。灯婆不好唤范丽娜出来，也看看。她听不透听张，却晓得和牌的道理。他们洗牌不把牌反扣，对家要换庄。骰子跳一个，灯婆一句"哎哟，我的老天爷"捡到手上，不知该放哪儿。范丽娜去倒水，看到篮子沉沉吃进桌子。灯婆说："你们住下许久，还没曾瞧瞧嘞。"范丽娜嗔她见外。麻将噼里啪啦，又是一局。灯婆有很多话要说，不知该说哪一句，只说："好好。"范丽娜就说起难处，灯婆也说起难处。她们仿佛比赛，谁家的厄运大，谁就赢了比赛。到了天黑，两簇丝竹挂下月光，灯婆给自个一嘴巴，"你怎就张不开"。透过窗子，她看到范丽娜坐在丈夫后头，好像从未起身。灯婆终于想到他打麻将的样子，像猜拳，"哥俩好啊，五魁首呀"。

　　儿媳给亲家接走了，儿子也不着家。晚上灯婆嘀咕："要不请瞎讼看看院子？"灯绳说："瞎说，瞎讼只管算卦，哪管风水。"灯婆说："怕有脏东西。"灯绳说："荒唐，估摸着是那条道犯的煞。"灯婆一愣醒过一愣，灯绳披了衣裳下床。

灯婆糊着眼问："黑灯瞎火干啥？"灯绳说："尿泡。"今晚很有月光，出了镇子的夜也过大了。他找不到石头折回来，可能着了冷，他闹肚子，并且不安。原来是什么撞进怀里，小东西哇哇乱哭。他头一回进范丽娜家，灯婆杵那儿，像个大英雄，身后挡着路保义。灯婆膝头挂着一颗头颅，毛发蓬乱，灯婆慌张的手像怎么也斩不断头颅，"哎呀呀"地乱抖。头颅抽咽："你打，打死我算了，省得我花力气去死。"灯婆说："哎呦，我的老天爷。"小路抱住路保义的脚，又咬又撕，像发疯的马达。灯绳拖开路保义进了屋。灯婆哈着腰烫手似的捧了头颅回家，灯唰地亮了，头颅下头唰地长出一具身体，坐下沙发，膝盖掀动肩膀，屁股迟疑地陷了进去。小路这才看清妈妈的样子，尽管她进门前也疑虑重重。范丽娜哭得一抽一抽。灯婆劝解："天上下雨地上流，两口子打仗不记仇。明天就好了。"灯绳回来说路保义已经睡下了。灯婆倒了杯水搁到桌上，范丽娜伸出去的手痉挛一下，又缩了回去。小路也睡着了。灯婆送范丽娜回来，灯绳上了床。那杯水一顶一顶冒着热气，灯婆一气泼到门外。上了床听到灯绳的呼噜声，灯婆说："下了好大的雪啊。"

小路喜欢下雪，却怕冷怕得要死。要是夏天下雪就好了，还能穿裙子，再央妈妈扎个辫子。妈妈没有辫子，有个裙子，很不见穿，拿出来就摸摸绿色碎花。小路偷偷穿过几回，不为喜欢裙子，就是恨裤子。穿裤子的时候像个瘸子，分明两条腿，都钻一条裤腿，穿也穿不进，脱也脱不下。不像裙子从头顶套下来，裙边拖着地，像溢出的水总也泼不完。他晓得是不是他把裙子弄脏的，擦也擦不掉，原来是个洞。他的裤子脏得不能再脏，膝盖的地方也有洞。无论怎么走他都不停，到学校，上了课，他扭来扭去，像有多动症。老不下课，他想报告老师。他还是尿了裤子，老师提前放了他的学。他羞耻地一瘸一拐，像躲着湿的部分走。可能他渴了，找一条河漫进去，泡湿的裤子令他重新抬了头。一上岸，太阳大了起来，还没到家裤子干透了，腿像掉了几膘肉。爸爸不在家，妈妈也不在。他脱掉裤子，坐在地上看电视，声音调到最小。动画片放完了，他曾两次想把裤子捡起来，可这个动作太巨大了，他光着屁股走进里屋。妈妈突兀地坐在椅子里，妈妈穿的裙子蓬开很大，奇怪而坚硬，里头似乎藏着一头大象。妈妈双手摸索肥胖的裙子，她手到哪个部分，哪个部分的裙子底下就顶个头颅或耸个肩膀或漂个脸孔。椅子吱吱地叫，妈妈一动不动，似乎她再也站不起了。妈妈乜他一眼，睡着似的。好像她不但梦见大雪纷飞，一觉醒来也到冬天，真就大雪纷飞了。

一早开门，白茫茫一团，仿佛大雪一夜之间由坚实的地面鼓了上来。太阳出了来，碎光在雪上闪跳。你走得忒费劲，不如打滚松快呢。一拐弯遇到河最好了，厚厚的冰，蒙了雾气，很能使人滑行，就是摔跟头，总不能断腿吧。帽子滚落在地，脑袋冰得像给削去半拉。河流够长，够你滑到头。谁突然凿的冰窟窿，大得够呛，像有人意外掉了下去。岸上的五百万大雪吃力地上涨，笨重得活像五百万头活象。

万红以为天没亮，第二次醒仿佛从嘴巴里扒开两排牙齿翻越出去醒来的。她搭上棉衣，开了门。月亮挂在天上，万红张腿跨了出去。她跑出大远，所有东西一例夷平，到处是没有国界的雪国。她晓不得到了哪里，摔也不摔，都赖一双好脚，赤裸的脚，红彤彤的，也彻骨冷上来了。她兴奋得原地打转，蹦啊跳啊。每回光光的脚下去，都在制造一双白鞋，她就穿进去鞋了。脱了新鞋，再穿一双新鞋，如此再三。趁她还没醒来，她扔下满地鞋子，原路返回。她像是没有脚的鬼魂浮在雪面上，给风拂动，丢下脚印一路倒退。

小路总记不住，也捉不住爸爸。爸爸是躲藏好手，每次捉迷藏，小路没一次找到爸爸。爸爸从房顶上从衣柜里从树丛中蹦出来，突兀得像个怪物。爸爸则一把揪出小路，挂到半空。妈妈放下织毛衣的手，乐不可支："你就让一下孩子咯。"又轮到爸爸，小路真找不着了。他找遍爸爸藏过的所有地方，都没有。妈妈说："爸爸明天就回咯。"到明天，爸爸当然没回。许多明天过去了，大概因为停电，他也看不见妈妈了。

昨天也停电,妈妈点了蜡烛。烛火稀薄,桌面也稀薄地飘在半空。妈妈拍着小路:"天皇皇,地皇皇,我家有个夜哭郎,过往君子读三遍,一觉困到大天光。"等小路睡下,妈妈走了出去。小路翻窗跳下,跟踪妈妈。刚刚下过雨,泥水坑绊他好几回,妈妈在等他了,撑上来发现是滴水的草垛。他就乱跑,脚下的路像受惊的马一样颤。看见亮灯的街道,他不晓得是突然来电了,还是原本就有电。灯下高耸的大门,他认不出是乡政府还是派出所,可谓金碧辉煌。酷烈的光照谁谁在,那些林林立立的男人,像很多爸爸,一再谦逊,仿佛只是让烟地给他一脚,仿佛没在踢他,只是发发牢骚。那不是个男人,小路发现妈妈的脸推开所有光,妈妈脸上总不停流着泥水,流着流着似乎她洁白的脸也突然失控,一块流了下来,啪嗒啪嗒,滴湿了胸脯。妈妈双手拍地,喉咙嘶哑:"你们要不放了我男人,把我也抓去吧,反正我也不想活了。"小路不知道发生了什么,只管筛糠似的撕咬他们,可他太小了,像个胡闹的塑料玩具。妈妈拽他、摇他,那劲头像要一把把他掼死。他们的腿一根掠过一根,像抖动的门帘,一条一条光拐进来。妈妈护着儿子,小路听到骨骼响,闻到一丝头发烧焦的糊味。想到流泪的蜡烛,他恸哭起来。等人散了,妈妈提一提肩,使劲擦身上的泥水,布都搓烂了。小路哭得喘不过气,泪水把妈妈一抖一抖泡烂了。

第二天一早,妈妈清显可见,像阳光一样干净透亮。

妈妈把他锁在家里，窗户也落了锁，他就扒开门缝哭。好几回他都像个囚犯，妈妈半夜赶来，透过门缝哄他，就不进门。他醒来已是中午，妈妈穿着裤子缝裙子，好像妈妈从未离开。他怀疑夜晚只是一场梦。他记不得多久没见爸爸了，他记得许多条腿到家的夜晚，他数不过来。那么多腿纠缠一起，像屋顶突然降临的一片树林。碗碟碎了，桌椅倒了，衣柜的衣裳翻落一地。身着裙子的妈妈坐在椅子里，像刚从盛大的舞会上下来，月光刚好落在她的嘴唇上，舌头撬不动她的牙齿，闪着光。任他们嚷啊踹啊，她纹丝不动。裙子脏兮兮的，纸片一样又薄又脆，淹了妈妈的双腿和椅子。他们很多人在找什么，在乱翻什么？小路缩在桌下，哭嚎不止。窗外竹叶剪进来，也把夜风捎来。妈妈的裙子沸腾一般鼓胀起来，摁也摁不下。怎么办？小路掀翻桌子，蹿出来。他们到处捉不住他。他跑了，他跌倒了，跌倒时好像身子突然没了，是头颅突然砍掉似的跌落下去了。"不要打了，"他像个叛徒一样喊，"不要打了。爸爸就藏在那里啊，爸爸就藏在妈妈裙子底下呀，爸爸就藏在生他养他的妈妈的裙子底下呀。"

小路生病那晚，妈妈穿了裙子。起初妈妈不在，小路睁眼看到V，奇怪V怎么在。V冒雨找来范丽娜。范丽娜刚歇下，V也病倒了。V和小路躺在一张床上。小路睡死了。V给高烧烧傻了，像个孩子满嘴胡话。妈妈拍着V说："天皇皇,地皇皇,我家有个夜哭郎,过往君子读三遍,一觉困到大天光。"V说:"我的脸好烫,我觉着的脸不够用了。"范丽娜说:"睡着就好了。"V说:"我想吃冰激凌。"范丽娜说:"乖,多喝点水。"V说:"神仙佛祖啊,还有过路神仙,求求你们,救救我吧,我要死了多好,就不用长大了。"范丽娜说:"你不会死的。"V说:"要是没生我该多好。"范丽娜说:"不过发烧,很快就好了。"V烧刚退,小路咳醒了,比妈妈咳嗽还厉害,妈妈的手背落他额头,化掉了呢。"还发烧呢?"妈妈背小路去观音庙。他梦见白寡妇异乎寻常地大。月光探进窗子,看看妈妈大概刚刚站起来,膝盖滑落到脚底。小路彻底发烧了,疼得在床上打滚:"我要死了,我要死了。"抱着死的想法他又睡了过去。他变得越来越小,小到看不见。睁眼时又变大,大到溢出身体。妈妈走了,妈妈又回来了。他睁不开眼睛,力气已不够高过脖颈。一团力气憋在胸口,气也呼不上去。一着急,他坐起身子,以为破胸而出了,喊了一声:"妈妈呀。"这是哪儿呢,风像刀片切进来。他开不开门,门外高远的云彩遮盖月亮,遮不住月亮的红晕。他摸到一截棍子,棍子又宽又长,是个柜子吧。摸到很多层层叠叠的衣裳他才冷起来,原来他赤裸了身子。柜子到底有本书,趁月色,两个"圣经"金字呼呼蹦跶。这个耶稣教是个地教,他匆匆埋掉。躺下不久,他又下了床。一盏矮灯长长地挂在院场,大群瞎虫冲撞灯泡。铝合金灯罩嘶嘶地晃,许多光线卡在砖缝里，更多触到墙壁的长长的光线被嗤嗤弄弯了。压水杆上蓄意挂一条泛红的毛巾。

妈妈推门进来，一头卷发格外浓密。白寡妇迎接妈妈。妈妈套上裙子，裹上军大衣，拽了小路走了好一段路。

路越走越黑，小路的鞋早湿透了，妈妈拖着他，实在不行就背他一段。半路又下起雨来，雨越来越大。小路才不想那道细细的门缝，可能是为了跟上妈妈，他的步子迈大了，突然一阵爽快就嗤嗤尿了，多使一把劲他把鸡巴也尿了出来。他不晓得到哪儿了，也许巨野吧，小路第一次见到如此宽阔的马路，几乎没有边沿。煤车隆隆开过，马路蹦蹦跳跳，逃也似的发颤。路边的一棵小树人影一样晃，小树走近了，他们发现那是一个人。他挥着一只手，拨开雨帘显露真身。他浑身湿透了，他湿淋淋这般透，这场大雨一定是他湿透的衣裳引发的，不然哪来这么多的雨。爸爸从妈妈怀里取过盒子，抱在怀里，说："爸爸……"爸爸连爷爷的面也没见一面，爷爷就死了。爸爸的脸不像难过，只是苦大仇深。妈妈站着不动，裙子滴着水。小路怯生生地说："爸爸。"爸爸看他一眼，仿佛有话要说，又没有说。他们并排走了一段距离。汽车开过，就像雨水抽鞭划了长长一刀，溅他们一身。平原到处都是，他们跟没走一样，他们不走了，一瞬间小路以为雨停了。他累了就搁爸爸背上，爸爸妈妈很长时间不说话，待他们说话了，他又听不懂他们说什么。爸爸说："你怎么不问我？"妈妈说："问你什么？"爸爸说："问我做没做？"妈妈到底没问爸爸。小路只听到爸爸自顾自说："我不该帮白寡妇去修屋顶的，起码应该按例要钱也好，不然不会平白遭人嫉妒，遭人陷害。说我做了那样的腌臜事，害了万红不说，也苦了你。"妈妈照旧没说话，只默默地走。小路听着听着，雨滴啪嗒啪嗒敲进身体叫他睡着了。小路醒在妈妈怀里，雨还在下。他一落地便找不着北了，脚没了，马路也没了，铁道给水淹了，好像两根铁轨漂在水面上，站台到处破破烂烂。他以为地震了，绿皮火车呜拉呜拉地来，冒着白腾腾的蒸汽。天将晓明，今天是春节了，站台冷冷清清。火车也空无一人，好像是爸爸的专列，一排一排空空的座位，等他随意挑选。爸爸的样子真滑稽，爸爸说："爸爸的骨灰你带回吧，我就——我就是——"妈妈说："我晓得。"妈妈抱过爷爷的骨灰盒，和小路站着。爸爸挥一挥手，转身走了。爸爸走得好快，一甩一甩，仿佛膝盖不会打弯，上了车，很快消失不见。火车长得令他吃惊，一节走过一节，好像没有尽头。火车没了，小路扑地倒了。妈妈放下骨灰盒，怎么也抱不起小路。雨越来越大，小路挣着四肢刨水。妈妈像教不会儿子游泳，不停把儿子摁进水里，要把儿子淹死。骨灰盒突然抬头，像死人突然活转，冒了上来，荡开树叶和枯枝，漂出很远。急流裹挟了爷爷的骨灰盒，像绵山起伏，一瘸一拐地追儿子去了。

二　胡子

他去打酱油，回家路上绊了一脚，磕了满嘴血，人们笑他："哎呦呦，长大了，吃胡子。"胡子爬起来，个子蹿得又高又大。回到家妈妈头发白了，背也驼了，愣是揍他半死。

人人叫他胡子，几乎忘了他的名字。他好像从没有爸爸，好像爸爸不是逃犯，也不会强奸妇女，正待家中，百无聊赖。他长得过大了，大脚长腿，走路一摇一晃，谁都能把他撂翻似的。

一条路劈开定陶，坑坑洼洼，放翻了灯绳。就因为躲个笨蛋，灯绳拽拽缰绳，驴车趔趄，石像扑折了颈子，头颅滚啊滚，像跌进沸水里。惹祸的人早没了踪影，硕大的鞋歪在一边。灯绳找人帮他送车回家。灯婆抄了大鞋，"你个死人呦"。巨大的石像栽倒于地，脑壳竖在一边，像把另一尊佛祖活埋，就露个脑袋。石像生了露珠，似大汗淋漓。麻绳一道一道绑得很松，好像佛祖突然垮了。

灯婆冒雨出门，灯绳喊："去哪儿呀？"她头也不回："去死。"灯婆到了范丽娜家，脱了雨衣站着，不免把水溅到床上。范丽娜瞄了一眼，没有理会。灯婆一只一只从篮子里把东西拿出来，咚咚咚地响，灯婆说："新收的，很有些甜。"最后一只红薯硕大变作了一只硕大的鞋："这么大号的鞋，只有你家胡子合脚，这么大号的鞋，绊翻了驴车，毁了佛祖，怎么也该赔些钱嘞。"不等范丽娜说完，灯婆气得直哆嗦："怎就不该赔，蛮不讲理，你再说一遍试试。你闭嘴，再胡说。不赔钱倒还罢了，凭空污我清白，也不怕给雷当场劈死，我我，我，你才欠干。"被雨淋湿的灯婆，嘴唇发白，出门浇了一通雨又回身把雨衣穿走。她没出门就穿，又把床弄湿一回。

昨天雨力软，今日纷纷地降。范丽娜肩上蛇皮袋下了镇子，浓浓一团雨雾顶膝撞脸。零零散散的杨树攀上一个斜坡，几个屋子呆呆地卧在路边。屋脊藏的星星，一路上蹦跶几颗闪闪发亮。客车人满为患，售票员抽出马扎给她坐在过道。到了巨野？天慢慢地亮，也逐渐荒凉。棉厂隔一阵是纱厂，过了东玉河就对了。售票员要她还有后头仨人都弓腰低头，交通亭过去了，一抬首，好家伙！好多高楼齐齐撞进车里头。

她不敢嚷，揽不到生意："要不要买鞋子，手工的千层底。"年轻人都穿旅游鞋，刷白刷白的。成年人踩皮鞋，囊囊囊囊。火车站都是人，要警惕城管，还要提防小偷。挣钱再少，人不能丢。几双小小的虎头鞋很是走俏，可她不高兴做碎活。今天，范丽娜回家晚了。胡子也是，母子俩谁也没资格恨谁，背身就睡了。临上车，她再次去了鞋城。好多皮鞋，红的，蓝的，更多黑的。不就穿脚走一遭，搞恁些花样。她心上一紧，仿佛一匹怪物西装革履地从背后来到。

月亮掉水塘了,妈妈坐到桌前,空空的饭桌满是碗碟,碗碟盛满饭菜。她不小气,花钱总归不好。范丽娜看看儿子:"要啥钱?"胡子说:"我要买媳妇。"妈妈说:"你这熊样子,到哪儿讨得媳妇。"胡子说:"我才不结婚,我就买媳妇。"妈妈说:"你莫不疯了。"胡子说:"我才不结婚,不结婚就有媳妇,才气派。"妈妈说:"气派能当饭吃?"胡子说:"要你管。"吃罢饭胡子出了门子。妈妈喊他:"恁晚你去哪儿?"他说:"找媳妇。"老天起了毛毛雨,胡子还没回来,灯婆倒冒了雨来。天暖气和,篮子里难不成是一篮鸡蛋,这样的温度该孵出一窝小鸡了。

镇上凡逢集必热闹非常,集市各有衣装、布匹、茶汤、猪羊肉,样样齐活。若春光顶好,毛茸茸一窝小鸡仔围观者甚众。可惜天气凶热,蝉鸣聒噪。谁个不识犬吠后头跟的万红,今个却少了那只大狗。万红真好看,光头也好看,没见谁光头也能光得这么好看。很有些人片子泡在树下歇凉,一面灌风,一面说笑。李高潮喊:"万红。"万红懒得理他。李高潮说:"你就骂我一句,一天不挨你一句骂浑身不得劲。"王传杰也喊:"万红。"万红骂道:"死一边去。"王传杰因为被骂而高贵了一分,朝李高潮挑了一眼。李高潮把个手指骨捏得啪啪响。灯绳人老话少。胡子肩一担石灰一声不响步了进来。

"听说没有,"王传杰说,"美国出女总统了。"

"电视说了,总统是奥巴马。"张辉说。

"奥巴马是女的?"胡子问。

"美国瞎屌能,"灯绳说,"要毛主席在,甭说台湾,一炮打到美国去。"

"那奥巴马可真个黑。"李高潮说。

"你做龙庭也黑,你没看电视,美国乱得很,三天两头开枪杀人,走个路都送命,砰砰砰。"张辉说。

"你懂啥,我说他黑人。"李高潮说。

"黑人我晓得。我在广东打工见过。青天白日,骑个摩托抢手镯,剁你手。"张辉说。

"剁手?"胡子问,"岂不是王强?"

"王强大家认得吗?老能装逼了,据说是南城老大。"

"他怎地了?"

"犯了事了。"

"我见过他,老鸡巴能装逼了,他个臭傻逼。"

"叫王强的人多了。"

……

"与刘德华做贼那个?"

"你个傻子,那是王宝强撒。"

"认得王强的那个大傻逼你出来一下。"

人丛里把个胡子搡了出来。

"你认得王强?"

"不认得。"胡子说。

"你他妈说认得。"

"我没说过。"胡子说。

"你倒说说王强啥样子？"

胡子手叉肋巴骨，锯嘴葫芦似的。集上乌压压的头顶，给阳光照得发晕。胡子一凛，说："光头？"

"光头强撒。"张辉哈哈笑了。

天光无一丝云。远远白白的所在，微微地抖，从集市上噗通掉下来。太阳好毒，看不清脸。那人愈走愈近，头顶白色医帽，脸不清不楚。等人近了，白寡妇的脸骤雨似的，噼噼啪啪劈头盖来。她手上拎着一条猪肉。众人噤声，犹若齐齐后退一步。灯绳早已不见踪影了。

怎么办？白寡妇居然发笑。她头顶白色医帽，从没摘过。万红这死妮子，话也不说，就是哭。白寡妇找不着羊，去派出所的路上，白寡妇没认出灯绳，认出了灯绳的小辫，喊了一声。灯绳掉身就走，恁些年不见，他比以前轻微许多。警察要她回家等。她顺着羊屎蛋，到了杨树林。林里的烟火气闷她一腔子，影影绰绰许多人，莫不放火吧。她取小径下去，一只两只三四只，弯腰驼背的羊群拢在一块，学会了烤火，竟然直立起来，学起人样子，并给最后一只羊剥了皮，架到火上，油滋滋冒烟。白寡妇把鞋脱了往火里一掼，狠狠再掼。

他们涎着脸笑，一张张黄黄的脸，一模一样。她的眼睛雾沉沉的。哎呀，真是造孽哇，活脱脱一只烤全羊，撕掉一块一块。是谁递给她一块，"你也有份"。满林子簌簌响动，一丝膻味也无，何况浓香。没有膻味儿，难道是人肉？狗肉撒，披挂一身羊皮。她才不吃狗，要吃就吃人。手上腻得都是油，白寡妇擦擦嘴。她有多久不见肉味了？李高潮的婚宴吃三番也吃不香，除却猪、牛、驴、羊，还有"霸王别姬"一锅，再丰盛各人也无不私语。何况见着灯绳，灯绳走哪儿都瞧不见她。三天后，白寡妇买回一条猪肉。万红不吃，还呜呜地哭，真不像话，一句委屈不得。哭上半晌，白寡妇才晓得她根本不为狗哭。万红一面哭一面摸一摸喉咙。她什么时候添的这习惯？"这死妮子。"颈子上银铃子项圈哪儿去了？怪不得一直没声响。

晚了半天，胡子才去帮闲。因生肖犯亥，灯婆要他避了正门走。厨房五六个帮工忙活，他们不让他沾手。他手脚无放处，见灶火过旺，减几根薪柴。又见水缸不平，拎了桶各处找不见压水井。外头一阵哄闹，知是接了新娘子，正呜呜哭哩。胡子烧响三声炮仗，空气发颤。婚宴起在院场，伙子们吃酒啃盅，胡子一声不响挨进去。伙子们喝了几分醉，话也放肆。灯绳吃醉了，满院乱窜，摸着脑壳找他想象中的帽子，逢人便问："见我帽子了吗？"新郎新娘挨桌敬酒，敬过一桌又敬一桌。接亲的人论起新娘子的哭,跌进泥里去了。好命婆解劝也不管,眼泪哗哗。这路也是,坑坑洼洼,泥水遍布。沿路走的,偏偏是那粉色的墙,刷着白字:"要想富,先修路。"巨大的字,仿佛巨大的蛮力,要把墙拧作麻花。

"村长啥时候修个路撒。"张辉说。

"政府不说村村通公路吗?"

"通鸡巴,跑断老子腿,镇长就一句没得钱让我咋个修哇?"村长说。

"村长呐,这路不修不行撒。"灯绳说。

"镇长不谁想见就能见哇。"村长说,"难哇难哇,去一趟镇上比见一回美国总统还正式。"

"美国总统都他妈西服革履撒。"

"谁要把个路修了谁才真厉害。"村长说。

"奏是(就是),比村长还厉害。"板凳说。

"奏是,村长算球。"村长的衣领起了腻,烟灰烧的洞,落下厚厚的窟窿。

大家都乱了套,追人抹锅灰和鞋油。新郎给人架上墙,又架下来。新娘子哇哇惊叫,严肃地气严肃地哭。胡子也要抹她锅灰,给张辉挡开。瞧他红鼻子,胡子很想来一拳。伸手上去,把他头发上一根稻草摘下来。胡子叫他,开口却说:"张辉,张辉。"张辉一脚踹倒胡子。胡子呛一句:"我好心——"张辉当啷又是一脚,撂了胡子狗啃屎。大家解劝,李高潮命人拖走胡子，抱住张辉："哥，我婚礼给我面子，别跟他一般见识。"胡子起身拍一拍，给板凳架走。"哥你别动，我给你洗洗。"给冷水一激，胡子醒酒大半，突然发现竟是水龙头，强劲的水挣脱了似的掉，胡子挣了挣给板凳扶着走。胡子说你眼镜挺好看，给哥戴戴。胡子戴了眼镜，世界小了，也清明起来。他正正衣冠："我好心给他拔草，他——"转身撞见腰粗洋槐。他骂娘要把树撂倒，一阵光斑簌簌掉落。板凳说："哥，你松手撒，树给你打死了。"婚宴里闯来的人，搅乱了酒席，兜头给胡子一耳刮子，把个眼镜也劈落了，"你妈给车撞了，你还搁这撒酒疯"。

胡子好像瞎了。"我好心给他撞——撞，撞车？撞什么车？"

来人说："火车。"

范丽娜突然决定明天就走，扛着她要卖的很多布鞋走。今天，范丽娜打开电视，瞅着电视机上的苹果发呆。胡子带了不知什么肉，既香且阔。她就晓得她突然老了，快要死了，还没坐过火车，一辈子没出过远门哩。去哪里呢？"你怎么不去死。"胡子说。胡子头发蓬乱，眼眶红肿，竟有些陌生。但她记得自己是个妈妈，全忘了怎有恁大一个儿子。"我死了就合了你的意。"范丽娜说。"死了我才开心。"胡子说。"我早晚要死。"范丽娜说。"你怎么不早死，早死了多好。"胡子说。"这么多年来你一直盼着我死,我是你妈。"范丽娜说。"我的妈呀,原来你还记得你是我妈,我是你儿子。你就是个酒鬼,喝了酒就打我。你不是打我,你是在打他。我把他早忘了一干二净。我死也恨你,你让我想起他,你越打我,我就越想他,你越打我,我越找他,可我找他不着。他算哪根葱,找他干毛,我受够了。"

像早有预料,她终于等到了这话,把人统统耗干了。"大同!大同!"范丽娜几乎脱口而出。

她迟迟不动身。肩了蛇皮袋没卖出一双鞋,她心存感激,今儿个不开张。出门前她把揣兜的苹果又放回去,遂买了饼干、矿泉水和黄桃罐头,奔去售票厅。

"同志,我买票。"

"到哪儿?"

"啊,我还没想好,能不能先买票?"

"去哪儿?"

"我去,我去,哪儿都管。"

"你得去个地方,没地方捣什么乱你,问什么问,赶紧的,下一个。"

要去哪儿呢?截了哪个旅客,"同志同志,你去哪儿呀?"人家瞅她一眼,一声不吭就走了。她茫茫不知所措,天下之大,无容身之所了。她不晓得,歇了大半晌本来想买个苹果或者梨子,西瓜竟然上了市,好贵呐。又圆又大个的西瓜，竟有十三斤，花她好多钱。她舍不得吃，两手捧着仿若进了庙子捧个慈悲。她呀一口也未舍得吃，捧着个西瓜，又去排了队。轮到她人家又问："去哪儿？"

"100块钱的。"她说时掂得老高，好像道路称了13斤。

"100块也要有个地方撒，起码的方向要有。"

"西——西——西瓜的西。"

"那就大同撒。"

"大就大，就大就——"范丽娜觍着脸笑，讨好于他，"就大同，世界大同嘛。"

检票员告她是明天的票，她不甘心。下了扶梯，西瓜比她滚落还要快。吃过饭，儿子像是突然发现只有一只西瓜，切了两三块吃，一晚上就过去了。范丽娜一早到车站，搁冰箱的另一半西瓜已经蔫了。她照旧肩了蛇皮袋，袋里装的是今天该卖的鞋。她来早了，人再多鞋也没卖一双。好容易检了票，人们一股脑泼上来。她一面下到7站台一面兜售鞋子。佝偻的腰，细颤的背，要把她捂折了。火车来了又去了，她的火车还没到。火车再来了，走一趟"和谐号"，好快的车，几乎把她带倒了。她的那趟，是"复兴号"，呼啸过了，速度抖得忒快，大地拽跑喽。范丽娜浑身发颤，"复兴号"动车车速忒快了，她从没见过这样快的火车，拔了她的脚跟，把她带倒了，再也起不来了。恁多鞋，跌撒一地，像四散奔逃的孩子。及至回了家，她才想到她忘却的不是一句话，而是为什么去大同，因为她每次听到的电话都来自大同。

万红不到三十岁，浑身都在笑。万红问胡子："你看我做什么，我脸上有字？"胡子鼓着的嘴张了张："我我不识字。"万红哈哈笑起来："看就看嘛，又不少块肉。"伙子们见了，就较劲，比赛谁睡的万红次数多。"胡子胡子，万红睡了你几回？"胡子胡乱摆手："莫有，莫有。"万红拍他屁股，咯吱咯吱笑："有就有嘛，害什么臊。"万红一扭身，走脱了身。胡子与他们一道，忍不住看。胡子看不透万红的裤子到底松多少。胡子每每遇着万红就逃，害她气喘吁吁地追。万红说："胡子，你跑啥？"胡子不语。万红说："胡子，你又看我。"胡子不语。万红说："胡子，你死吧。"胡子说："你才死爸。"万红笑得乱颤："对呀对呀，我爸早死了。"胡子说："你的裤子真好看。"万红脸红："是吗？"胡子说："他们说你裤腰松，我没看出来。"万红说："呸，死胡子，你就坏吧就。"胡子说："你可要勒紧裤腰带。"万红说："呸呸，狗嘴吐不出象牙。"胡子说："他们还说了，加油干。"万红恼了，劈手给他狗日的一掌，"光天化日，就晓得干，要干回家找你娘去"。

胡子早早归家，妈妈不晓得哪儿去了。今天他带了狗肉，肉香浓郁。妈妈扒两口就睡了，他说过多少回，妈妈总装聋作哑。妈妈说:"Muuuuu,好的呀。"他真了解妈妈,她从学不会拒绝,却也总不兑现。妈妈似乎晓得了,每每回来,端的在门口张一张,把灯关了。胡子给蚊子叮醒,妈妈的房间,月光由窗子透来,一双小得不能再小的布鞋,怯怯地塌着,仿佛刚给踢下床来。床上很黑,看不见人。要不要把妈妈推翻?他叫了几次,毫无动静。他不晓得怎样推,又是哪只手推的妈妈。"妈——妈,钱,你答应过给我钱,我要买媳妇。"

晌午刚过,他们吃过饭,赤膊乘凉。"你头怎么了?"李高潮说。"撞了电线杆。"胡子的脑袋缠满绷带。"磕头磕破了吧。"李高潮哈哈大笑。胡子羞惭地说:"不是。"李高潮又讲个笑话。胡子身子猛然一抖。李高潮说:"你笑啥?"胡子说:"我没笑。"李高潮刮子上去,眼镜也打飞了。来了一团刺眼的亮色。他们好心帮他戴上眼镜,胡子看清了,她穿的黄色T恤,巨大地满足了阳光,粘着许多小黑虫。

万红怒气冲冲问谁杀的狗。王传杰说:"晓得小金花吧,你猜怎么着,竟然结了婚。"李高潮说:"哪个小金花?"王传杰说:"嗓门大的,一说话吃了炸药似的。"申志立说:"她不叫素珍吗?"张辉说:"完了完了,你喜欢她?"申志立说:"狗才喜欢。"胡子要走,给张辉拽住,张辉说:"完了完了,你喜欢万红。"胡子说:"我没有。"李高潮说:"胡子,你喜欢万红。"胡子说:"我没有。"张辉说:"是你,就你烧了她的狗,还给我吃,我没吃。"胡子说:"不是我。"胡子抄起铁锹想打张辉,又想打李高潮,呆了一呆,掉转身子,威胁万红:"你走,你走不走?"万红不走。胡子举起铁锹,照了万红要打:"我叫你走,听见没有。"万红仰视胡子,双眼噙泪,仿佛刚刚揭了盖头,十分漂亮,万分羞赧。"有种你打死我。"胡子迟迟不决,见着万红洁白的颈子,颈子环个红圈子,圈子挂个银铃子,犹似溪流叮咚,犹如他们第一回相见:

"你说五遍老鼠撒。"万红说。

"说它做甚?"胡子说。

"你就说撒。"万红说。

"老鼠老鼠老鼠老鼠老鼠。"胡子说。

"猫怕什么?"万红说。

"Muuuuu——老鼠。"胡子说。

胡子掼走银铃,掉身跑了。

范丽娜站不起来了,她的腰病万分猛烈。她疼醒过来,脸像秋叶般战栗。医生再好,不过是浪费钱财。每每灯婆或谁来看,就像抓住了救命稻草,哑了嗓子喊:"杀了我吧,叫我去死,死了多好哇。"谁也没胆子杀她,她也就死了心,绝望地说:"死一个人怎么就这么难哇。"说完她不再理会,专心数屋顶的椽子。后来,她像重新发现了死亡的乐趣。每每胡子喂她吃饭,或给她说话,她从不张嘴,脑袋一歪,死了过去。范丽娜死得多了,也就乏了,害了颈子疼,脑袋歪在一边。

她又来了。把胡子叫到跟前。胡子不信她,还是瞅了瞅角落的一把铁锹。今晚停电,烛火照到妈妈跳动的脸,铁锹也紧张到颤抖。妈妈换个姿势趴着,把耳朵张到嘴边。"儿啊,家里没钱,我的一妆嫁衣当初嫁给你爸没穿一回,你去刨来给我做寿衣,你去院场的槐树下头,你去,就槐树下头。"说罢,妈妈好像用光了力气,掉了下去。

妈妈也许忘了,家里从没有过劳什子槐树。一出门他偏偏撞见两株,他想问明哪一株,拎个铁锹便往更大一株去。院场上头,漫天星斗。很怪,挖了十米深,啥也没有。他又去挖另一株,天将晓明,屁也没有。妈妈糊涂了。日上三竿,灯婆又来看范丽娜,送来许多枣,走时问刨树做甚。胡子倚着门框吐掉枣核说:"寿材。"灯婆说:"槐树咋能做寿材。"枣核越来越多了。待到半夜,胡子冒雨回村里老家,院场溃败了,房子也倾圮了,爷爷仿佛刚刚起床。两株枣树正盛,枣一颗也无。胡子一无所获,湿淋淋回去。快到家了,他又累又乏,歇在树下。他抬头问天,泪水混着雨水流。头顶的歪脖子老树纹丝不动。他记得这棵树,他们就是被这株树拦腰截住的。恁多年过去了,这株死树发了新树又长了起来,长这么大了。胡子重新干活,挖不到五尺听到铛铛的声响,雨已停下。胡子扔了铁锹刨出来,这是很大的铁盒,泥水遍布，锈迹斑斑。捧在手里，他几乎沉到地狱里了。胡子抹掉一把积水，脑袋一疼，当机立断倒了下去。

雨早停了，树下啪嗒啪嗒滴的水，活像一匹蠢笨的鸭子过一方干涸的池塘。

胡子没找对地方，电线杆撞了他，抬头便是尖锐湿疣。谁冲电线杆撒尿，总不归是狗吧，尿湿了他的鞋。他跟过去，好家伙，屋里满是人。村长热情过了头："稀客呀稀客。"酒过三巡，灯绳吃醉了，摸索想象中的帽子，便问："你见我帽子了吗？"申志立很兴奋，拉胡子出来，"嘿，跟我进趟城"。胡子问他做甚，他只是笑。胡子掏了银铃子问他能不能帮他。

康庄旧货市场涌了许多水果摊，嗡嗡的苍蝇，腌臜的地。申志立把东西卖给一个戴头盔的马脸，他竟然裹得如此严实。交易成功，马脸兴奋地给他表演翻筋斗，腰间的钥匙扣哗哗地银光闪闪。

他们先去银座，又回康庄大道。胡子见到心仪的西服，把钱也攥湿了。他搓搓料子，害羞似的拉吊牌问价钱，卖西服的娘姨非常之耐烦。他骨头架子大，头脸从西服里笑嘻嘻出来，不像自己了。长长的穿衣镜撑得他高挑了，骨头缝咔咔地响。后头与娘姨调笑的申志立却给镜子拧坏了。换了几家店，试了好几个，胡子选了头一眼相中的西服穿走了，懊悔"不该穿这双鞋的"。胡子给西服提着走，后脊梁骨僵直，仿佛身体是钢铁，刚刚浇铸成功，每个关节都带有金属的响动。头顶的天空如一片巨大的灰色的工业废水，缓慢爬行。两个小姑娘瞧见了胡子。一个说，他刚才啊像刚从土里钻出来，逛菜市场一样，买个猪蹄就走。另一个说，西服咧咧歪歪几乎要把人刨出去了。两人笑作一团。胡子挑来拣去，相中的那个，烫手似的扔下，极热情地摸另一个。刚才那鞋子您穿上，配您这身，甭提多可了。就一百五，很便宜啦。您看这皮面、色泽。六十？他回了身，逡巡在门边。您这样我们怎么做生意，也不说别的啦，八十怎么样？胡子头也不抬，仔细瞧别个鞋子。这是今年最流行的款式，颜色也少见，真牛皮，绝对经穿，不会变形。这双白皮鞋，胡子还不习惯，走走就好了。胡子不知该去哪儿，申志立仿佛也忘了进城的事。他们走到天黑，脚也臭了，洗洗脚没什么不好。鸿宇洗脚城与别处不同，前台装修华丽，穿过回廊，申志立进了莫斯科。隔壁是北京，23号穿军装戴军帽。胡子分不清美帝或苏修，床单上军绿色豆腐块是克制的性冷淡，他同样克制自己，浑身不自在地一动不动。她麻利地脱净了。她几号来着？她竟然想脱掉他的西服和皮鞋。休想。他到车站等到天亮。第一班车人太多了，免不得谁踩了谁。雪白的皮鞋登时污了一块。你踩我脚了。你哪只眼睛看到我踩的？就你踩的。踩你怎么了？他鼻子中了一拳，脑袋发昏。下到镇上，汽车蹦跳起来。胡子整整衣裳，走出腿，伸出脚。他妈的，好端端的皮鞋见了血，一双红头皮鞋，仿佛刚由腿里蹬出来。他像是从皮鞋里长出来一样，头一回站到了定陶之上。

一下车，他听灯婆大喊："哎呀呀，胡子啊，可找到了你，你死哪儿去了。你妈死了。"

死得好。

灯婆总忙，每每归家，灯绳都在睡，院场的无头大佛也卧着。这一天，是灯婆从胡子家归来的任何一天。她把冰冷的铁盒置于灯下，嗡嗡发颤，几乎在哭。灯婆砸不烂铁锁，那也崩掉了锁鼻。惊醒了灯绳，问她做甚。灯婆手拎铁锤，头发滴水，佝偻了背，乜他一眼。灯绳一颤，彻底醒了。灯婆怎么也打不开铁盒，铁盒的力气把她绞干绞透了。盒子是灯婆松手以后崩开的，哐的一声。她一层一层剥开塑料布，剥不完似的。最后是个木盒，几乎朽烂了，打开盒盖，白炽灯也为之黯然。里面全是钱，花里胡哨，鲜艳欲滴。灯婆从来没见过这么多钱，脸咕咕地跳。她的双手低低抚过，把个指尖轻轻一拨，整齐的钞票顷刻化为灰烬。她觉着世上所有的钱都化归乌有了。

妈妈并没有死。但是妈妈坚持要给自己办一场葬礼，因为她自从摔了那一跤，她觉着她比之前更脆弱了，几乎站也站不起了。她不是还想活，她不是贪恋活着，她只是想再多活一点，活到能够让她到大同，哪怕离大同近一点也可以。她怕死亡不告诉她一声就突然死了，因此她想给自己办一场葬礼给自己垫一垫，便是骗不过阎王，诳诳小鬼也成啊。起码叫她站起来，能够走到火车站，坐上开往大同的火车。

葬礼那天下着雨，胡子担心妈妈死得不够，人也不多。他多虑了，掏了份子钱，谁不想多吃几顿？胡子像个局外人，没有哭，也没穿孝服，把个皮鞋蒙了白布。一身黑色的西服，买得正是时候，庄重肃穆，也算相貌堂堂。院场起宴，大伙吃酒啃盘，势不安分，大笑、撒野，妇人斥骂，孩子也哭闹。一切都靠长辈照料，胡子呆呆怯怯，没个用处，像偷偷进了别家院场，独自进了屋子，见板凳腿给谁卸掉一只，遂剪了一块布包住榫头，实实敲进卯口，搁地上扎一扎试验结实不结实。灯绳冷冷地坐在凳子上，灯婆不让他吃酒。白寡妇带着万红吊唁，劝他节哀顺变。胡子一声不响走进厨房，又担了两担水填平水缸。倒进麦秸垛里。李高潮错进厨房，差点吐胡子一身，拽了胡子出来。胡子挨个散烟，却记不得给火。散过两回的人，把多出的一支别在耳后。

当晚，夜空给两株耸高的槐树拔高了。棺材停在中堂，范丽娜躺在棺材里。妈妈还没醒，他坐在正中，不确定怎样把妈妈从棺材里取出来。一大早他就发愁，寿衣是他新买的，妈妈还是生气。她的凤冠霞帔哪去了？哄她半晌，把她压箱底的碎花裙子翻出来。妈妈一点一点漏干了。好在大雨也没耽搁妈妈下葬。胡子当头，抛撒妈妈昨晚剪的纸钱和叠的金元宝。主宾呐喊，笙箫唢呐，花圈幕帐。挖好的坑穴存了水，摔了盆子，妈妈爬出棺材，伏在棺板上哼个小调，才爬进坟穴，满身泥浆，培土两铲，妈妈又重新钻出坟茔，还是站不起来。范丽娜只好满身泥浆，再躺回棺材，两手交叠，双腿并拢。漫天星子若雪子簌簌掉落。白炽灯咣咣闪烁，胡子心子不定，他怕妈妈醒不转，真就死了。他不晓得一场葬礼是否真就把妈妈拉下地底。"死一个人怎就这么难哇。"

范丽娜十分沮丧，翻个身继续睡，假装自己真是一个死人了。她不想醒，仿佛活着是她的一切罪孽，全部梦魇。

三　V

一定是搞错了，V还没从睡梦中醒来，便遭了逮捕。

妈妈老咳不停，我把药大火烧开小火煎熬。我打开窗户，浓烈的冷清大块大块进来，意外一顶大盖帽。这么大的帽子，突然跳进来，把我摁住。窗台的蜡烛，好像刚刚扑灭，天也就此亮了上来。

我懊悔自己起码穿件干净衣裳，光的膀子令我羞耻。这条路可破，肠子也颠出来了，哦，我还没吃饭呢，竟然不饿。对了，还有妈妈的药，该熬干了，房子不能着火了吧。他以为车坏了,警察把他拽下来。

　　这是所长办公室。皮质座椅塌陷了,好像所长肥大的屁股刚刚离开,来不及弹上来。电脑敦实地冒出头来,空调嗡嗡响动,好似待了五百年。带他来的警察把他放下就走了。他有心看他,警察的制服,很不称身,大得不成体统。帽子太大了,衬得他还是个稚气未脱的孩子,唬我:"喂,老实待着,站好喽,听见没有。"

　　房间好黑,你被放进来,饿了给你吃,困了给你睡。许是夜半,许是正午,砰的一声把你惊醒。坐在椅子里,铁链哐哐地响。你睡了,又醒了,谁又在后头不停地走。你睁不开眼,张不开嘴,坐也坐不下。谁在审问你?你听到了,晓不得说过什么。你的脑袋给摁进水里,不能呼吸了,你奋力挣扎。你不断醒来,睡了足有五百回。你喝了一口水,水可真凉啊。哪儿哪儿都是光,灯罩压得老低。问了你什么?你哭了,眼泪直流。你彻底醒了,李高潮、申志立、板凳、张辉和王传杰,突然站了起来,仿佛你刚刚认得他们。他们平平无奇,不知犯了什么罪,高呼冤枉。过了一个月,也许两个月。妈妈早饿死了吧,你突然大喊:"我坦白,我认罪,都是我干的。"

　　你不知道自己犯了什么罪。警察好像也不知道:

　　"你知道犯了啥事吗?好好想想清楚。"

　　"你们抓错人了,我要回家。"

"证据我们都掌握了,老实交代。"

"我想回家,炉子上熬着药咧。"

"我们不冤枉一个好人,也不放过一个坏人。"

"政府,我冤枉啊我。政府,我坦白,我认罪,是我干的,都是我干的。"

你坦白什么?你认罪什么?你干了什么?

我犯了与爸爸同样的罪——强奸罪。而且还是同一个人,便是万红。好像这次不是莫须有的罪名。有人半夜摸进万红的房间强行与万红发生了关系。万红天不怕地不怕,告到派出所,问她是谁。因为天昏地暗,她也说不上来,看谁都像强奸犯。可她冤枉了我,我没料到事情会到这种地步,我从没想过要强奸她,我与她从来就是情投意合。

我跟在万红后头,攀上滚烫的屋顶。太阳下山了,星星唾手而得。空气犹如炭火,静静燃烧。瓦片烫着屁股,V学起狗叫。万红很快上到屋顶,夜晚挂在屋檐下,滴答滴答往下掉。万红的笑,也慢慢红了。有时候,他们刚刚爬上屋顶,半个月亮也趴上肩头,白寡妇就在下头咣咣地走,她一遍一遍万红万红地喊。万红捂嘴就笑,我也笑得忘形,踩落的瓦片,吓得我们噤声。白寡妇劈了柴,头也不抬。宁静过后,我们紧张地发现抱了对方,怎么也分不开。不知哪一天,她感冒了。我像往常一样躺在滚烫的屋脊上,天已暮了,绛紫色的天空渐渐消退，她伸手拨动星星。白寡妇又唤万红。万红也小声地唤我。感冒令她容光焕发，美丽的脸烧着了晚霞。我听不清她唤什么。她倾在我耳边，呼吸吹得我耳痒，我发现她身上比屋脊还要滚烫。她发白的脖颈渗出细细的汗珠。她竟然咬我耳朵，动情地说："喂，操我。"我来不及看她，仓促与她在屋顶交了媾。那是傍晚，白寡妇唤声入耳，太阳仿佛下山，也仿佛永不下山。她的身体像一团火焰，我粗重地呼气。她憋着气，身下淌的不止汗水，还有殷红的血。我越来越快，她也越来越高，身下的血流淌不止，绕过趴伏不动的壁虎，落至檐下。她比我使劲要大，她头上长出很短的头发，仿佛发根的蚂蚁也帮她使劲。我使劲掐她脖颈，她几乎不能呼吸了，腰肢却不停。我浑身软了，想要抽走。她铆足劲揪它拽它，几乎把我也吞了。我逃不脱，抱住她的腰，眼见伏她肩头的壁虎嘶嘶惊动。我以为下雨了，她的眼泪啪嗒啪嗒敲打我肩。她边做边哭，她要流血而死了。她的脖颈上空空荡荡，再没有笑了。当晚我踩了棉花归家，我做了梦。翌日记不得啥子梦。只有夜半惊醒，开灯到天亮。

一连三天，我没有出门，妈妈始终咳嗽，妈妈下不了床，但妈妈也始终不死，把我熬死了。妈妈好像得了一种慢性病，一种不死的病，真是煎熬啊。

天热得不像话，我躺床上看电视。电视上搁个电话机，话机旁端的一只碗。我渴死了，想舀碗水喝，想着想着万红竟然赤身来了，皮肤刷白，胸脯像两个攥紧的拳头。我把妈妈的碎花裙子，要给她穿上。她反把裙子穿我身上。月亮发绿，裙摆完美地盖住了我们的交媾，都给她扯烂了。妈妈从里屋叫来一阵呻唤。万红骑我身上，十指不同程度地嵌进我的后背："仰视我。"天已将明，我背过身，一股强烈的、无法抑制的羞耻使我更渴了。

我把苹果从碗里掏出来，搁到话机上。水龙头簌簌抽了好一会才出水。我喝了两碗，盛了半碗给万红。万红问："你家电话号码是多少？""3781803。""咋个不通呀？""把个我家电话拨我家号码当然不通。""803啊扒零散，不吉利。""嘘！"万红咕咚咕咚喝水，滴到褥子上。她愣愣地叉开腿，直缝大开，咕咚咕咚一张一缩。毫无廉耻，像一条饿狗。汪汪，我学着狗叫，拨弄话机，谁个号码也拨不出。我拨出119撒："喂，小莉呀。"她咯咯笑起来。汪汪，我学着狗叫，又拨110撒："嗳，我苹果哪儿去了？"万红喝罢水，抹一抹嘴说："我吃了的，饿了嘛。"

话机响了，我说："喂？"只有嘶嘶的电流，我说："你找谁？说话呀。"

妈妈托灯婆到观音庙说亲，V因此与妈妈置气，赌咒"做和尚"。V饿了一天，既不回家，也不知去哪儿。脑袋给人砸了，找不出谁，便拾了只苹果。脑袋又给人砸中了，拾到第二只苹果他疼起来。似乎早有准备,第三只苹果给 V 一把捉住。他们都来了。张辉异常热情:"喂,吃了吗?"申志立说:"到观音庙拜一拜。"李高潮勾了 V 的肩:"V,同去同去。"反正肚里空空。V 听到犬吠,戒备地揣着苹果。他们埋伏墙角,不再走了。阳光又直又硬,嗤嗤的,给墙挤弯了。他们一个一个都很坚决,V 突然难过,想转身逃掉。听到狗叫,V 更饿了。他们激动起来。她出来了,V 浑身哆嗦,那匹狗亲切得要他哭泣。万红穿着黄 T 恤,嘴里哼着迈开大步走了,把狗留在那儿。他们打个呼哨,狗子不理。观音庙的土墙又矮又破,他们纵身跳去。空荡荡的院场,狗子伏在树下。张辉打个呼哨,推了 V 一把。V 仿佛迫不及待丢了苹果过去。狗子不理。V 走了近,又丢一只苹果滚了去。汪汪,狗鼻子一抽一抽,V 双腿打颤。汪汪,狗子一口衔了苹果,咔嚓咔嚓吞了去,狗头摇摇,又咔嚓咔嚓吃了头一个苹果。等上半个时辰,张辉他们一拥而上,缚了狗便逃。狗子嗷呜嗷呜,一口也叫不出。留个 V 迟疑了,神仙阁老要不要拜拜,手里端个又大又红苹果要不要上供。

就像逮捕,V 无端释放了,仿佛他从未入监。临走警察交代:"喂,回家老实待着,没事甭瞎跑。我们还会找你的。"似乎把他昭雪平反了。半夜醒来,他以为没睡着,舌头顶到牙齿,"回家老实待着,甭瞎跑。我们还会找你的"。似乎从这句开始,他是个逃犯了。V彻底发烧了,疼得在床上打滚:"我要死了,我要死了。"抱着死的想法他又睡了过去。很少停电了,壁虎静默,蜡烛将要燃尽。小路裹在被子里,浑身发抖。妈妈拍着小路说:"天皇皇,地皇皇,我家有个夜哭郎,过往君子读三遍,一觉困到大天光。"小路说:"我头痛。"妈妈说:"睡着就不痛了。"小路说:"我好烫。"妈妈说:"乖,喝点热水就不烫了。"小路说:"妈妈,我头晕,头会把我烧傻吗?"妈妈说:"不会。"小路说:"妈妈救命,我要变傻了。"妈妈说:"做个傻子多好啊,只会老,不会死。"妈妈说:"妈妈给你讲个故事吧,爷爷讲给爸爸的。以前,有个老头知不道犯了啥事,给政府逮了去。坦白从宽,抗拒从严,就招了吧。无论什么罪,认罪便把老头放了。政府吓唬他,回家老实待着,没事甭瞎跑,我们还会找你的。老头回了家,再没出过门。那个穿着一丝不苟,高高的鼻梁,皮鞋锃亮的人,也从没来过了。"小路好似活过来:"我天天见着爷爷蹲椅子里,爷爷的鞋子好大,像一幢房子。我说爷爷你怎么不走哇。爷爷说毛主席说了坐地日行八万里。爷爷真厉害,不走也走了,何况八万里,就问八万里有多远。爷爷说地球那么远。我说地球有多远。爷爷望望天,好像地球登时从天上掉下来了。一天又一天,头上虱子一茬又一茬,椅子摇摇晃晃。爷爷说他发现一个秘密。什么秘密?地球为什么是圆的。爷爷赤了脚,再不穿鞋了。那双鞋就在脚边,破破烂烂。"妈妈说:"是啊,一天又一天，头上虱子一茬又一茬，这个老头年轻力壮，终于熬成了老头，一步没走，高大的身体弯下来，脑袋也埋土里了。他将近死了，他听不见了，他总也不死。我就说，你死不死呀，你不死我就走了啊。我掉头就走了。外面的风好大，雪正下得紧，我的一串脚印正从外面走来，我把门关上，把它们挡在外头。门还乱响，像是把风关在了屋里，呜呜低吼，怎么也出不来了。"

小路说："外头风好大。"

妈妈说："我去把门关上，这样风就再也进不来了。"

V把门关好，说："天皇皇，地皇皇，我家有个夜哭郎，过往君子读三遍，一觉困到大天光。"

V告诫我万万不能退缩。我身着西装，皮鞋橐橐，短短的土路从脚底冒出来。汽车轻快地过，蚂蚱也跳上来。灯绳驾着驴车，问他去哪儿。出于慎重，V没坐他的车。灯绳说老鸹窝在那边，你走反了。一边是玉米田，另一边也是玉米田，这个晌午，枯河静静流淌。前面的路高高地断了，爬上缓坡，巨大沉重的货车突然出现坡顶，脚底嗡嗡颤动，到了坡顶土路可笑地掉了下去，下面是简陋的街区了，红墙举过蓝瓦。

耸立的几幢楼房，彤亮起来，只有开化不明的村舍突兀地萎顿下去。几处门帘腻黑，欢快地售卖烧饼、油条和胡辣汤。犬吠在哪儿，院场大大地在呢，滑轮驱动的铁门意外敞开。偌大的政府竟然没有门卫,皮鞋意外响亮,红砖铺就的小径四处分叉,砖缝间杂草丛生。一个妇女泼水出门,门前晾满内裤、尿布和乳罩。狗拴在这里。孩子不玩弹珠了,逐他,绊他,丢他。就是这幢了,好气派啊。他不知道该找谁,虚构了一个名叫东阳的地方问。朱红色的门,有的紧闭,有的大敞,没人知道东阳在哪里。奶孩子的妇女,洗过头的少女,把东阳当做一个人。孩子哭个不休,她说她从没听过这个叫东阳的会计。他不是会计。这不是庄严的政府部门吗?咋没肃穆的国徽?咋有恁多家眷?她的头发滴着水,问他是不是搞错了。也许真错了,下一个晓得东阳的老头说那个剃头匠?叫南阳吧。划烂我的脸,做鬼也不饶他。

顶楼的门一推就开,庞大的厅堂一个人也没有。阳光透窗下来,几缕灰尘坐地飞升,八百个空座虚位以待。另一扇门边,两个人专心抽烟。他们犹如门神,也没拦他。与前一个厅堂同样大小,黑压压都是人,后面和过道也站满了人,足够一千零一个。"对不起,让一让。"我没头没脑地向前。因为大,也因为人多,没人看见我。如此稠密的人群,V艰难穿越。该歇歇了,我身边是派出所所长,居然精瘦短俏。后面有人偷偷讲电话,每次两分钟。这个胖子,很多部分溢出椅子外头了。他终于不讲电话了,好久没得声音,好像死了。突然的呼噜提醒我胖子睡着了,像是他突然活转来。V挤到前排,满头大汗。台上谁在讲话?中气十足,慢慢吞吞,挑挑拣拣。一杯热茶，掀了盖，冒气哈到脸上。他终于再次见到镇长，好像镇长等他等了一百年。这时候我才想到，我来找镇长，是想与他说说修路的事情。我们这条与市里相连的柏油路十多年了，破破烂烂，早该修了。村子都不好使，镇长凭什么要听我的呢。镇长陈大年敲动桌子，打断了我的思绪。镇长面对全体党员召开大会，正贯彻落实党的十九大精神和十三五规划。陈大年每个句子都讲得慢，字也追不上字。他总把气停在如"嗯，啊，那，这个"这些字上。V不晓得等好久，双腿轮流换过几次重心，脑壳子晃啊晃。陈大年正一正衣装，他身着笔挺的中山服（尽管西装革履，V感觉自己就像个多毛的怪物，那也要坚持，想到西装笔挺和皮鞋橐橐，我想起村长的话，"美国总统都他妈西服革履撒"。镇长总不能不听总统话吧），解开最上面一粒扣子，喝一口水，掉转枪头，厉声斥骂。那个、那个你怎么回事？动来动去，屁股长疮了？就你，来得晚还不老实，看看表都几点了，迟到一小时知不知道，不知廉耻。我们有些党员（还有干部）就是这样无组织无纪律,看什么看,扭的什么头,说的就是你，你是市长还是省长，穿西装打领带蹬个皮鞋，拽得二五八万似的，我看你就是流氓瘪三，卑鄙下流无耻龌龊肮脏恶心放荡神经智障白痴，妈的，拉链开了你晓不晓得，真是丢人啊。陈大年怒气冲冲,头顶光环。洪亮的嗓音劈开空气,响彻厅堂。V像个杀人犯，低下头颅，他晓不得镇长这么大的官竟然上纲上线，在全体动员大会上，与我一个平头百姓计较什么。

我早该睡了，妈妈整夜整夜咳嗽，压得我喘气不过。电话铃救了我，可是混蛋，他（她）从不说话，不会是个哑巴吧。我说："喂，你谁啊。"怪哉，那边竟然说话了，她说："猜猜我是谁。"我说："哑巴开了口。"万红说："哑巴也是你害的。"我说："你个骗子。"万红说："我不能见你了，我妈说再见你就打折你的腿。"我说："打折我干嘛？"万红笑了："因为是你勾引我啊。"我说："你搁哪儿呢，好吵。"万红说："电话亭啊，中国联通，破破烂烂，以为报废了呢。不知道打给谁，没想到就通了。"我说："你那里下雨了吗？"万红说："你说什么我没听见。你说我们说话是什么传播？"我说："笨蛋，当然空气传播。"万红说："现在是电流传播呢，你听，嘶嘶漏电呢。"我说："你说什么？"万红说："我们做爱吧。"我说："做什么？什么爱？"万红说："做爱。我们电话做爱吧，这样我们说话就通过性传播了。"我太紧张了，嘴巴哆嗦："这个爱怎么做？"万红说："等等，我把话筒擦干净。"我说："你的颈子好白，细细的水珠。"万红的手伸进我裤裆："你怎么还是软的，你不爱我。"我突然害羞地涨了起来："好怪啊。"万红说："也没有很硬。"我说："等我努努力。"万红突然生气了，说："你放开，让我来。它涨了吗？涨得可真小，像朵小蘑菇，一定要珍贵这朵蘑菇啊。"我说："你笑床了。"

她说："对不起，我克制。"我说："我要打嗝了。"万红说："忍住。"万红把话筒换到另一只耳朵，说："我今天漂亮吗？"我说："很好。"万红说："不好，可着可着你就可上别人了。"我说："没有。"万红说："才怪。"万红越说越激动，越说越快，没有平均。我们就正着交，反着交。我们背着交，抱着交。还试验墙上交，万红说："我要散架了……骨头也要拆碎了……啊哈，我是一堆碎渣渣……啊哈，也把你喷得到处都是……一堆碎沫了……我俩都给细细地拆成好多电子……不，把我们都解码，到时候我们就是一串一串代码了。你是1，我是0。我们这样交来交去，徜徉在没有尽头的电流里，再也不出去。除非大风刮折电线杆，扯断的电线，掉进水里，我们再嘶嘶冒泡……"我的身体好像突然断成两截。万红突然说："你射了？"我举棋不定。万红说："我敬你是条汉子，你居然早泄。"

范丽娜要死了，小路当先进了庙。要不是万红，小路一次也不来。白寡妇从来不笑，她认真看病，晾晒衣裳。我说不来偏要我来，弄脏了衣裳，你又要骂我。说多少遍了不准去，你怎就不听孽障啊。我把白寡妇请了来。灯婆要走了，却停在门槛上。一只手撑门框，一只手叉了腰，两只伶仃细脚，干干净净站了住。她眼睛躲不及似的："哎呀呀，你可来了。"灯婆又回了来，小路跟灯婆后面紧张起来。范丽娜的房间打开一扇小小红漆剥落的木门,仿佛给床抵住了。白寡妇好慢,慢到范丽娜死了透了,不再需要她这个医生了。灯婆说:"呀,你的衣裳料子好,颜色也好,穿你身上多衬。"白寡妇说:"恁些年了我这衣裳,就没换过。"灯婆说:"阿弥陀佛,瞅我这记性。没什么事我就先走了。"灯婆急着要走,把小路囫囵摁进椅子里。椅子又高又深,小路不舒服地往下出溜。白寡妇毫不费力进了门去,范丽娜发病,她要死了。白寡妇不是神仙,不能起死回生。她拖一把椅子,弄出很大响动,坐到床边。墙上的挂钟停摆了,范丽娜竟然打起了鼾,好像她的病体严重失灵了,并且因为失灵毫无节制地健康起来。范丽娜死死捉住白寡妇,完全没有该死的样子:"多坐一会。"白寡妇决定开口说话:"不知道吃了啥东西,说不出话来。竟然把万红这妮子,哑巴了。"范丽娜说:"可能喉咙发炎吧,说不定扁桃体炎呢。"白寡妇说:"西关医院去看了,可怜的红哇,吃了不该吃的东西。"范丽娜说:"这可怎么办好。"白寡妇说:"话也说到这儿,我就再多一句。V是好孩子,不能让万红把V拖累了。都是孩子们的事,他们不乐意,谁也没法,你说是吧。"范丽娜裹在被子里,再三恳求,紧张到只管看墙,墙沿着墙向上升,被低矮的屋顶的巨大的力气压弯、压折的墙壁居然没掉下来,天花板像烟雾一样弥漫开去。她再也坐不起来了。白寡妇说:"出门时候还好好的。"

　　白寡妇开了门,惊讶地发现,灯婆居然没走。她坐在凳子上，一粒一粒剥花生。灯婆说："你也帮我看看我这脚肿得呀，走不动道。"白寡妇说："脚肿也可能是心脏的问题。"V坐在灯婆对面，一声不吭。V坐的椅子，变矮变浅了，也可能是V一下长高长大了。V三十多岁了，还像个孩子，坐在椅子里，踢着脚跟。偏偏他高大又雄伟，壮得出奇，想把椅子从屁股上挤走。

今天，我把V的西服穿了出来，去找万红。

的确，我们从没分手，也谈不上交往。万红老说不停，她说她不想去罐头厂上班了，她讨厌罐头厂发腻的甜味。我们赤身抱在屋顶，她的脸微微发烫像一群蝴蝶悄然飘落我的肩头。她抱我，吻我的耳朵，说不完的话。她问我爱不爱她。我将脑袋陷进臂弯，睡着了。"我从没爱你，喜欢也没有。我喜欢冷漠。我没有爸爸，妈妈也不是我妈妈。我一个亲人没有，一个朋友没有。我从小长在庙里，与神为伍。你看那释迦牟尼佛、阿弥陀佛、药师佛、燃灯佛、弥勒佛、毗卢遮那佛、卢舍那佛、文殊菩萨、普贤菩萨、地藏菩萨、观音菩萨、持国天王、增长天王、广目天王、多闻天王，还有五百罗汉都是我的同伙，时刻把他们背叛。我从不喜欢你，更没爱别人。我不怪你，也不把你背叛。我早把工作丢了，我不后悔。我表姐就惨了，这个荡妇啊，离不开男人，也离不开罐头厂。她被罐头厂开除那天，我们吃了许多罐头，这个贱人啊，吃罐头也能吃醉了。她抱着我哭，就像现在这样。我们也光着身子,抱在屋顶。她狠命咬我，她说她恨我，她说我是她男人，她说：'我们结婚好不好？我肯定不烦你。你不要出门打工了。我们攒钱盖房子。我们努力生孩子。好不好？我照顾你和孩子。你是个孩子，我认识你的时候你就是个孩子，你现在还是个孩子。让我照顾你。我不使性子，也不娇气了。你喜欢我吗？你不喜欢我你干嘛勾引我。你不喜欢我你干嘛费劲巴拉求我。求求你再求我一次吧。这样我们就能结婚了。'表姐说到这里停了一下，她说床上有蚂蚁。求求你再喜欢我一下，就一下，好吗？你不喜欢我干嘛勾引我。你不喜欢我干嘛操我。你操我时多么快活。你知道吗，我比你还快活。你老是早泄，这不怪你。想想我们老了，还能抱一块操我，多好。那时候你该不会早泄了吧。你肯定阳痿多年了，再也硬不起来了,你就能专心爱我了。想一想真个好笑。你咋不笑。"这时黄昏已尽，薄暮轻垂。晚风拂来，星斗乱颤。竹林一阵萧瑟，我的耳朵嗡嗡响动，我晓得我们的情分到了头。镇上怨声载道。灯婆出了庙，滑稽的小脚一颠一颠。我疑心她早知晓了我们的苟且。

葬礼办也办了，妈妈又卧病好一段时日。

金正日死了，卡扎菲也死了，妈妈毫无要死的觉悟。她又安排了一次相亲。那是个爱笑的女孩，也很会游泳。V和她一道去菏泽幽会。头回相见他居然说："嗨，好久不见。"他们默契地坐进德克士的简桌旁。她点了鸡排，又与了他鲱鱼汉堡。她狡诈地掏钱，毫无性欲的钱包。他大方得体地付了账。她的鼻子太小，脸盘庞大，好在五官清明，细皮嫩肉。很明显，她感到十分糟糕，我则像个跑龙套的。我们竟然约了第二次，这次是肯德基。她比她的年龄要大上许多，安静地坐着，似乎在等我长大。我也完全像个孩子，动来动去，几乎不说话，这惹恼了她。好在定了亲，毕竟，时间不等人。谈崩的那天,他俩都不在。太阳扒在窗台,几只蝙蝠俯冲下来,夜就下来了。范丽娜因为拿不上十万元彩礼暗自深悔，我反而松了一口气。

我把范丽娜拉到院场，推在门口。隔上一会，就给她挪一挪，以便太阳能够晒到她。她耷眉拉眼，没有兴致，脑袋陷落肩窝。她的脑袋始终偏向一边，看着门外那条坑坑洼洼的道路。我知道她在看什么。只是这条路比以往任何时候都更破烂了。爸爸就算回来了，还能走得动吗？

V走了几遭，没个用处。灯婆不在家，灯绳蹲到石磨上抽烟，脑后的辫子沿打结的弯翘了起来。从灯婆家出来，远远望见家里那株老槐,他脚步沉重,两手空空。雾气愈来愈浓，他顺着弯道走了。我早过了观音庙，好歹磕个头，说不定天上掉个林妹妹。人没掉下来，落了好大雨。这座小庙，年代久远，藏着许多秘密。佛祖菩萨，罗汉金刚，漆皮剥落，花里胡哨。记忆里就没修缮过，大雨如注，哗哗漏了进来。

雨帘里拨出一张脸，慈悲为怀地望Ｖ一眼。我站在最暗的角落，怕是万红。她踩着庙里石板砖的这一头，掀了另一头来，噗叽一声溅起水花。我觉着我才刚从天上掉下来，嘴巴一瘪，哭了出来。白寡妇说："你来借钱的吧？"我说："我找万红。"白寡妇说："万红死了。"我说："我要娶她，死也要娶。"白寡妇说："那你可以死了。"

雨水哗哗地抖，我突然想起范丽娜正晾在院场里。我双腿打颤，各路神仙佛祖，发发慈悲吧。白寡妇盘腿坐下，我几乎要逼她喊一声："阿弥陀佛。"

白寡妇说："你在祈祷吗，还是忏悔？跪下！你该跪下！叫一声阿门。削发为僧，磕个头也罢。我不是不信你，你该信佛。佛说，宁拆十座庙，不毁一桩婚。可他们要拆庙。你晓得吗？你晓不得。都怪清廷颁令：留头不留发，留发不留头。那时候定陶是郡，就地起义。曹州府尹没卵用，清兵千里镇压，于秃头林打了三天三夜，那个惨啊。战后凡与事者，砍头示众。林子没了，尸堆成山，翻做屠头岭。不日，魂魄四起，阴风阵阵。封庙立寺。再挑俩人，一个沙弥头，一个沙弥尾，终日超度。现在又要拆庙了，庙不成庙，用不着拆了吧。你晓不得，要修路了，沥青路，一条道走到黑。拆了庙，叫以后我们去哪里忏悔。"我说："是保佑。"白寡妇说：

"不是头一回了,这才多少年。他们戴个红袖章,捣像毁庙。捣了庙不够,还要捉和尚。捉不着和尚捉姑子,是个洋姑子。头一个揭发她的是哪个?是灯绳。没错,他叫灯绳,她便叫灯婆。他们是恋人。灯婆说,你喜欢我什么?灯绳说,头发。灯绳说,你的头发又粗又黑又密,喜欢死了。他因为喜欢揭发了她。他们给灯婆戴一尺高帽,挂牌游街,一天一斗。洋姑子是个啥姑子,头发好端端,又粗又密又美丽,谁个不欢喜。小将们要剃她头发。女将们说,剃不如烧。灯绳说,烧不如拔。灯绳亲手把她的头发一根一根拔净了。薅了帝国主义羊毛,挫骨扬灰。如今灯绳的头发也快掉光了,脑后攒了几根毛,扎个小辫,叫个灯绳了。"V说:"你个骗子。灯婆的头发,白是白了,一根一根纹丝不乱。"白寡妇没说话,白帽摘下来。V头一回见着她光光的脑壳,一根头发也无,坑坑洼洼,像烫了满头的戒疤。

白寡妇说:"我不是不信你,我只是不信爱。"

丢了铁锹的下午,电视机停电了。墙上的挂钟,很是不准,范丽娜盯着停在二十年前的指针。空气沉沉,好像二十年前的下午三点她就病倒了。菩萨啊,保佑保佑我们这些稻草秧子吧。灯婆到家里引煤球。灯婆没马上回去,她坐到我对面帮我洗红薯。煤球引红了。灯婆说,多穿件衣裳吧,仔细着了凉。V突然发现灯婆的嘴巴竟然很大,好像无辜飞来的一群蝗虫那样大。电话响起来。我接了电话:"喂,说话,你倒是说话呀。"V坐回来。铁锨铲的煤球要烧透了,灯婆毫无走的意思,她说:"你怎么这么拧啊。再给你找一个,好看又漂亮。何苦一棵树上吊死。你放心,包我身上。你跟万红不合适,强拧的瓜不甜。你跟万红真不合适,相信我。范丽娜也是,别个不晓得,她也糊涂吗?我跟你说你可别说我说的,这种事啊谁知道。这都是命。你爸当初为啥跑了?还不是万红。当初要没强奸了万红,何至于跑。跑得了和尚跑不了庙撒。这些年,苦了你们娘俩。真是作孽啊。哎呀呀,你瞧我这张嘴呀,就是个棉裤腰,说了什么呀。你就当个屁,听个响就罢了。"煤球呼呼烧红了眼。

灯婆走了。白寡妇走了。范丽娜通没响动。当晚,我翻出打煤机,和好煤泥,打一夜煤球。第二天,V又拉来一车煤,开始打煤球。每每夜深人静,月色泛滥,打煤机一咬一磕,煤球软软地应声落地。我的脸像火一样烧。在下雨之前,在所有煤球晾硬之前,我决定:这辈子非万红不娶。

万红婚礼当天,也是观音庙新佛落成的日子,佛像高居庙堂,硕大的佛头轻轻歪在肩头。秋高气爽,蓝天挂在晾衣绳上,白云飘荡。布谷远远叫唤,青蛙呱呱乱鸣。点雷子,放炮仗。人们无不喜气洋洋。

新娘子头顶凤冠,鼻梁纤细,朱唇半点。灯婆忍不住赞叹，不枉她天不亮就起床，贪黑赶来。新郎怎么还不到？新郎是邻村的王有福，听名字便是有福气的人。灯婆去叫新郎，莫叫耽误了良辰吉日。她一路小跑，小心爬过树干。天将晓明，星辉熠熠。昨夜大风，远近闻名的大树，因为巨大，都刮折了。灯婆放缓步子，鸟巢覆卵，避之不及。几个孩子在打架，夺个东西。灯婆呵斥他们。他们朝灯婆做鬼脸。大个孩子把其他几个打哭了，夺魁了一双皮鞋，穿进去他就小了下去。这皮鞋是一双庞然大物。灯婆问："哪来的皮鞋？"孩子不理她，啪嗒啪嗒走，像不小心掉进皮鞋里，再也爬不出来。那老天爷下鸟鸣喳喳，枝杈擎天。只有死槐里新发的一株，因为半路发岔歪了脖子，因为不够巨大，屹立不倒。灯婆给绊倒了，坑里尽是泥水。她双膝跪地：我的老天爷呀，我该死，我有罪。

不知过了许多年，定陶早砍了。以沥青路为界，劈作两半，一半归山推，一半归屠头岭。定陶好像从来没有过，人们还能平平望见这株树。

这天微明，灯婆看不清，奇怪他凭空挂到空中，穿的西装平整得邪乎，布满泥浆，睡着了，竟然没冻死。冷风一吹，犹豫不决似的，晃了一晃。软和的五官，硬得有点迟钝了，咬合得不结实，要随时垮了。灯婆这才望见是V，西装笔挺，重新齐整干净一遍，双脚赤裸，尽是泥污。舌挂悠长，仿佛一条发红的领带，刚刚吊死了他，把头颅也要绞掉了。

哦，歪脖子老树上挂了一个人。

四　阴司大饭店

怕就怕，死人开口说话。我与老驼说："今个我来这里不过是说说话，没有别的意思。"我不会说的是，我来这里是避避风头。我开车撞死了人，车就在外头。我靠死人活命，挣的死人钱。我看透了法律，拉个死人到火葬场一百块，没有执照，也不上税，别说警察，鬼也不敢拦。火化车开得快个尿，都他妈散架了。赶投胎吗，死都死了，走个安稳撒。这路够呛，坑坑洼洼，真他妈坑死人了。死人躺后头，颠来蹦去，活了过来了，开口就骂："你他奶奶开的么子车，老子还死不死了。"我点头哈腰："死死死。"

老驼见我进来，一脸阴翳。这个老不死，开个尿好再来大饭店，真他娘气派。我从来没进过好再来大饭店，到了到了，我不知道我为什么会开到这里来，大雪弥漫，我竟然混进这里来了，于是我说："给老子整箱五粮液，暖暖身子。"外头鹅毛大雪簌簌不停，炉子里头也该加把火。恁个寒冷天，鬼也受不住。我说："刚一进门给老子绊了一下。得，先他妈磕一个。"老驼说："你这是福到了。"我说："拜你所赐，我这是啊——双手劈开生死路，一刀斩断是非根。"寒风把门推开了，我又扛严实，风雪狗一样呜呜叫。开始的时候，我竟然没注意，这家好再来的饭店里还有一个人，那个蜷缩在角落的桌子上，抱着三弦也不说话，我认得他，他就是那远近闻名的郭瞎子，不早死了吗。不管他。我说："我这脚呀抖得像筛糠。"老驼说："是火车来了。"反正我是饿得不轻，于是我说："地震来了？地震他爷爷来了也不好使。快把酒菜整上。"

酒过三巡，我好话说尽，老驼三棍子闷不出一个屁。不急，咱慢慢聊，时间有的是。闲着也是闲着，咱就讲个故事？你不听也要听，咱话休絮繁。

哪条大河不欠下几条命债。靠岸筑一条大道，向两头无限延伸，这条河也无限往两头流去。路旁槐树下，镇日站个活人，也不动。甭说小孩子，大人都绕着走。他穿笔挺的西装，红头皮鞋，还有一条鲜艳的领带挂到颈子。样子却像乞丐，胡子拉碴的，叫他胡子也不吃亏。胡子饿了翻翻垃圾堆，吃饱了响起敦实的脚步声。他看起还挺年轻，胡子也是年轻的胡子。他累了就弯弯腰，天就黑下了。我跟你说，什么金刚怒目、菩萨低眉无不假的，只有尼姑思春才叫真。人们问："你不回家，杵这儿干啥？"他说："等我老婆。"人们说："你老婆去哪儿了？"他不吭声。过了好多年，他老婆总不来。人们说："你老婆啥前儿来？"他抬腕子看看表："嘘，没到时间哩。"人们说："等老婆做什么？"他说："结婚。"人们说："她不是你老婆吗，怎么还没结婚？"他说："结了婚就是老婆了。"又是好多年，他伸长颈子，望向大路尽头。远远的山脉，像一堆煤渣，山脚散落的村子，冒出袅袅炊烟，像一撮一撮垒的石头。今年盼了明年好，明年裤子改棉袄。还没等到他老婆，他眼睛花了，看不清世界了，他偏说起雾了。他须发皆白了，腰背弯了下来，人就变矮了。他一年一年弯下来，你听到没有。你能听见西服西裤，咔嚓咔嚓，像钢铁因弯曲开裂，发出脆响。如今日薄西山，他躬身树下。天隆隆黑了，月亮像绿蜥爬上天空。他一句话也不说，嘴巴嘶嘶漏风。后来，我居然遇着他。你猜怎么着，他还等在那里。我去问路。他要我两头跑。我想骂他。他说："人就是这样，把人逼成鬼。"我真笨，还不晓得他就是那个人人都怕的鬼。我才不怕鬼。可我还是怕了。因为我看不清他的脸，揉烂眼睛也看不清。但我认得他，他不是我从梁城拉的死人。一旦看不清他脸，我就认出他了。他就是那个鬼，就是那个给我捎信的人。夕阳西下，晚来风急。阵阵潮气由对岸扑来。我双腿打颤，仿佛有猛兽穿膛跃出。我一路猛开，顾不上大雪纷纷。我把车停到树下，一匹狗侧身走过。一大片雪整个掉下来砸我头上。我知道我始终忘不记那个老头，站在那里，佝偻了腰，仿佛已死了。知不道他从什么时候出现的，可是我是眼见他一点点变老的。真是见了鬼了。你见过人一点点变老，但是你见过鬼从年轻的时候一点点变老吗？这只死鬼应该老到快要死了吧。

前方袅袅炊烟，我把住方向盘，听到他远远地唱，我才知道我也已经死了——

少年莫道少年愁，大雪落来是白头。大鬼小鬼哭个屁，不与神仙上天了。

我要死了，我才不火化，等我死透了，找昆涛把来火化车。他喜欢拉空趟，既轻松，又挣钱。人们眼看他开着火化车把我拉出定陶。这个骗子，没去火化场，半途折进一家饭店。犒劳一桌好酒好菜，我陪他吃到天黑。我起身付了账，他把我拉回来，刨坑埋掉。我脑袋空空，躺在棺椁里，等他把我装进车里。昆涛啊，等我死了，你一定要来，定钱就在枕下。昆涛啊，来来来，我们再走一杯，你来早了，你换个时候来，我必定也死了。容我一句劝，你讲的这个鬼故事我也知道，每个来到这里的人都要讲一遍，我也听了不下百遍。我不但听过这个故事，我还听过另外的故事。也是个鬼故事，还问怕不怕。鬼是一个鬼，故事却不是这么个故事。你杀人是好手，讲故事烂透了。

我是胆小鬼，小到怕落叶掉下来砸死我。爸爸是酒坛子，每天都经我家，他又走过了。爸爸穿着硕大的皮鞋，走路铿铿，地球能自转，都因为他走的每一步。那双笨拙的鞋，沾满了泥。是爷爷传下来的，往上蹿不了几代。爸爸走路不稳当，老把树当人踢，还骂："给老子让开。"因此，他腿瘸了好一阵。我帮妈妈把爸爸抬到床上，并把皮鞋脱掉。皮鞋真大，大过了房子。擦也擦不干净，都是血。妈妈是个全身滚烫的小女人，大大的眼睛，顶一头卷发就出门，显得脑袋好大。妈妈从来不梳头，大概因为卷发难梳。妈妈不天生卷发，烫的卷发一股清臭。家里的梳子干干净净，没一根头发，一个没有头发的梳子多么乏味。妈妈做饭也乏味，爸爸老不在家吃饭。妈妈就做好饭等他。爸爸回来就吐，吐完打妈妈。碗碟碎了，饭菜流了一地。我很不为妈妈着想似的长大了，有时候，穿上爸爸的皮鞋，也跳进河里，出来时候，衣裳湿透了，皮鞋灌满了水，一步一胡噜，要把我淹死了。每次穿上这双硕大的皮鞋，整个人都在里头咣当，找不着自个，路也不会走了。这不是我的皮鞋。爸爸一喝醉，抓起妈妈的头发，把妈妈从屋里拖到屋外。妈妈的头发是卷发，很好抓。爸爸的皮鞋真好，踩进泥里，也发出咕咕的声响。爸爸累了，可皮鞋不累。爸爸到处走，翻箱倒柜，要揪我出来。爸爸说："出来，给老子爬出来。"爸爸踢不够妈妈，可能太用力了，把鞋踹飞了。爸爸摔倒了，蹬上皮鞋，重新站了起来，晃来晃去。爸爸你可以喝酒，请你不要穿皮鞋。爸爸不听。爸爸说："再哭？再哭把你踹回你妈肚里去。"我立马不哭了。妈妈把我推开。爸爸的皮鞋踹到妈妈肚子上。爸爸的皮鞋可真硬。

一脚下去，妈妈流产了，沿腿留下血水和羊水。我快落到人间了，却给爸爸一脚踹了回去。爸爸因此膝盖一软，跪了下去。妈妈的肚子饿得咕咕响。我已经死了，但我不是鬼，妈妈的肚皮才是鬼。我是我弟弟。我比弟弟大好多，在阴间游荡二十年，当我再次出生，为防意外，我翻个跟斗，把脐带打结。待听人间喊我说："床帮神，床帮神，小孩掉魂你去寻。"我便蹬腿出去，下到人间了。

昆涛你瞎吗，这老头瞎米阁僚眼也就罢了，拉个三弦唱曲子，满嘴白沫子，牙也烂全了，脸像面汤一样下流。你一来我就犯怵，我正与老头碰杯。昆涛你狗嘴吐不出象牙。你站起来了，我趴桌上醉倒了。你跑外头撒了一泡尿又兜了回来。我这才看清你，昆涛你这老不死，你也不再结实了，吃塑料了吗，气色这么差，做鬼也不至于这么差。炉火灭了，煤也没了。我们劈些树枝，另起炉灶吧。罢了罢了，我这么多年我也碰到过奇奇怪怪的人，却不知道自己是只鬼。我烂命一条，要有半句瞎话，脑袋拧下来给你当夜壶。

他就死了这一次，这条路不知道走了多少次。这条沥青路尽是窟窿，补丁打补丁。他走路到头，折回来再走。你瞧见没有，我不过是从他身旁路过。我走一个方向，一会儿从他后面走过，一会儿又向他对面走去。有一段，我们并肩而行。

是谁吐的口香糖，揭也揭不下来。我说，你走得好慢。他说，怪我走太快了。我说，太不小心了。他说，可是我太想家了啊。也怪这条路太烂了，本来我的两条腿好端端，没有什么，怪就怪我遇到了这条路我就迷路了。这条路太烂了，我的两条好腿走在这条破破烂烂的路上，也给我杵瘸了。要是修一修何至于此啊。你看看，路上的白线也都快磨没了。我说，没办法，将就着走吧，还能怎么办呢。他看我超过他了，便好心提醒我说，不要踩井盖。我说，怕掉下去吗？他说，我迷信，踩井盖不好。要再多个人，多辆车，也不会冷清。他说，一个人没有，红灯也不知道该不该等。我说，有时候运气来了挡也挡不住，一路都是绿灯。他说，你看这条白线，你再看井盖，毫无相干。白线走井盖常见吧。我不知道你注意过没有，我从没见过一个白线走对了井盖——也就是说——我见过的所有井盖上走的白线无不被井盖挪歪了。我找不见麻雀，也没有树；电话亭又破又烂，像个巨大的发霉的蘑菇；一根缠得好乱的电线接了一根又一根的水泥杆。杆顶的电表箱朽烂了，风吹开箱门，麻雀窝做在里头。一架飞机飞出来，闪着红光。飞机可小，比蜜蜂大不了多少，嗡嗡地响。两边的沥青路面弯弯翘起，天又热了。要是下雨就好了，躲到电话亭避避雨，不晓得能不能用。你有 IC 卡吗，硬币也行啊。打个电话试一试，3781803。要是通了就说：Hello，有人吗？这地方干净得连个影子也没得。被轧扁的青蛙，干枯地趴在路中央，毫无分量地平面了，真怕它干咳一声，弹了上来。我有些后怕，要是有一天我也突然给车撞死了，轧扁了，像一块黏人的口香糖，揭也揭不掉，岂不难堪。他说，那你要走斑马线，不要闯红灯啊。我说，天要下雨，娘要嫁人啊。他说，被雨冲走的斑马线还是斑马线吗？我说，爹死娘嫁人，各人顾各人吧。绿灯一亮，我便跑了。人是人，鳖是鳖，喇叭是铜锅是铁，咱有甚说甚，我可半句瞎话没有。

我是郭瞎子没错，拉三弦开腔子，可不算命。俗话说一人不进庙，二人不看井，三人不抱树，独坐莫凭栏。这屋里拢共就咱三个人，有一个算一个，来来闷一盅，你佛（说）咋着就咋着。我可以佛，我干几年佛几年。恁大娘佛你干几年佛几年啊，你这都七十多了，七十怎么了，我干一年佛一年，干二年佛二年。我日他姐，恁恁大娘她，她的思想老。她和我的思想不一样。恁知道吗。恁大娘说我瞎屌能。唉，唉，我日他奶奶。恁大娘又说你这都快八十了，向上数八十了都还往外跑啥。片能片啥能。现在时刻下午八点整。八十，八十又咋着。我可以佛我日他我干到哪哼算哪哼。我日他奶奶，人呐，还是，咱佛一句话难听哈，还是行好了好。我日他姐我日他姐，我咋着我是我不服，我不服。他对我，他孬好孬一点我也不认。哎，哎。来来闷一盅。佛过来颠过去，这人呐还要行好了好。看你们说的热闹，实话跟你们说，我也不信佛，可我见过鬼。跟你们佛的不一样，这是另外的鬼。我很小就瞎了，我很小就见了鬼。话赶话到这哼，憋了一辈子，半截身子要入土了，咱就佛一佛，佛到哪哼算哪哼。

我遇见过一个小孩，与我并肩坐在铁轨上，他把我惊着了，我以为他是鬼。一闭眼他就来了，我从兜里掏出一个发皱的苹果，说，吃吧，吃吧。他不理我，我说，没坐过火车吧，我坐过，这辈子最忘不记的就是坐火车，没有火车，我早死了。他双手捧着脸，也不搭茬，像在继续等我说话。我自顾自说，闲着也是闲着，便跟一个毫不相干的孩子讲起我这一辈子。"不晓得逃的猪找着没有。我找了大半天，猪没找着，倒给人拉了壮丁了。世界乱了套，哪儿哪儿都打仗。欧洲打欧洲，亚洲打亚洲。日本人打中国人，中国人打中国人。我不是没跑过，逃了狼窝又进虎穴，也就死了心。日本子长驱直入，我们节节败退。我们迎着落日溃逃，两名日本兵砰砰射击。子弹嗖嗖飞过，打进地里，像一窝小猪仔拱翻了土地。天黑了下来，我们在广袤的平原游荡了五年。日本子投降那年我们好容易打了一小仗，榴弹炮一个个炸开了花，杀到天昏地暗，黄瓜秧子掀翻在地。我们饿着肚子打扫战场，硝烟四冒，树木断裂，一片一片黑紫的血污爬进水塘。团长挂了彩，命人扒光俘虏，绑在树上，一排子弹打出去，树梢稍稍颤动，战俘们微微下坠。我扒了一个少佐的皮，套到身上松松垮垮,把我囫囵个儿掉了下去。我翻身上马,纵到坡顶,太阳焦黄,空气中弥漫硫磺和腐叶的苦味,打声呼哨,我朝天打光了所有子弹。我高兴太早,战争远未结束,我的老天爷,一颗子弹把我当作漏网的日军,击穿了我的一叶肺。我应声倒地,我的脸好像在烧。后来,我辗转重庆、南京,每天在医院里躺尸,一个一个的人在我身边凉了下去。大脸盘子的护士不给我上药也不给我粥吃。我每天一个太阳和一个发烂的苹果,要把我饿死了。终于老蒋用不着我了,老毛也看我不上眼,把我遣送回家。我一路北上,都是流民。村子烧成焦炭,军用马车遗弃在路边,小脚老太太扁着嘴走路,身后拖着铁锅,锅盖不停跳动。我扒上火车,火车走走停停,扒落五万多只鞋子。车厢来回晃得像一片枯叶,满载伤兵、农民、老师、妓女和骡马。紧挨车门,大着肚子的娘们,支着两条细腿,一动不动,脸色沉得像铅,好似睡着了。月亮爬上半空,无垠的平原幽幽泛蓝。远远蠕动的一小撮一小撮羊群,他们剃光羊毛,把羊刷成粉色,像一伙骨瘦如柴的猪,咩咩叫唤。每过一站,警察都突然蹿上来,检查逃兵。我的双脚疑惑地感到地板快乐地暗自颤抖,寒处呼呼漏风,瞌睡像女人的粉拳一拳一拳敲打我的后脑勺。平原在月下缓缓展开,十万黑影鬼魂似的徜徉。我的肚皮咕噜咕噜响,大了肚子的娘们,裹得严严实实。没有空地,她好容易挤上车门,不肯下去,一直站着。坐我边上的几个伤兵,有人胳膊没了,有人半拉脑袋没了，正在梦里，流着口水。有个兵勇，宽阔、四方的脸，蓄着凌乱的须，他的双手完好无损地附着车皮，来到女人边上，他说：'老子瘸也不瘸，老子瞎也不瞎，老子打日本子，打完日本子又打共产党，打完共产党再打国民党，脑袋掖在裤腰带上，打来打去，使出吃奶的力气，打掉了我的半条命，甭说肚子饱不饱，说来肋巴骨都是气。可婊子凭什么，凭什么吃饱喝足？凭什么大了肚子？都是因为吃鸡巴。不吃？蘸点盐就好了。'女人不从。他步枪一挺，刺刀一挑，把个女人的肚皮划开了。女人的肚皮一下就瘪了，好似给大炮轰平了。平原的雪化得有缓有急，千疮百孔，熠熠闪光。零星的枪声像猫头鹰的叫声，咕咕起伏。我看到许多苹果从剖开的肚皮骨碌碌跳脱出来。它们调皮捣蛋，有青有红，一个一个蹦蹦跳跳，滚落火车，滚进烧尽的茫茫麦田里去了。那娘们哇哇乱叫，又哭又喊：'我的孩子，我的孩子啊。'她飞身扑落，跳下火车，不安分的双乳都甩到屁股后头了。你不知道，我老是忘不掉这一幕；星星好乱，月亮好圆。我回到家里，已经解放了，一条猪也无了，爹娘都不在了。屠头岭铲掉了，祠堂掘掉了，祖先牌位无处搁放。脚下惶惶大地，也没一寸一厘是我的了，我再也不是地主了。我越来越老，身上到处都在沦陷。现在地也没人种了，也不卖，就荒着。都说农民对土地有感情，狗屁，那是没法。一辈子面朝黄土背朝天，挣不到别人一根手指头，熬的都是命。大伙都出去打工了，很少有人种地了,村里就剩小孩和老头。老头奄奄一息,熊孩子分作两派,我作共产党来你是小日本,杀伐决断,硝烟四起,散发洋葱和腌黄瓜的臭味。杂草蔓生的小道,钻进地里,好多地啊,华北平原蹚不出铁屑,闲着也是闲着,我就租一点,也不种麦子,都兴果园了,还有补助。就栽苹果,能栽一株是一株,到了秋天,霜打枝头,苹果累累。这土壤可肥,苹果种了结满头,人能种吗?种下一条裤腿,来年长出一个人来?我不晓得。你说的没错,我骗了你。我没法,我撒了谎。根本没苹果,哪儿有我的土地。哪哪儿都没有。你看铁道两边的麦苗,黝黑苗壮,根根倒竖,都是刀尖。那根刺刀一挑,把个女人的肚皮划开。她的肚子一下就瘪了,一条腿从她肚里头踢了出来。那是一条男人的腿,断腿处渗着血,可真长,膝盖有力地弯着。小腿肚紧紧缠着的绷带,挂着带子。脚上套的胶鞋沾的血,早已干结。这条腿掉下火车时,我看到鞋带松了开。这条腿一蹦一蹦,弹簧似的没进过膝的荒草,不见了。女人登时就哭了,叫嚷着坠下火车去了。那是她男人。她男人给炮弹轰烂了,就剩这条腿了。树上一片叶也无了,她好不容易才从树上摘下来。"我还没讲完,便讲不动了。我怕是没有站起来的力气了,知不道该把手臂搁在那里,徒劳地掸掸灰尘。我再次回头看了看身边的小孩,我还是看不太清他的脸。但是他一开口我就知道他不是小孩了,虽然他还是小孩的模样。他说确实从小就想坐火车,也偷偷跑到火车道看火车。没想到他第一次坐火车就是逃命。他说他是冤枉的。他从来没有做过的事，他们却把罪名都安到他身上。可能是因为严打，这样强奸女人的罪名，凡是有人举报，天王老子你也遭殃了。不定就枪毙了。于是，他不得不抛妻弃子坐火车一路到山西，藏在黑煤窑里，挖煤十几年。不知过了多少年，世道骤变，他觉着没人再记得他了，他才想起来应该回家了。于是，便坐火车回来了。我问他为什么就坐火车道边了，没有回去呢。他说你看到前面那条路了吗。下了火车，那就是他要回家的路。可是那条路破破烂烂，他走来走去走了无数遍，就是走不到这条路的尽头。他记得清清楚楚，这条路的尽头就是他的家，可是他就是走不过去。听他说到这里，我打量他一番，还是先前小孩的模样。便清楚他真真切切是一只鬼了。我知道你们可能不信。但是鬼也会长大和长小的。有些没有长大的鬼，就会接着死前的年龄接着长。而有些很老的鬼，想要回乡的鬼，他是想回到故乡吗？是，也不是。他是想回到过去，回到小时候，于是，在他长到了他应该老死的年龄，他就会从老鬼返老还童，慢慢地长小了。这样五花八门的生长，也只因生在阴世，不是没了时间，是时间的发生因为不同的鬼而有差别。时间不再是共有了，只长在每只鬼上，或快或慢，或正或负，不一而足。现在，虽然他已经长到了他小时候的年龄，但是，他好像却回不去他的家了。

天快亮了,我竟然怕起来,怕火车突然来了。这个小孩也像感知了我的害怕,怕我拦他,站了起来,掉身便走。湿漉漉的空气下,他取径向西。走了一会儿,有光从东方追来,像火车一样,呜哇呜哇地追来。他径直走进了前面的那条破破烂烂的沥青路。我亲眼看见他的两条好腿,在这条沥青路上,是怎样一点点变瘸的。他一瘸一拐地走得更快了,好像怕火车追上他。然而,他不必有这样的顾虑,因为铁轨的方向与这条道路就在我坐的位置十字交叉。但是,他的后背一歪一歪好像火车哐哧哐哧地要来了,即将漫过大地,漫过他了。似乎他的后背正在发烫,就要被枪决了。

　　道路两边无限平坦的麦田,使我无限悲叹。随着他愈走愈远,好像我的双脚也感到大地的震动,地平线正在隆隆上升。麦田相比以前种了许多果树,多了许多枝杈擎天。斜挂天上的晓月,没有一丝的光,只有苍苍的白色,像一张薄薄的纸片。看到这里,我才发现,瞎了一辈子的我,不知道什么时候起竟然能够看见世界了。一定是我死了以后,才突然重见光明的。到了这时,我才突然重新领会了夜晚的意图。以致每夜月下,风过树影,我都能听到呜呜的声响像十万鬼魂穿风过林,在巨大的平原上面游荡。

于北京十里堡
2018年第一稿　2021年2月修改

图书在版编目（CIP）数据

夜游神 / 孙一圣著 . -- 上海：上海文艺出版社，2021
（单读书系）
ISBN 978-7-5321-8035-6

Ⅰ.①夜… Ⅱ.①孙… Ⅲ.①中篇小说-小说集-中国-当代
②短篇小说-小说集-中国-当代 Ⅳ.① I247.7

中国版本图书馆 CIP 数据核字 (2021) 第 136752 号

发 行 人：毕　胜
责任编辑：肖海鸥
特约编辑：陈凌云　王家胜
营销编辑：刘明春
书籍设计：Titivillus
内文制作：何　况
印制监督：杨　斌

书 名：夜游神
作 者：孙一圣
出 版：上海世纪出版集团 上海文艺出版社
地 址：上海市绍兴路 7 号 200020
发 行：上海文艺出版社发行中心
　　　 上海市绍兴路 50 号 200020 www.ewen.co
印 刷：山东临沂新华印刷物流集团有限责任公司
开 本：1092×850mm　1/32
印 张：10.75
字 数：195 千字
印 次：2021 年 9 月第 1 版　2021 年 9 月第 1 次印刷
ISBN：978-7-5321-8035-6 / I.6364
定 价：59.00 元

告读者：如发现印装质量问题，影响阅读，请与出版社发行部门联系调换。